響き合うアメリカ文学

テクスト、コンテクスト、コンテクストの共有

山下昇 *Noboru Yamashita*

松籟社

【目次】　響き合うアメリカ文学――テクスト、コンテクスト、コンテクストの共有

響き合うアメリカ文学――テクスト、コンテクスト、コンテクストの共有

響き合うアメリカ文学——テクスト、コンテクスト、コンテクストの共有

Contextual-Intertextual American Literature

まえがき

文学テクストには独立した意味があると考えられた時代があった。二〇世紀中葉に一世を風靡した新批評（ニュー・クリティシズム）が文学研究の本道と信じて研究の道を歩み始めた筆者が、研究テーマに選んだのがウィリアム・フォークナーの小説群だったことは幸運だったのかも知れない。畏友田中敬子さんが近著で展開しているように、フォークナーの作品群は、形を変えて繰り返される出来事や人物再登場による物語世界の拡大・膨張、更には人種、ジェンダー、階級と連関しながらも変化していく主題など、単独で作品を論じて足りるということがない。否応なしに、他の作品との連関に着目して論究することが必要とされる。また作品の生み出された社会的状況（歴史的コンテクスト）を無視してフォークナーを論じることは不毛である。『サートリス』（一九二九）や『サンクチュアリ』（一九三一）のテクストに代表されるような、改訂と出版をめぐる問題（作品的コンテクスト）も避けて通れないものであった。

作品を精読することが文学研究において最も基本的な行為であることは言うまでもない。しかし今日、テクストに独立した意味があると主張する研究者は多くないだろう。ロラン・バルトやミハイル・バフチンから継承して、ジュリア・クリステヴァが嚆矢となった「インターテクスチュアリティ（間テクスト性）」は今や文学研究における常識である。それは「あらゆるテクストは、様々な引用のモザイクとして作られており、すべてのテクストは他のテクストの吸収であり、変形であるという考え方のことである。ひとつのテクストは、孤立して存在するのではなく、いままで書かれたテクスト、これから書かれるテクストと関係し合っており、テクストは社会と文化環境と歴史という外部へと開かれたものとして捉えられる」（西川 三七九）という考えである。あるいはグレアム・アレンの言葉を借りれば、「文学作品は結局のところ、先行の文学作品によって確立された方式、記号体系、伝統から作られるのである。他の芸術形式や文化一般の方式、伝統もまた当該の文学作品の意味にとって必須の重要さをもつ。（略）読むという行為は、我々をテクスト同士の相互関連の網の中に投げ込むのである。そのような相互関連を辿ることこそがテクストを解釈すること、テクストが保持している意味や複数の意味を見つけ出すことなのである」（アレン 三）ということになる。

筆者はこれまでに、『一九三〇年代のフォークナー』（一九九七）と『ハイブリッド・フィクション』（二〇一三）の二冊の著書を出版しているが、前者のフォークナー論の第五章「語りのポリフォニーと歴史の認識――『アブサロム、アブサロム！』論」において、『響きと怒り』（一九二九）と『アブサロム、アブサロム！』（一九三六）をクエンティン・コンプソン物語として相互関連的に読むことを実践した（一二四-二六）。また後者は「ハイブリディティ」をキーワードとして人種と性の視点からアメリカ文学を読み解く試みだが、とりわけ第三章ウィリアム・フォークナー、第九章アリス・ウォーカー、において問題意識の共有と間テクスト性を意識して論究を行った。本書は筆者の三冊目の著書となるが、テクスト批評、作品内外のコンテクスト、コンテクストの共有、インターテクスチュアリティの観点から、幅広くアメリカ文学を論じようとするものである。

本書の元になるのは、前著出版以降のこの一〇年ほどの間に研究会、学会等で行った口頭発表あるいは講演の原稿と、学会誌などに掲載された論文などである。いずれも加筆訂正を施し、アップデートを心掛けた。

全体を二部建てとし、第一部ではテクストの問題を、出版にからむ事情を勘案しながら考察し、作品内のコンテクストと作品外の時代的社会的コンテクストの観点から検討した。第二部はそれぞれ複数の作家・作品を取り上げ、それらがどのような相互関連性を持っているのかを検討した。

第一部は五つの章から成っている。

第一章は、アプトン・シンクレアの『ジャングル』（一九〇六）を取り上げる。この作品は世紀転換期のシカゴ食肉産業に働くリトアニア移民の苦難を描いた一種のプロレタリア文学である。主人公ユルギスは苦闘の果てに社会主義に目覚めるという、アメリカらしからぬ物語だが、この小説の受容に関してはいかにもアメリカ的な対応が見受けられる。つまり、連綿と続く「アメリカ例外論」の「伝統」である。それが作品の内容にどのように関係しているかを考察した。また、この作品の雑誌連載版（「オリジナル版」）が一九八八年にセント・ルーク出版から出ており、このテクストとの異同を、一つの検討材料とした。それ以上に相互参照すべきテクストとして社会史家ジェームズ・バレットの『ジャングルにおける労働と共同体』（一九八七）がある。この著作を参照することによって、小説の描写の正確さと不正確さが明らかにされる。このようにして、本邦においてあまり論じられることのない「問題作」の適切な位置づけがなされたと自負している。

第二章は、トマス・ウルフの『天使よ、故郷を見よ』(一九二九)を取り上げる。ウルフは長大な物語を書き綴ったが、統一のとれた物語にまとめることができず、彼の編集者マックスウェル・パーキンズによる大幅な削除によって出版に至ったというのはよく知られた事実である。二〇〇〇年にオリジナル版『ああ、失われしものよ』が出版された。この版と一九二九年版を突き合わせてみると、一〇〇頁以上の削除がなされている。削除された部分には、削除が妥当と思われる箇所と、残すべきだったのではないかと思われる箇所の両方があり、編集者の介入の是非の判断の難しいところである。これとは別に小論においては、「パンデミック・ナラティヴ」として本作を読むということで、一九一八年インフルエンザ・パンデミックと第一次大戦がいかに埋め込まれているか(描かれているか)を検証した。

第三章は、シンクレア・ルイスの『ここでは起こり得ない』(一九三五)を取り上げた。ルイスの代表的な作品ではないが、「ディストピア小説」として近年再注目されている。クレア・スプレイグの『ここでも起こり得る』(二〇一三)に倣って、ジャック・ロンドンやフィリップ・ロスのディストピア小説との関連を探るという手もあるのだが、そもそもあまり論じられていないこの作品の価値を指摘することとした。小説中の第四章から第二〇章に渡って独裁者ウィンドリップの自伝『ゼロ時間』(ヒトラーの『我が闘争』を意識している)からのエピグラフが引用されているのだが、その重要性にも言及した。先の『ジャングル』の場合には、民主主義国家アメリカに「社会主義」が受け入れられるはずがないというものだった「アメリカ例外論」が、この小説では、同様な理由で、「独裁」が起きるはずがない「例外国家アメリカ」に独裁制がやってくるという物語である。ドナルド・トランプのような人物が大統領になる、コーポラティズム国家アメリカの現在を見ると、この小説の描いたものがあながち絵空事と言えないことに得心が行くだろう。

第四章は、ウィリアム・フォークナーの三部作『スノープス』を取り上げた。『スノープス』は一九二六年ころの「父なるアブラハム」の着想以来、五九年の第三作『館』までに三〇年以上の年月が経過しており、第一作『村』（一九四〇）の出版からでも、第二作『町』（一九五七）まで一七年、第三作『館』（一九五九）の完成までに一九年を要している。しかもこの期間は第二次世界大戦と東西冷戦を含む激動期であった。このため合計して一〇〇〇頁を超すこの長大な小説は人物の入れ替わりやトーンの変化、語りの方法の点でも、途中で大きな変化を示している。そのことの意味と意義を、時代のコンテクストを念頭に考察した。

第五章は、ラルフ・エリスンの『見えない人間』（一九五二）を取り上げる。この作品がアフリカ系アメリカ人を主人公としたアフリカ系アメリカ人作家による小説であり、作品の手法はフォークロアのモチーフやジャズやブルースの音楽的手法を用いたモダニズム作品であることは明らかである。だがこの小説は伝統的な「抗議文学」でなく、どちらかと言えば、「非政治的」である。しかし二〇一〇年に公刊されたバーバラ・フォーリーによる同書の改訂の過程を検証した『左翼との格闘』によれば、元々かなり労働者色の強かった原作が、七年間の執筆・改訂の過程で、「人道的で反人種主義的な小説の性格が損なわれ、普遍主義を前提とした反共産主義的な作品になった」とのことである。その理由はアメリカ社会の動向と彼のエリート意識など伝記的なものである。

第二部は六つの章から成っている。

第六章は、ナサニエル・ホーソーンの『七破風の屋敷』（一八五一）とウィリアム・フォークナーの『行け、モーセ』（一九四二）を取り上げる。ホーソーンとフォークナーの間にはあまり共通性や類似性がないように思えるが、互いの生涯や作品を子細に検討してみると、かなりの共通性が見いだせる。両作品における人種とジェンダーの扱いを詳しく分析してみると、直接的と言うのではないがホーソーンも人種やジェンダーを強く意識しており、作品の中に埋め込んでいることが分かる。フォークナーの場合はもっと明示的にそれらを描いている。互いに宗教色・歴史色の濃い地方の名門の家系に生まれ育った両作家が過去の重荷を背負いながらも、現実から目を逸らすことなく、「歴史」を描き出した。フォークナーはその意味でホーソーンの継承者であった。

第七章は、ハリエット・ビーチャー・ストウの『アンクル・トムの小屋』（一八五二）とトニ・モリスンの『ビラヴド』（一九八七）を取り上げた。両作品において奴隷女性による赤ん坊殺しが描かれているのだが、『アンクル・トムの小屋』におけるキャシーのトラウマは子殺しによるものと言うよりは、奴隷主リグリーからの虐待の結果として描かれている。これに対して『ビラヴド』のセサのトラウマは明らかに子殺しに端を発していて、凄絶である。ストウのキャシーのトラウマ表象に物足りなさを感じて、それを書き直し深めようとしたのが、モリスンの『ビラヴド』という作品であるというのが筆者の考えである。

第八章は、マーガレット・ミッチェルの『風と共に去りぬ』（一九三六）とマーガレット・ウォーカーの『ジュビリー』（一九六六）を取り上げる。ミッチェルの『風と共に去りぬ』の歴史観と黒人表象が問題含みだということはよく指摘されてきた。これに対してウォーカーが、奴隷だった曾祖母の実話を基にして、アフリカ系アメリカ人の立場からの南北戦争と再建期の物語を書いたのが『ジュビリー』である。しかもこの作品の射程は単に白人批判を行うのではなく、貧しい白人の存在という階級関係の提示、白人との融和の可能性などにも及んでいる。

第九章は、ウィリアム・フォークナーと、二人の日系アメリカ作家、ジョン・オカダの『ノーノー・ボーイ』（一九五七）、エドワード・ミヤカワの『トゥーリレイク』（一九七九）を取り上げた。フォークナーは人種問題を中心として、南部の人種差別と北部の介入に「ノー」を唱えた。オカダとミヤカワは、第二次大戦中における日系人の「強制収容」を描き、忠誠審査において、日本とアメリカの双方に「ノー」を唱えた、文字通りの「ノーノー・ボーイ」である。アメリカ文学における「拒否」の伝統の一端を詳らかにした。

第一〇章は、二人のコリア系アメリカ作家、ノラ・オッジャ・ケラーの『フォックス・ガール』（二〇〇二）と、チャンネ・リーの『降伏した者』（二〇一〇）とを取り上げ、一五年戦争と朝鮮戦争におけるナショナリズムと戦時性暴力の問題を考察した。ケラーは『慰安婦』（一九九七）において既に戦時性暴力の問題を描いているが、『フォックス・ガール』においては更にもう一歩踏み込んで、民間人が戦時に性暴力を受けて人生を破壊されたこと、朝鮮戦争においては駐留米軍相手の性産業という形での性の蹂躙がなされていることなどが描出され、リーの『ジェスチャー・ライフ』と『降伏した者』においては戦時性暴力が頻発したことが描き出される。それらは奴隷制の罪悪を描いたフォークナーやモリスンの文学伝統に繋がるものである。

最終章は、コンテクストの共有が日本にまで及ぶ。フォークナーの『死の床に横たわりて』(一九三〇)、『八月の光』(一九三二)などに見られる多数の語り手による語りというモダニズムの手法は、芥川龍之介の「藪の中」(一九二二)の七人の語り手による語りに通底している。それぞれの語る事実は他の語り手の語る事実と矛盾することさえあり、何が真実かわからないという手法が、ほぼ同時代に海を隔てた日米二人の作家によって使用されている。フォークナーの『響きと怒り』(一九二九)という名門崩壊の主題は、太宰治の『斜陽』(一九四七)および『人間失格』(一九四八)のテーマでもある。共に地方の名家に生まれた二人の作家にとって、南北戦争と第二次世界大戦という違いこそあれ、戦争による急激な社会変動によって没落する階級を描くことは、半ば自伝的なものであった。フォークナーのモダニズムの内でも最も代表的なものは、二つの物語が交互に展開される対位法を用いた『エルサレムよ、我もし汝を忘れなば』(一九三九)である。この作品は「オールドマン」と「野生の棕櫚」という表面上無関係の二つの物語が、交互に展開されるもので、極めて斬新な手法が用いられた。日本の現代作家、村上春樹も同様の手法を用いた作品をいくつも書いている。その代表的なものが、『世界の終りとハードボイルド・ワンダーランド』(一九八五)である。この小説は、「世界の終り」と「ハードボイルド・ワンダーランド」という二つの物語が交互に展開されるもので、フォークナーの手法に通じるものである。しかしこの作品の場合は、二つの物語は互いに結びついて果てしない円環構造となるという点で、フォークナーの方法を更に発展させたものとなっている。また小説の主題も外面的な事件の進行からさらに踏み込んで心の動きを追究していること、超現実的な世界の出来事という、ポストモダンな作品となっている点で、いっそう現代的なものとなっている。

このように、ホーソーンから村上春樹までという長いスパンのなかで、コンテクストとインターテクストという視点から、作品の特徴や相互影響関係などを検討したのだが、その作業を通して、読者の読みと筆者の読みが響き合うことになれば、本書の目的は達成されたと言えるだろう。

引用参照文献

グレアム・アレン著、森田孟訳『文学・文化研究の新展開　「間テクスト性」』研究社、二〇〇二年。

田中敬子『フォークナーのインターテクスチュアリティ――地方、国家、世界』松籟社、二〇二三年。

西川直子『現代思想の冒険者たち　第三〇巻　クリステヴァ――ポリロゴス』講談社、一九九九年。

山下昇『一九三〇年代のフォークナー――時代の認識と小説の構造』大阪教育図書、一九九七年。

――『ハイブリッド・フィクション――人種と性のアメリカ文学』開文社、二〇一三年。

第一部　テクストとコンテクスト

第一章　アプトン・シンクレア
歴史のなかの『ジャングル』
――描かれたもの、こぼれ落ちたもの、読まれ方の問題

はじめに

アプトン・シンクレア（一八七八―一九六八）の『ジャングル』（一九〇六）は、一九〇〇年前後の世紀転換期のシカゴ食肉産業を中心的な舞台として、ユルギス・ルドクスを筆頭とするリトアニア移民一家の苦難を描いた一種のプロレタリア小説である。小説は大きく二部から成り、前半は一家の苦闘、後半は主人公が社会主義に開眼する物語となっている。作品は明らかに移民労働者の生活の困難を描いているが、この小説がベストセラーとなったのは別な側面からであった。作品に描き出された食肉工場の想像を絶する不衛生さが着目され、セオドア・ルーズベルト大統領をして食肉衛生管理法の制定に至らしめたのである。食肉衛生管理は人種・階級を問わず米国人全員の生命に関係する事柄であったためにこ

とさら注目を集めたのだった。実際一八九八年の米西戦争の際に、腐った肉の缶詰のせいでスペイン軍による攻撃の二倍の兵士が死亡する事件が起きていた。その意味でこの小説が注目を浴びたのは当然であるとしても、それは作者の意図から大きく外れたものであった。「人々の心を撃つことを目指したのに、胃袋を直撃してしまった」と作者が述べるように、作品の目的は労働者の過酷な労働と生活と、資本家の冷酷な搾取の実態を暴き出すことだったのだが、作者の意に反して、描き出された食肉工場の不衛生状態が人々にショックを与えた。

そのことを念頭に置いて『ジャングル』の受容について考えてみると、外的要因の一つとして、多くのアメリカ人が、社会主義的な思考を、意識的無意識的に受け入れようとしなかったことが見て取れる。例えば初期の批評においても、『ブックマン』二三号のエドワード・マーシュのように「恐怖が誇張されている」とか「偏見に満ちている」という揚げ足とりや、『ニューヨーク・タイムズ』の論評のように「社会主義や社会主義者のあやまり」などと批判的・攻撃的な論調も見られる（ブラインダーマン編『アプトン・シンクレア批評集』）。しかし時間を追うにつれて、総じて文学批評はこの作品をなるべく正確に読み取ろうとする方向に進んできたように思える。

一九六八年にシンクレアが亡くなり、七〇年代になると先の『批評集』（一九七五）やレオン・ハリスによる評伝（一九七五）、ウィリアム・ブラッドワースの研究書（一九八七）など、彼の全体像を論じる書物が相次いで出版される。『ジャングル』に関しては、シンクレアが特に移民について関心があったわけでないというハリスの指摘（Harris 70）や、彼の交友範囲が特定の知的インテリに限られていたので労働者階級の実態に詳しくなかったし、主人公ユルギスがリトアニア移民らしくなく、リトアニア人の社交がほとんどないというブラッドワースの異論（Bloodworth 51）なども聞かれるようになってくる。

八〇年代になると『ジャングル』はより詳しく、より幅広い視野から論じられるようになる。その代表的な論者の一人がジェームズ・バレットである。彼は移民史、労働運動史研究で著名な歴史家・社会史家であり、一九八七年出版の『ジャングルにおける労働と共同体――シカゴ食肉工場の労働者たち一八九四–一九二二年』において、世紀転換期のシカゴ食肉工場労働者の労働環境と労働条件、そこに働く人々の闘いについて詳細な分析を行っている。彼はしばしばシンクレアの『ジャングル』の描写を参照し、その正確さと不正確さに言及している。この著作を基にして彼はイリノイ大学出版の『ジャングル』（一九八八）に序文と注を書いている。この序文はシンクレアの描写の正確さを高く評価しながらも、彼の小説が書き切れていない歴史的事実を指摘し、その理由を推察している。主にバレットのこの二つの著作を参照することによってこの作品が描出しようとしたものに肉薄するとともに、作品からこぼれ落ちたものとその理由を追求することによって、『ジャングル』という作品と作者の関係をより正確に評価したい。

また雑誌連載原稿を基にしたデグルソン編『アプトン・シンクレアの「ジャングル」初版版』が八八年に出版されたことも重視したい。小説は出版の過程で四分の一ほどの分量が削除されている。雑誌掲載時には、全三七章であったが、本として出版された折には全三一章となっており、とりわけ第二五章以下は二章分が一章にまとめられているのみならず、元の第三六章のように半分ほどが削除されているものもある。これらの意義についても考えてみたい。

これとは別に八二年にはディヴィッド・カズマンとウィリアム・タトルによる無名の移民労働者のインタヴュー集『平凡な人々――名もなきアメリカ人の人生の物語』が出されており、その中にリトアニア出身の若者の自伝が含まれている（「リトアニアからシカゴ食肉工場へ――アンタナス・カズトウスキーの自伝」Kazman & Tuttle 97-114）。この「自伝」は一九〇四年、シンクレアより一足早くにシカゴ入りしたジャーナリスト、アーネスト・プールによるリトアニア移民の若者への八月四日付『インデペンデント』誌掲載インタヴュー記事が元になっており、『ジャングル』の主人公の物語に相似している。その内容がシンクレアの小説中のリトアニア移民ユルギスの物語とどのように重なり、どのような相異があるのかを検討することにより、とりわけ「小説」から抜け落ちたものが何か、その理由を考えたい。『ジャングル』はリトアニア移民一家の物語として描かれているが、作者アプトン・シンクレアはアメリカ南部の中産階級の出身であり、東欧系でもアイルランド系でもない。父がアルコール依存症であったため経済的に困窮し、母は宗教的に厳格であったが、彼自身は労働者だったわけでもない。その彼が社会主義に目覚め、社会党の機関誌に掲載したのが、この小説であるが、彼の実際の経験を描いたものではなく、ほとんどが七週間にわたるシカゴ食肉産業での調査を基にしたものである。

彼の友人でもあった作家ジャック・ロンドンが、この作品は「賃金奴隷制の『アンクル・トムの小屋』である」（London 483）と明言するように、小説はシカゴ食肉産業の工場で働く無権利の労働者たちに対する容赦ない収奪を徹底的に暴き立てており、まさに賃金奴隷と呼ぶべき移民労働者の悲惨な暮らしを描き出したものである。『アンクル・トムの小屋』（一八五二）を描いたハリエット・ビーチャー・ストウが、黒人作家でなくても黒人奴隷の物語を書けたように、シンクレアがリトアニア移民でなくても、あるいは労働者作家でなくても、賃金奴隷の物語を書くことは可能であった。しかし白人女性作家ストウが書いた『アンクル・トムの小屋』が、「アンクル・トムイズム」と揶揄される善良でお人好しの奴隷の物語であり、逃亡奴隷となったイライザが最後は植民者としてアフリカに向かう結末には、時代の制約とは言え、人種分離による黒人問題の解決という白人に都合のよい方針が示されている。同様に移民の当事者でなく、労働者でもない白人中流男性作家が書いたこの移民・プロレタリア文学には問題点もある。また男性作家であるシンクレアの女性や人種の表象の成否も問題となってくる。

この作品は一読して明らかなように、特徴的な構成を持っている。小説は前半、後半の二部で構成されており、前半が賃金奴隷でファミリー・マンとしてのユルギスとその家族の苦闘、後半は彼が人々との関わりの中で何を学び、如何にして社会主義者になっていくかを描いている。主人公ユルギスは物語前半では常に家族の一員、集団の構成員として発想し、行動している。彼は自身の生活はもちろんのこと、父や妻とその継母、妻の兄弟たち、いとこのマリアを含め一二人の集団の生活の維持に責任を持ち、賃金奴隷として生きている。その彼が、妻が死に、息子も溺死するに及んで、家族を捨て、放浪の後に、一人で生きていく後半部においては、違った人物となっている。そのような物語の内容に、構成や技法がどのように関係しているのかにも着目しながら検討を進めよう。

一．賃金奴隷としてのユルギスたちの苦闘

作品前半を便宜的に第一部、後半を第二部とする。作品のプロット展開はほぼ時間軸に添って行われ

ているが、一つだけその例から外れているものがある。それは冒頭第一章の結婚披露宴（ヴェセリア）の位置である。本来これは時間的に第六章に続く出来事だが、その果たす役割の重要性から冒頭に置かれているのは明らかである。それには第二章から第六章までの時間、彼らが移民としてアメリカへやって来て、シカゴの食肉産業で働き、住宅を購入し、結婚するまでの最初の苦難の過程を検討する必要がある。

第二章から第六章までは、彼らがアメリカに来る以前、リトアニアでのユルギスとオーナのなれそめ、国を出る経緯、道中やアメリカ到着後に英語を話せない彼らが被る災難などに及び、典型的な移民物語となっている。とりわけ自分たちの家を手に入れようとすることにまつわる出来事は詳細に語られる。無知に付け込まれ、彼らは悪徳不動産屋に騙されて収奪の餌食にされるのだが、同様な目にあった人たちがこれまでにも数世帯あったことが、第六章において明らかにされる。

半年ほど経った頃、一ブロックほど離れたところに住んでいる別のリトアニア人、マダム・マヤウシュキエーネが彼らを訪ねてきて詳しい話をする。彼女の言うところによれば、その家は新築どころか築一五年以上の古家で、五〇〇ドルもしない安普請の代物であり、初めから騙して売るために建てられたものである。最初にドイツ人、次にアイルランド人、ボヘミア人、ポーランド人、そしてリトアニア人、スロヴァキア人、と次々やってきた移民たちが、騙されて家を購入し、代金が払えなくなって出て行ったのだという。一九〇〇年前後にこれらの移民がこのような順番でシカゴにやってきたというのはほとんど史実通りで、二一世紀においてさえサブプライム・ローンと称して支払い能力のない人々に家を売りつけていたものが破産した二〇〇八年のリーマン・ショックの出来事を思えば、当時から無知な移民を相手にこのようなあこぎな商売がなされていたことは想像に難くない。

アメリカに着いたばかりの英語もわからない移民がいきなり家を購入するのは不自然にも思えるが、移民のあいだで持ち家に対する執着は強く、無理をしてでも多数の者が住宅を購入したという。一九〇五年調査ではパッキングタウンの二二・五パーセントが持ち家だったそうである（Barrett 1987 104）。これについて、「土地を求める農民の性」（*Ibid.* 105）とか、「下宿人制度を維持するための防御的反応」（*Ibid.* 106）、あるいは「働ける年数が短いので老後に備えて」、「キツイ仕事のため、四〇歳で職がなくなる心配があり、四五歳で老人とみなされることもしばしばだった」（Montgomery 4）とかの説明がなされているが、いずれにしても前向きな理由ではなく、移民の不安定な生活を物語る事情である。

ところでマダム・マヤウシュキエーネと息子が一ブロック隣に住んでいたのなら、どうしてもっと早くに知り合いになり、交流が起こらなかったのだろうか？　数年前に当地に来て店を開いているヨクバス・シェドヴィラスが何かと相談に乗ってくれているのだが、ユルギスたちは彼以外の同郷の人たちと交流を求めていなくて、孤立しているようである。実際には、移民たちはほとんどの場合民族的コミュニティを形成し、互助組織を作って交流していたと言われている（Barrett "Introduction" xxi）。その点から言えばユルギスたちの孤立は尋常でなく、作者が意図的にそのように描いたか、さもなければ作者の移民たちの生活の実態への理解不足というべきだろう。同郷の人びととの交流がないことを考えると、第一章の結婚披露宴（ヴェセリア）の賑わいがどこからきているのか説明が困難である。

第一章のヴェセリアの参加者は、招待客と見物人からなっていて、招待客は家族以外に数名が名指されている。マダム・マヤウシュキエーネ、音楽バンドのタモシュウス・クシュレイカとヴァレンチナヴイーシャ、ヨクバス・シェドヴィラス夫妻、アレナ・ヤサイティーテと婚約者ユオザス・ラシュウス、ヤドヴィーガ・マリツインクスと恋人ミコラス、下宿屋のアニエーレ・ユクニエーネら一〇人ほどである。これに家族を含めて二〇人ほどが正式の参加者だが、それ以外に誰でも参加できるということで少なからぬ見物人が参加していると考えられる。この披露宴は彼らがシカゴ到着半年後ほどに設定されているので、彼らにそのつもりがあれば、これらの人びととももっと早くに知り合いになり、しかるべき情報を得ることも可能だったかもしれない。これがユルギスとその家族の性格から来ているとすれば、ユルギスたちにリトアニア移民としての文化的傾向が欠如しているということであり、この点に関して「ユルギスは方言を話さない、カトリック信仰を強調しない、小説の最初からユルギスはほとんど土着のアメリカ人、アメリカの夢を追う人のステレオタイプのように見える」(Bloodworth 50) というブラッドワースの指摘は傾聴に値する。「賃金奴隷についての物語を書きたい」という作者の意図からすれば必ずしも主人公たちがリトアニア移民である必要はなかったのかもしれない。

一方でこの披露宴はリトアニアの伝統的な形で開催されており、その結果一〇〇ドル以上の借金を抱えてユルギスたちが新婚生活をスタートさせることになり、彼らにとって二つ目の躓きとなる。披露宴を伝統的な形式で行うことに拘泥したのはオーナの継母テータ・エルズビエタだった。しかも当日の披露宴が示しているものは、リトアニアとアメリカのみならず、移民内の世代間の考え・行動のギャップである。エルズビエタの考えでは参加者はそれぞれ参加費を払うしきたりになっていたのだが、アメリカ式の生活や考えに馴染んできた若い参加者たちは必ずしもそうする義務があると受け取っておらず、参加費を払わない者もあった。加えて会場の酒場の主人の法外な請求もあって、結局一〇〇ドル余りの借金を背負い込むことになる。懐かしいリトアニアの伝統的な音楽やダンス、食べ物などもあり、盛大なイヴェントとなったものの、彼らの感覚がアメリカや若い移民世代のそれから遊離していることの一つの証であった。このようなことを明らかにして物語は開始されるのだが、その後の展開を予告する意味で非常に効果的な場面設定である。

クロノロジカルな展開から言えば、実質的な第一章となるのが第二章である。上述したように、ここで彼らが移民するに至る経過が語られる。第三章は職探しで、彼が雇われることになったパッキングタウンの見学と称して、食肉解体工場の紹介がなされる。それは一言で言えば徹底的な効率追求の非人間的な分業体制の工場である。労働を希望する者は長蛇の列をなして門前に並び、屈強な者のみが雇われるが、しょせん取替可能なコマに過ぎず、そのため労働は悪条件の下で過酷で危険極まりない。また検査官が派遣されているが、形式的な存在に過ぎない。

第四章から彼の勤務が始まるが、ここで家の購入の件が発生する。彼らのただ一人の知り合いで、惣菜店をしているシェドヴィラスは、危険だから思いとどまるよう説得するが、ユルギスは聞き入れない。結局のところ不動産屋に押し切られて彼らは家の購入に踏み切る。しかし契約書を確認すると、支払いが終わるまでは賃貸であり、支払いとは別に利子がかかり、契約更改の度にまた費用が必要であることなど、新たな条件が次々と発生してくる。しかもそれらが商慣行としてはいずれも合法であり、常識だと弁護士までが言う。彼らは英語ができないのみならず、アメリカという国についてまったく知らなかったのだ。購入した家に引っ越すが、家具の購入についても同様のことが発生する。またもや分割払いで家具一式を購入することになる。

働き始めて労働組合というものに出会うが、彼にはそもそも「権利」というものが理解できない。仕事の効率化を進めるという会社の方針に反対する組合に対して同感できない。会社の無法に対して戦うことができるのは労働者の団結しかないということが、この時点で彼は分っていない。しかし真正直に働けば取り立ててもらえるというわけでもないということにやがて彼も気づく。ケガをして密かに処理される牛（ダウナー）たちと、彼ら解体労働者は紛れもなく同じ立場であることをユルギスも知る。

第六章で、ユルギスとオーナの結婚が日程に上ってくる。伝統的な結婚披露宴をすべきというエルズビエタの願いを汲んで準備を進める一方、マダム・マヤウシュキエーネに知らされたショッキングな出来事もあり、オーナも弟のスタニスロヴァスも皆が働いて収入を得ることによって難局を乗り切ろうとする。このような中で冒頭の結婚披露宴を迎えるわけである。第一章の結婚披露宴の意義や位置づけは先に論述した通りである。

こうしてユルギスとオーナの結婚生活が始まる。彼らを厳しい苦難が次々と襲う。オーナが苦労しながら働く。父アンタナスは苦しい労働と病気のために亡くなる。スタニスロヴァス少年が厳しい寒さにやられる。ユルギスも寒さに苦しめられながら働き続ける。このようにユルギス一家は本人のみならず、女性も、老人も子どもも、文字通り総出で働くのだが、彼らの稼ぎはローンの支払いや生活費に追いつかない。バレットによれば、二〇世紀の初頭までに時間給で働くコモン・レイバーが労働力の三分の二を占めるようになり、一番最近にやってきたリトアニア人のほとんどは非熟練労働に従事するコモン・レイバラーで、熟練労働者の半分以下の賃金であり、雇用期間も半分以下だった（Barrett 1987 46-48）。このような労働環境をもたらしたものは、一九世紀末に起きた第二次産業革命ともいうべき経済発展である。一八八〇年代に盛んになる冷凍技術の利用、中小食肉業の大企業への再編集中、労働分割（分業）とアセンブリー・ラインを用いた非熟練労働の普及で、仕事のペースを管理者が握るようになったからである（*Ibid.* 16-26）。

やがてユルギスは労働組合の意義を「発見」する。きっかけはマリアの工場の閉鎖である。また彼自身についても、閉鎖や解雇はないものの給料の減少に見舞われる。会社は自分たちに都合のいい働かせ方をし、労働者を飼い殺しにしている。さしものユルギスも、大会社だからこそ、インチキをやっても罰せられないのだということが分かる。以前は馬鹿にしていた組合について、団結することで立ち上がれば会社を負かすことができるという発想が素晴らしいものだと思えるようになる。一家の働き手全員が組合員証を手に入れ、組合バッジをつけるようになる。組合の会合に休まず出席するようになり、それはまるで新しい宗教のようである。ユルギスが発見した組合への信頼は宗教的比喩を用いて語られるが、後に第二部で彼が加わるようになる社会主義運動についても同様である。

組合を「発見」したユルギスは、夜学に入り、英語を学んで、アメリカの政治や社会の仕組みなどを知るようになり、市民権まで得て、選挙の投票をして、この国が自由と民主主義の国であることを知るようになる。しかしその選挙の投票では当然のように買収が行われているのだが、彼はそれが不正なことだと認識していない。彼は組合を通じて会社や市の不正なども次々と知るようになる。このようにしてパッキングタウンの現実や仕組みについて理解を深めて行くのだが、それが直接彼の身の回りに及ぶ経験となるのが、マリアの解雇である。自分の給料がきちんと計算されていないことを会社に抗議して、あべこべに彼女は解雇されてしまう。またオーナは主任のミス・ヘンダーソンに嫌われているのだが、それは彼女が結婚していることへの嫉妬から来る言い掛かりのようなものである。このようにパッキングタウンでは、かつての黒人奴隷制時代と変わらぬ不合理・無法がまかり通っている。

それでは実際に労働者はこの非人間的な弱肉強食の「ジャングル」のなかで無力で為すすべもなく喘いでいるだけだったのだろうか？　この小説の時代設定は一九〇〇年前後だが、バレットによれば、この頃は「組合化とアメリカ化」が活発に行われた時期だという。北アメリカ食肉加工人合同組合は四〇〇〇人の組合員を有するようになり、委員長のマイケル・ドネリィを先頭にして、技術、ジェンダー、人種によらずあらゆる社会的背景をもった労働者を組織しようとした。通訳を使うなどして移民労働者の脱民族文化化をはかり、下からの「アメリカ」化を進めた。先に言及した『平凡な人々』収録のある若いリトアニア人の「自伝」には、組合に加盟して自信をもって嬉々として生活を営んでいる様子が語られている。また注目すべきは、シカゴにはリトアニア語の新聞があり、そこからニュースを得ていることや、教会へはあまり行かないが、リトアニア・ソサイエティに属していること、組合で労働運動の歴史を学んでいる、自分のケースは極めて普通だと述べていることである。このようにリトアニア移民労働者の実像は、共同体と労働組合を当然のものとして受け入れ、集団として生きているもののようである。

この小説の現代に通用する大きな特色の一つは環境汚染と衛生の問題の強い自覚である。バレットによれば、「ストックヤード地区は汚染、煙、悪臭と同義であった」(Barrett “Introduction” xviii)。また自然の猛威が搾取的労働に拍車をかける。シカゴの町やパッキングタウンが「ジャングル」の比喩で語られるように、そこに住む（働く）人々は、獣（動物）の比喩で語られる。そしてそこは弱肉強食の世界である。肉体壮健を誇っていたユルギスが、ちょっとした油断のためにケガをしてしまう。ケガをした動物は弱い存在である。彼は三ケ月の休養生活を余儀なくされ、職を失ってしまう。実際バレットによれば、「パッキング工場の影に住むことは低賃金の不規則雇用のみならず労働を不可能にする病気や死をしばしば意味した。一八〇四年から一九〇〇年までで肺炎、気管支炎、ジフテリアなどの伝染病での死亡は中産階級地区と比べると二・五倍から五倍も高く」（Barrett "Introduction" xvii）、仕事上のケガも異常に多く、労働者の半分がケガをしたり病気になったりしている（Barrett 1987 69）という。乳児死亡率は五倍、三人に一人の幼児が二歳までに死んでいる（Barrett "Introduction" xvii）。これらはいずれも小説のなかのユルギス一家の者を襲う惨事と符合する。

彼らが次々と不幸に見舞われる間に、ある日兄貴分のヨナスが出奔してしまう。この出来事は、後に妻子がともに亡くなってしまうとユルギスが残りの家族を捨てて逃走する事件の予型である。その後ユルギスは、パッキングタウンでの最低の仕事とされる肥料製造に就くが、この時期の彼の感覚は動物的で、「この広大な都市があたかも荒涼たる大洋、荒野、砂漠、墓場のようであった」（134）。そのあげく彼は、結婚したことを後悔するようにさえなる。

険悪な気分の時は、彼の邪魔立てをしているという理由で、オーナや家族全員を憎んだ。結婚したのは愚の骨頂だった。みずから進んで奴隷の身分になってしまったのだから。結婚なんかしているから、ストックヤードにいつまでもいなければならない。結婚さえしていなければ、ヨナスのように蒸発することもできるのに。会社なんか、くそ食らえだ。肥料工場には独身者は二人か三人しかいなかったが、この数少ない連中は、逃れる機会のためにだけ働いている。（略）ユルギスの場合、稼いだ金は一セント残らず家に持って帰らなければならなかった。(135)

しかしいつもそうだというわけでなく、妻子が愛しく思える時は元気を取り戻す。それは裏返せば彼は妻子の愛情という首の皮一枚で家庭につながっているということであり、それが切れてしまえば、糸の切れた凧のようになるということである。

第一五章以降はそのような彼の転落の姿である。吹雪の夜にオーナが帰ってこないことが物語の大きな転換点となる。同じことが再び起こり、オーナを問い詰めると、職長のコナーに性関係を強要されたのだということがわかり、怒りにかられたユルギスは工場に駆けつけてコナーを殴打し、相手の頬を食いちぎる。逮捕されて三〇〇ドルの罰金を科されて収監される。その結果、「三人の弱い女と無力な六人の子どもたちが凍えて飢える」ことになり、苦労して維持してきた家を手放さなくてはならなくなる(155)。それがあいつらの「正義」、「法律であり、社会であり、自分たちの敵である」(155) ことを思い知らされる。

刑務所の中はあらゆる犯罪者の見本市のようなものであった。後にまた出会うことになるジャック・デゥアンというインテリや、「人殺し、泥棒、詐欺師、ペテン師、スリ、ギャンブラー、乞食、酔っ払いなど」(159)、「野生の獣たちのジャングル」(160) だった。しかし「彼らにとって牢獄にいることは何の不名誉でもない、なぜならゲームはいつもフェアでなく、さいころはいかさまで、彼らはケチな騙りや泥棒で、大金を盗む奴らに罠にかけられたり利用されたりしたに過ぎない」(160)のだった。そこはいわばアメリカ社会の縮図であった。三三日経って釈放されたユルギスが家に帰ってみると、そこには新たなアイルランド人一家が住んでおり、彼の家族は彼らが最初に住んだアニエーレ・ユクニエーネのアパートに戻っていた。自然現象や社会の仕組みなどすべてが彼らに敵対していることを罵りながら彼がそこに辿りつくと、彼を待ち受けているのは二人目の出産に苦しむ妻の姿であった。助産師を無理矢理連れてくるが、難産の果てに母子は共に死亡してしまう。彼に残された唯一の希望が息子のアンタナスだった。苦労してやっと職に就いたと思うと、工場閉鎖になったり、やっと働き出した製鉄所ではケガで働けなくなったり、次々と苦難が彼を襲い、その揚げ句がアンタナスの溺死だった。これによってファミリー・マンとしての彼の生活は終わる。

ここまでが物語の約三分の二ほどであり、この第一部はユルギス・ルドクスを中心とするリトアニア移民一家の典型的な苦難の物語となっている。この第一部が「賃金奴隷」の悲惨な実態を描いた自然主義小説だと考えれば、正確で詳細な細部の描写を伴う優れた物語ということができるかもしれない。小説がここで終わっていれば、まとまりのある物語として一定の成功を収めていると評価する論者もいる。だがこれまでにいくつかの場面で指摘したように、リトアニア移民労働者の窮状を歴史的現実を踏まえて描いたものであると断言するのには少々躊躇われる。また第二部に関して、教条主義的な社会主義プロパガンダであり、小説として不成功の原因であると主張する者が多い。以下、第二部が表現していることのポイントを追いながら、この指摘の妥当性を考えてみたい。

二、ユルギスは如何にして社会主義者になったか

第二部冒頭にあたる第二二章は、これまでの第一部と、第二部別人となったユルギスの物語とのつなぎとなっている。第一部の冒頭第一章が、パノラマ的に主要人物たちが登場する独立性の高いカーニバル的な場面であったのと相似して、第二二章はシカゴを離れて自然のなかに解き放たれた主人公のホーボー（放浪者）生活が描かれている。妻と息子を亡くした彼が貨物列車に飛び乗ってシカゴを出ていくのは典型的なホーボー文学の場面である。列車から降りて彼は自分のこれまでの人生を振り返る。ファミリー・マンとしての生活が終ったこと、悪夢が去り、自由な新しい人間になったこと、これまでが奴隷の生活だったが、これからは自分のために戦うのだと考える（203）。リトアニアにいた時以来三年間も離れていた田舎の生活、自然のなかに戻り、川で身を清める。このようにユルギスは再生を遂げる。ある農場で長期的に働かないかと誘われても断り、何ものにも縛られない自由な生活をおくる決意をする。しかもいたるところに彼と同じホーボーがいる。彼らのほとんどが元は労働者だった。放浪者であっても食べるためには働かざるを得ず、彼も二週間の収穫作業に従事して、その生活を楽しむ。放浪者は男性に限られているわけでなく、女性もおり、彼は束の間の快楽を経験しながらも、これらの女性たちも食べるために働かされていることを見抜く。

ある夜、嵐に遭遇して避難したロシア移民の家で赤ん坊を目にして、ユルギスに過去の生活の亡霊が蘇る。それらが永遠に失われたのだという絶望と苦悩に取り憑かれながらも彼はもう一度生き直す決心をする。この第二二章のホーボーの物語は、独立した掌編として読むことも可能だが、この章での経験

が次の第二三章からの第二部への移行に説得力を与えている。

第二三章から再びシカゴに戻って彼のもう一つの物語が始まるが、これは第一部の移民のファミリー・マンとしての文学とは趣を異にしている。マシュー・モリスはピカレスク話になると主張する(Morris 153)。彼は食肉工場には近づくまい、二度と家族持ちにはならず、一人で生きようと決心する。彼が見つけたのは地下にトンネルを掘る仕事であった。やがて彼は、この仕事の目的が、最大の労働組合であるトラック運転手組合潰しであることを知る。これには背後に大掛かりなスキャンダルがあり、一部の者が逮捕されたりするが、本当の黒幕は隠れたままであった。彼は独り者の気楽な生活を送っていたが、こうした仕事につきものの事故によりケガをして入院を余儀なくされ、失職する。退院して職探しをするが果たせず、住むところもない失業者としてホームレスとなる。「彼は森の中の傷ついた動物のようだった」(216)。この小説の中で稀なことだが、一九〇四年一月という時間が明示される。「恐慌」の始まりであり、一五〇〇万人が失業し路頭に迷っている。多数の人びとがシェルターを求めて、教会といわず駅といわず押し寄せ、ユルギスもその一人である。その状態はまるで「ミニチュアの地獄」(220)であると表現される。

彼はさまざまな経験を通して社会の仕組みについて知り、成長を遂げるのだが、第二部において特徴的なことは、彼がある場面に出くわすのには必ず誰かの手引きがあったということである。その主要な人物は、フレディ・ジョーンズ、ジャック・デゥアン、ロラン、ゴールドバーガー、マイク・スカーリー、コナー、ハーパー、社会主義の弁士、オストリンスキー、トミー・ハインズ、ニコラス・シュリーマン、ルーカスらである。そのうちのある者たちは彼を犯罪や不正に連れ込むものであり、別の者たち、とりわけ彼が演説を聞いて社会主義に目覚めてから出会う人々は、彼の同志、指導者として彼の覚醒・成長を手助けする。

第二四章で彼は奇妙な出来事を経験する。酔っ払いの若者に連れられて家に行くと信じられない豪邸であり、その父親が食肉産業の社長だった。贅沢な調度品の数々を見せられ彼の身の上話を聞かされ、一〇〇ドル紙幣を一枚もらってその家を後にする。あまりにご都合主義的で信じがたい話だが、このエピソードが挿入されているわけは次の章で明らかになる。彼のような乞食が一〇〇ドル紙幣を持っていれば盗んだものだろうと疑われるにちがいないと思い、ある酒場で換金してもらおうとして、悪質なバーテンに騙され、その上に警察に逮捕され刑務所に入れられる。世の中そんなうまい話があるはずがない。

刑務所で彼はかつて出会ったジャック・デゥアンと再会する。彼の手引きでユルギスは犯罪に手を染めていく。彼とは泥棒を、次に知り合うロランとは選挙の買収、更には競馬の不正、売春宿の経営者ゴールドバーガー、そして総元締めのマイク・スカーリーへと繋がっていく。その頃彼は社会主義者の存在を聞かされ、かつての同僚タモシュウス・クシュレイカのことを思いだすが、この時点では「社会主義者はアメリカの制度の敵だ」(247) という仲間の説明を受け入れている。そして共和党のドイルの当選のためにストックヤードに戻れと言うハーパーの命令で元の職場に復帰する。

その後彼はスト破りを指揮することになる。食肉労働者の三分の二は非熟練労働者であり、失業者が一五〇〇万人もいることを背景に、経営者は組合の要求を拒否し、組合はストライキに突入する。よりにもよってスト破りをするよう言われたユルギスは、犯罪者やヤクザ、黒人や東欧系移民など最下層の外国人などから成るスト破り隊を先導する。スト破り人たちは手が付けられなかったり、不正を働いたりで彼を悩ます。牛肉価格の値上がりと事態の収拾を求める世論もあり、組合はストをやめることを決め職場に戻る。しかしスト参加者を処分しないという約束を会社側が破ったことにより再び組合はストに突入する。

このストは実際、史上に有名なシカゴのパッキングハウスのストライキで、「よく組織され規律のとれた比較的穏やかな闘争であり、熟練非熟練を問わず職場の全労働者が人種と民族を超えて組織されたもので、八月七日の大パレードには二万人が参加して平穏な行進を行い、公衆の支持を得た」(Barrett 1987 167-69) という。小売業なども ほとんどがストを支持し、全国で同調ストが起こり、翌年には運送業者による大規模なストも起きている。しかしながら不況期ということもあり、ストは敗北に終わり、それから一〇年ほどは労働組合冬の時代を迎えることになる (*Ibid.* 181-82)。シンクレアが取材のためにシカゴを訪れたのはこのストライキの敗北の直後であり、組合が壊滅状態だったこともあり、作品中での組合の存在感のなさはそのせいであるかもしれない。

会社はあの手この手で新たな労働力を集めてくるが、労働者の質は更に低下し、収拾がつかなくなる。逃げ出した牛をめぐって暴動になり、警察が出て大騒ぎとなる。この時が彼の運命の二回目の展開点となる。コナーに再会したユルギスは怒りに捉えられ、再び彼の頬の肉を食いちぎるほど痛めつけ、逮捕される。そのコナーが市の大物スカーリーの第一子分であることが分かり、危ないところをハーパーの尽力により罰金三〇〇ドルで釈放される。コナーはユルギスにとって疫病神である。

再び失業者になったユルギスは、まわりに以前にもまして不況で職を求める人がいて、絶体絶命となる。シェルターを求めてさまよい、辿りつくのが共和党上院議員の演説会場である。そこを追い出されて偶然にかつて結婚式に招いたアレナ・ヤサイティーテに出くわす。彼女を通していとこのマリアの居所を知り、そこから家族のつながりが取り戻される。しかし、マリアは娼婦に身を落として麻薬中毒になっており、更生する意志もなくしている。マリアと別れて、気が付くと以前に入ったことのある演説会場があり、違う人物が演説をしている。

この第二八章が彼の社会主義との出会いである。満員の聴衆が興奮している。弁士は資本家がいかに労働者を搾取しているかを滔々と語る。彼を「同志」と呼んだ隣の女性も興奮している。会場の雰囲気は教会を思わせる熱狂で、弁士の演説は宗教的な比喩に溢れている。ユルギスは雷に撃たれたように震える。だが、この作品における社会主義は、マルクスの唱えるそれではなく、マイケル・ブルースター・フォルサムも指摘するように、いかにもアメリカ的な「社会的福音」(ソーシャル・ゴスペル)である (Folsom 37)。一八九〇年代から二〇世紀初頭にアメリカにおいて「社会主義」が唱えられ、作者シンクレアも社会党員となり、「社会主義」の運動に加わるが、この「社会主義」は、キリスト教倫理に裏打ちされた「正義」を求める運動であり、マルクス主義的社会主義とは一線を画すものであった。ウィリアム・ブラッドワース・ジュニアはこの点について、「彼の社会主義には明らかに中産階級の偏見があった」(Bloodworth 60) と述べている。

弁士の演説が終わり、彼はオストリンスキーというユダヤ人を紹介され、彼の家で社会主義と社会党について教えられる。オストリンスキーは一八七〇年代にポーランドで社会主義運動をしていたのだが、アメリカに来て一からやり直さなければならなかった。というのは、「アメリカでは、誰もが社会主義の概念そのものを嘲笑していた。アメリカでは万人が自由だと信じている」(297-98) からだと言う。「アメリカ例外論」がいかに浸透しているかの証左である。

ユルギスはようやくポーターとしての職を得るが、あまりにご都合主義的展開である。ハインズ・ホテルの社長は筋金入りの社会主義者であり、従業員も全員がそうである。そのような人々のなかで、ユルギスの「教育」は着実に、また急速に進んでいく。この第三〇章は「ユルギス・ルドクスの教育」の章と言っていいだろう。例えば彼の認識の到達点は次のように示されている。

この国の機会のすべてが、土地、その土地の上の建物、鉄道、炭鉱、工場、商店のすべてが、資本家と呼ばれる一握りの人間によって所有され、その資本家たちのために人びとは賃金労働を余儀なくされている。人びとが生産するものの大半は、この資本家たちの財産をこれでもか、これでもかと増やしつづけるのに役立っている――資本家や、その周辺の者たちがひとり残らず、想像できないほどに贅沢な暮らしをしているにもかかわらずだ！(307)

この三〇年間ずっとひとつの工場で働いて、一セントも貯金ができなかったあわれな男（略）に、社会主義の説明をしはじめると、男はせせら笑って、「興味ないね――個人主義なんだから！」と言う。さらに、社会主義は「温情主義」だ、社会主義が支配的になったら、世界は進歩しなくなってしまう、などと言い始める。(308)

このように、アメリカが自由と民主主義の国だという信念が、異常なほどの個人主義と、それの裏返しの集団不信というアメリカ人の性格をもたらしており、これは今日にいたるまで続くアメリカ的特性である。このためアメリカにおいては社会主義、共産主義は唾棄すべきものという扱いを受け、反アメリカ的とみなされてきた。この作品第二部においてことさら社会主義と社会党について長々しい演説（説教）や論議が展開されるのは、一般のアメリカ人が社会主義について無知であり、偏見に満ちているからである。そのような人々に訴え、啓蒙するために、物語としてのおもしろさを犠牲にしてまで、社会主義談義をする必要があったと考えられる。

第三一章（最終章）は社会主義を批判する有名雑誌編集者メイナードを招いて、党のシンパであるフィッシャー邸でニコラス・シュリーマンとルーカスの二人を中心にして違った立場から社会主義を論じるという設定である。ルーカスは元巡回説教師だった人物で、「イエスこそは世界で最初の革命家、社会主義運動の真の創設者だった」(316)、そのイエスが現在は歪められた教会や宗教によって利用されているのだと主張する。ルーカスにとって、協同共和連合体は新しいエルサレム、神の王国だった。これについて批評家R・N・ムーカジーは、「作家はルーカスを通じてキリスト教的社会主義を表明しているのだ」(Mookajee 76) と述べている。一方、シュリーマンは元は大学で哲学を講じていたという人物である。彼は宗教に対して批判的であり、社会主義によってのみ労働者が解放されると主張する。しかもシュリーマンにとっては、社会主義はかなたのゴールのために必要な一歩に過ぎなかった。彼は「哲学的無政府主義者」と自称し、（資本家の）特権と搾取が撤廃されれば、一日一時間の労働で自活できるようになり、全世界の労働者階級が勝利すれば、戦争など思いもよらなくなると述べる。その根拠が、役に立たない競争の浪費の廃止と協同方式による節約であるとして理想社会のヴィジョンを展開する(319)。この論争を聞いていたメイナードがどのように受け止めたのかは明らかにされていないが、この論争は当然に読者に対しても向けられている。

物語はこの後、シカゴにおいて社会党の得票が四〇万票になり、全米で得票が信じられない伸び率を示し、近い将来に社会主義がアメリカにおいて勝利するだろうという希望的観測を示唆して小説は閉じられる。しかし一九一七年のロシア革命の衝撃による反共産主義感情の揺り戻し、三〇年代の大恐慌時代には左傾化がいったん進むものの、三九年の独ソ不可侵条約締結による容共勢力の離反などを経て、今日に至るまでアメリカにおいては社会主義、社会党は国民に受容される存在となっていない。

雑誌の連載原稿を基にした『初版版』と比べると、単行本として出版されるにあたっていくつか削除された部分があるのだが、一番大きな削除は、元の第三六章と物語最終場面の削除である。これはかなり大きなものなので、削除された部分がどのような内容なのか、それをどう評価するかということを考えてみたい。第三六章以外にもいくつか削除されているエピソードがあるが、そのうち重要なものを二例あげよう。第三五章でユルギスがドウェインとおやじ狩りをした後の事で、ストックヤードで知り合ったハリー・ホイーラーが実はドウェインの生き別れた兄弟であり、銀行家だった彼らの父親がビーフ・トラストのために破産に追い込まれ、その結果不幸になったという話である。いま一つが第三一章でマリアが語るアレナ・ヤサイティーテの気の毒な身の上である。悪徳歯医者に騙されて入歯をさせられ、その費用のために上司に肉体を提供し、失業して売春をするしかなくなったのだという。このように資本の犠牲になる人物たちのエピソードが繰り返し取り上げられるのだが、これらの挿話は削除されている。

半分が削除されている第三六章のエピソードは、パッキングタウンの演説会にやってきた民主党の「熊手を手にした上院議員」の話である。この議員は民主党が金持ちを副大統領候補にする理由を問われて答えに窮するのだが、このかなり長いエピソードにおいて民主党も共和党も同じ穴のムジナだという本質的な批判が展開される。特に注目すべきは、この演説会にやってきたユルギス自身が演説をすることである。しかし仇敵コナーに見つかり警官に逮捕される。この削除に連動するのが、小説のエンディングの変更である。元の結末には「選挙の翌日午後一時に探偵に手錠をかけられて連行され、殺傷を意図した攻撃の罪で彼は二年間の懲役となる」と四行に渡る文章があったのだが、削除されている。修正された結末が社会主義の勝利を予感させるものなのに、ユルギスの逮捕・収監で終わるのは適当でないという作者の考えが働いたものと思われるが、ユルギスの成長に関わる挿話なので残すべきだったと思われる。

最後に黒人像、女性像について若干検討したい。黒人人物として個人で登場する者はいない。黒人たちはスト破りのために南部から集団で連れてこられた者たちとして、ひと塊で扱われ、稼いだ金で酒をのみ、ギャンブル、喧嘩、乱れた振る舞いをする動物的な人々という描かれ方である。前作『マナッサス』（一九〇四）において黒人奴隷制を批判的に描いたシンクレアだが、本作における黒人表象は通俗的であるのみならず、差別的でさえある。これについてエモリー・エリオットは「無神経で人種差別的」(Elliott 94)と非難している。

女性に関しては数名の印象的な人物が登場する。妻となるオーナ、その継母テータ・エルズビエタ、マリア、アレナ・ヤサイティーテなどである。オーナとテータは受動的で存在感の薄い女性だが、マリアは強烈な存在感を持った女性である。その彼女が様々な苦難の後に娼婦に身を落とし、モルヒネ中毒患者となるのは、この時代の移民女性にとっていかにアメリカ社会が厳しかったかということを如実に表している。また何度か描き出される酒場の場面に登場する女性たちや売春宿で働く女性たちの多くが騙されて連れてこられているというのも当時の実相だと言える。このような女性たちに向けるユルギスの眼差しは同情に満ちており、作者も同様である。シュリーマンとルーカスの社会主義論争のなかでシュリーマンが述べる、結婚と売春の相違は階級的なものだという主張(315)には一理ある。

三．作品を取り巻く状況――「アメリカ例外論」との関係

このように明白な資本主義批判の作品として意図されているにも拘わらず、なぜ作者が目的とした労働者の窮状と資本の搾取を暴くという点が注目されなかったのだろうか？　そこには体制や資本の側の意図的な操作や多くのアメリカ人に刷り込まれているある「アメリカ神話」が働いていると考えられる。それは「なぜアメリカには社会主義がないのか？」と言われる、「アメリカ例外論」の存在である。

近年トランプ現象への対抗としてという意味合いもあり、民主党のサンダース議員が社会民主主義的

な政策を唱え、若者層の三〇%がこれを支持しているという現象が起きているが、アメリカ人は従来圧倒的に個人主義的であり、反社会主義的であった。アメリカが革命によってつくられた、封建制を持たない国であり、独立宣言に記されているように、「すべての人が平等につくられ、幸福と自由の追求の権利が与えられて」おり、それをアメリカ憲法によって保障し、国民の参政権が(先住民、黒人、女性を除く)白人男性に早くから認められていること、自由意思で選び取った宗教の自由を基本としている等の点で、歴史上の例外的な国であると言う。このため自由を規制するもの、集団的な権力への不信と抵抗が根強いのが特徴的である。このような「国民性」をつとに指摘したのがフランス人アレクシス・トクヴィルであり、彼の『アメリカの民主政治』(一八三五-四〇)が元祖アメリカ例外論であると言われる。それは「アメリカにはなぜ社会主義がないのか」という問いに形を変えて、繰り返し問われるのだが、その嚆矢はエドワード・ゴドキンの『ノース・アメリカン・レヴュー』掲載の論文(一八六七)である。彼はその原因をアメリカの政治的イデオロギー、社会的流動性、労働運動の特徴、政治構造に求めている(梅崎 一四)。

この問題を正面から取り上げたのがドイツの経済学者ヴェルナー・ゾンバルト『なぜアメリカに社会主義はないのか?』(一九〇六)である。ゾンバルトは五つの理由を挙げて、アメリカの労働者が「感情的に資本主義の一端を担っている」と指摘する(梅崎 一五)。その内訳は①建国当初からの男子普通選挙権、②二大政党制、③政党が階級構造と重ならない、④労働者が物質的豊かさを享受できるミドルクラスである、⑤階級上昇を可能とする社会的流動性の高さである。別言すれば「アメリカニズム」、「アメリカの夢」である。

この考えは根強く、一九五五年にはコンセンサス学派のルイス・ハーツは『アメリカ自由主義の伝統』において、「封建的伝統のないアメリカには本来的に自由主義しかない」と述べている。決定的なアメリカ例外主義論はシーモア・リプセット『アメリカ例外論』（一九九六）である。彼によれば、比較的平等な身分制度、実力志向の価値体系、相対的な豊かさ、政治的民主主義の歴史などの要素が総合的に作用して、階級意識に根差した左翼運動の掲げる目標を受け付けない社会制度が生まれたとのことである（梅崎　一六）。また「社会主義がない」内的要因もあり、その一つは社会主義運動のセクト的関心とイデオロギー対立、更には社会主義運動指導者の排外主義的傾向であった。このことは『ジャングル』に描かれる社会主義に関係することであり、後ほど論じたい。

リプセットはゲイリー・マークスとの共著『それはここでは起こらなかった――なぜ社会主義はアメリカで失敗したのか』（二〇〇〇）でも同様の意見を開陳し、二〇世紀における最終回答だと主張した。しかしこれらの「例外論」は、冷静に検討してみれば、いくつかの点で問題を含んでいる。平等を論じる際に先住民、黒人、女性が排除されたことは論者たちも認めている通りである。また「自由」はあくまでも「私有」の権利についてである。一九世紀後半の急速な産業化のなかで資本の独占が急速に進み、独占禁止法が制定されるほど資本の横暴が明らかであった。その後も、資本が司法を懐柔して労働運動を抑え込み、自分たちに都合の良い政治を実行させたというのが実態である。その結果、現在では、労働組合組織率は一〇％台、所得配分においては先進国中で最も不平等、福祉支出は最低で、膨大な貧困層を抱えている。「アメリカの夢の崩壊」は二〇世紀アメリカ文学の主要テーマとして繰り返し論じられている。これらのことを総合して考えるに、アメリカに社会主義がないという議論は、アメリカにあってほしくないという（資本の）排除の論理に他ならないと言うべきである。そもそも一九世紀初頭の産業革命期には活発な労働運動が展開され、二〇世紀においても特に地方政治において、アメリカ社会主義の伝統が脈々と存在したことは事実であり、アメリカに社会主義の可能性がないわけでないとエリック・フォーナーは論じている。

まとめ

『ジャングル』ではこのように第一部において賃金奴隷のファミリー・マンとして必死に奮闘するユルギスを中心として、移民や労働者たちの悲惨な運命、負け戦が、断片的なドキュメンタリーの手法を用いて、容赦なく描出される。第二部におけるユルギスは、家族を失い、一人の人間になってからは、様々な人々との出会いの中で、犯罪者やスト破り、乞食など反社会的な経験をしながらも、社会主義との出会いによって目覚め、人間性を獲得（回復）していく。その過程を作者は、独善的で教条主義的なきらいはあるものの、ドラマチックに描き出している。望むらくは、「民族グループごとに教会や学校を作り、信用組合、利益団体、運動クラブ、合唱団、演劇団体など友愛的、経済的、政治的グループが活発に活動した」（Barrett 1987 75）、とバレットが示すストックヤード地区の移民共同体の実態や、「調停委員会の介入により……一〇時間労働制が実行され、雇用の安定、労働のスピードダウンなどの成果が勝ち取られた」（*Ibid.* 155-58）という労働組合運動の成果などをシンクレアがもっと幅広く学び、この時すでにシカゴに存在していたセツルメントや福祉事業などのセイフティー・ネットにまで視野を広げれば、小説の希望がもっと厚みのあるものになり得ただろう。実際のところ彼は調査時にはメアリー・マクダウェルのシカゴ大学セツルメントで食事をしたり（Barrett "Introduction" vi）、ジェーン・アダムズのハルハウスを訪問したりしているのだから。ただ彼はセツルメントがプロテスタント主導で、パッキングハウスからの資金援助も受けていたことが気に入らなかったようであり、アダムズとも口論になったとの事である（Harris 70）。

気に入らなかったということに関連すれば、コミュニティにおいて実際に重要な働きをしたのが酒場の存在だったのだが、小説中での酒場および酒場の主人の扱いは好ましいものでない。バレットによれば、五〇〇軒あった酒場は、新旧移民の接触と交流の場となったのみならず、酒場の主人のなかには元は組合活動家だった者もあり、組合運動の指導力や会合の場所を提供したりした。食事を提供し、給料である小切手の現金化も行った（労働者の九五％が利用したという説もある）。また様々な文化行事や結婚式などの集会所としても場所を提供した。小説冒頭の結婚披露宴もここで行われた。しかしこの酒場の主人は酒代を吹っかけており、第二部でユルギスが一〇〇ドル札を換金しようとした酒場のバーテンは彼を犯罪者扱いして警官に逮捕させているように、悪人として描かれている。このように酒場に対してシンクレアが好意的ないし中立的でないのは、彼の父親がアルコール依存症だったために彼自身は禁酒運動に共鳴していたせいであると主張する者もある。

食肉工場労働者の仕事と生活を見事に描き出したにも拘わらず、『ジャングル』における二〇世紀初頭のアメリカの労働者の描写は必ずしも正確でない（Barrett 1987 9）といわれる。その理由はシンクレアがこの人々を絶望的な、動物のような存在と描いているからである。バレットの著書や『平凡な人々』

の聴き書きなどを参照すれば、人々は必ずしも孤立していたわけでなく、相互に助け合い、連帯してより良い生活のために闘ったのだ。どうしてシンクレアがそのことを見逃したのかということについて、バレットは作家の政治的見解のせいだと述べている。

それは二〇世紀初頭のころの全世代の革新的な知識人に多くの点で共通する特質だった。彼の社会党は中産階級の職業的改革者、革新的知識人、ポピュリスト農民、キリスト教的社会主義者——アメリカの一九世紀革新的改革の伝統の正統な継承者——の党だった。だがこのグループはシンクレアが描くような移民労働者とあまり親しい接触をしていなかった上に、中には一九世紀改革者の土着の伝統的な偏見を持っている者もあった。移民労働者に対するシンクレアの扱いに入り込むネイティヴィズムと、彼の黒人スト破り人たちの描写の明らかに人種差別主義的な調子は二〇世紀初頭の社会主義運動に特有だったわけではない。(Barrett "Introduction" xxiv)

このように作家の思想的立場をアメリカ史の流れの中においてバレットは捉えている。

また、この小説が食肉産業の衛生面の腐敗を暴き出し、食品衛生法の制定に与ったという面のみが強調され、作品の価値がそこにあるかのように評価されるのは、誤った誘導である。ロバート・ダウンズは、三〇八ページのうち一二、三ページほどが食肉生産のゾッとする詳細に関わっているだけであると述べて、この小説の意図は第一に社会主義への訴えであり、「賃金奴隷制」への抗議であると主張している(Downs 122)。ダウンズの指摘は的を射ている。しかもこの小説が扱った食肉生産というモチーフが、ブラッドワースが述べるように「食物とその製造は階級の違いに橋渡しをするために政治的、修辞的に用いられている」(Bloodworth 60) ということを考慮するならば、作者の言う、「読者の心を撃つことを狙ったのに、胃袋を撃ってしまった」という「誤算」は必然的だったとも言えよう。また「個人は刻苦勉励によって社会的上昇を遂げることを当然とし、貧困を克服すべき」と考え、集団によって抵抗し、より良い条件を勝ち取ってゆくという物語に目を向けようとしないアメリカ人一般の性向と「アメリカ例外論」の強固さも、作者の思惑以上だったかもしれない。しかし現代においても労働者の無権利状態が放置され、ブラック企業や過労死、非正規雇用や失業、貧困が蔓延していることを思えば、シンクレアが描こうとした「賃金奴隷制」は解決された問題ではない。不十分な点はあるものの、この作品はアメリカ資本主義によって徹底的に搾取の対象とされる人々（労働者）の姿を余すところなく描き出し、資本家がアメリカ社会を支配するという事実をあぶり出している極めてリアルな作品であり、今こそ読み返されるべきものである。

テクスト

Upton Sinclair, *The Jungle*. A Norton Critical Edition, 2003. を主たるテクストとして用い、引用頁数をカッコ内の数字で示した。小説からの邦訳引用は主に、大井浩二訳『ジャングル』松柏社、二〇〇九年、を借用し、必要に応じて改変した。

Gene DeGruson Ed., *The Lost First Edition of Upton Sinclair's 'The Jungle'*. St. Luke's Press, 1988.

引用参照文献

Barrett, James R. *Work and Community in the Jungle: Chicago's Packinghouse Workers 1894-1922*. U of Illinois P, 1987.

———. "Introduction" and "Notes" (Upton Sinclair, *The Jungle*. U of Illinois P, 1988.)

Blinderman, Abraham ed. *Critics on Upton Sinclair.* U of Miami P, 1975.

Bloodworth Jr., William A. *Upton Sinclair*. Twayne Publishers, 1977.

Bloom, Harold. Ed. *Modern Critical Interpretations: Upton Sinclair's* The Jungle. Chelsea House Publishers, 2002.

Downs, Robert. "*The Jungle* in Criticism" in *Critics on Upton Sinclair* ed. Blinderman, 120-22.

Elliott, Emory. "Afterword to *The Jungle*" in *Modern Critical Interpretations: Upton Sinclair's* The Jungle, 89-97.

Folsom, Michael Brewster. "Upton Sinclair's Escape from *The Jungle*: The Narrative Strategy and Suppressed Conclusion of America's First Proletarian Novel" in *Modern Critical Interpretations: Upton Sinclair's* The Jungle, 21-47.

Foner, Eric. *Who Owns History ?: Rethinking the Past in a Changing World.* Hill and Wang, 2002.

Harris, Leon. *Upton Sinclair; American Rebel.* Thomas Y. Crowell Company, 1975.

Howard, June. *Form and History in American Literary Naturalism.* The U of North Carolina P, 1985.

Kazman, David M. and William M. Tuttle, Jr. eds. *Plain Folk: The Stories of Undistinguished Americans.* U of Illinois P, 1983.

Lipset, Seymour Martin and Gary Marks. *It Didn't Happen Here: Why Socialism Failed in the United States.* W. W. Norton& Company, 2000.

London, Jack. "What Jack London says of *The Jungle*." in *The Jungle:* A Norton Critical Edition, Criticism 483-84.

Montgomery, Louise. *The American Girl in the Stockyard District*. The U of Chicago P, 1913.

Mookajee, R. N. "Muckraking and Fame: *The Jungle*" in *Modern Critical Interpretations: Upton Sinclair's* The Jungle, 69-88.

Morris, Matthew J., "The Two Lives of Jurgis Rudkus" in *Modern Critical Interpretations: Upton Sinclair's* The Jungle, 139-55.

Sombart, Werner. *Why Is There No Socialism in the United States?* Translated by Patricia M. Hocking and C. T. Husbands.

Macmillan, 1976. c1906.
梅崎透「なぜアメリカに社会主義はないのか／今あるのか」『立教アメリカン・スタディーズ』第四二号、立教大学アメリカ研究所、二〇二〇年、七-三〇頁。
中田幸子『アプトン・シンクレア――旗印は社会正義』国書刊行会、一九九六年。
シーモア・M・リプセット著、上坂昇、金重紘訳『アメリカ例外論――日欧とも異質な超大国の論理とは』明石書店、一九九九年。

第二章　トマス・ウルフ
インフルエンザ・パンデミックと戦争と
トマス・ウルフ的想像力──『天使よ、故郷を見よ』

はじめに

二〇二三年五月六日、二〇二〇年以来三年余となる新型コロナ・パンデミックの緊急事態終了をWHOが宣言した。このパンデミックで世界で七・六億人が感染し、六九〇万人が死亡した（朝日新聞、二〇二三年五月六日）。この三年間私たちは、ワクチンを接種し、マスクをして極力他人との接触を避け、不要不急の外出をしない生活をしてきた。私たちのこの生活も歴史上のパンデミックとして記録され、何年か後に振り返られることになるのだろう。今一つの問題は戦争である。二〇二二年二月にロシアがウクライナに侵攻し、戦争が始められた。ロシアに対する非難と経済制裁がなされ、経済的な影響が世界中に波及し、世界戦争には至っていないものの、双方への武器の供与が続く中、戦争が止む気配もない。パンデミックと戦争に世界中が巻き込まれるというこのような事態は今が初めてというわけではない。今から一〇〇年余り前にもよく似たことがあった。

この時のパンデミックは一九一八年から二〇年ごろに発生したもので、一般的には「スペイン風邪」と呼ばれたものだが、今日では正確を期して「スパニッシュ・インフルエンザ」あるいは「一九一八年インフルエンザ・パンデミック」と呼ぶ。当時の世界人口（約二〇億人）の半分に当たる一〇億人が罹患し、四〇〇〇万人が死亡したと言われる（アメリカでは一〇〇〇万人が罹患し、五〇万人以上が死亡したと言われる。日本では当時の人口五五〇〇万人のうち二三〇〇万人が罹患し、三九万人が死んでいる）（コリヤー　二五二）。この死亡者数は第一次世界大戦における戦死者数の三倍に相当する（クロスビー　一〇）。詳しく言えば戦闘において失われた兵士の数とほぼ同じ数の兵士がインフルエンザによって死亡しており、インフルエンザの流行で亡くなったアメリカ市民の数はその一〇倍以上である（同　三三）。約四四万人がスパニッシュ・インフルエンザないし肺炎の合併症で亡くなっているが、それは第一次世界大戦、第二次世界大戦、朝鮮戦争、ベトナム戦争の米軍戦死者数四二万三〇〇〇人より多い（同　二五五）。

これだけ多くの人がこのインフルエンザ・パンデミックにおいて亡くなり、また多くの著名人が罹患したり、死亡したりしている。第一次世界大戦がらみでも、米大統領ウッドロー・ウィルソン、仏首相ジョルジュ・クレマンソー、英首相ロイド・ジョージが罹患している（クロスビー第一〇章）し、後の米大統領となる海軍次官補フランクリン・ルーズベルトも罹患している（バリー　下　二五）。文学者では、平和主義者で社会主義者でもあるランドルフ・ボーンが死亡しており（バリー　上　八〇）、ドス・パソスとキャサリン・アン・ポーターは罹患している（クロスビー 一七四）。メアリー・マッカーシーは父母が死亡し孤児となった。トマス・ウルフは兄を、ウィリアム・マックスウェルは母を亡くしている。二〇年代の「迷える世代」の作家たちはいずれもパンデミックのせいで戦争に参加できなかったり、被害を被ったりしているのだが、作品においてほとんどまったくパンデミックに言及していない。

一．パンデミックと第一次世界大戦

二〇世紀初めの時代のアメリカにこれほど大きな影響を与えた出来事が、同時代の作家たちの作品にほとんど登場しないことに疑問を抱き、「異様な文学的・批評的沈黙」、「消去」と呼ぶエリザベス・アウトカは、その主要な理由として「戦争」を挙げている。言うまでもなくこの時期は第一次世界大戦が戦われている時期であり、その影響力の大きさや政治的意味の重大さの影では、病気は勇敢さに欠け、死の目立たない形態と見做されがちであるなどの理由で、戦争ほどに注目を浴びにくかったのだと述べる。しかし事実を見れば、インフルエンザは戦争よりはるかに壊滅的で、五年間のヨーロッパの戦争より多くの人の命を二、三ケ月で破壊したのだ。そして彼女は必ずしも多くはない文学作品中でのこのパンデミックへの言及の例を取り上げるとともに、アメリカの作家とイギリスの作家における微妙な態度の相違について考察している。その元になるのは、アメリカにとって戦争は外部のこと、ヨーロッパにとっては身近なことという違いである。

また、リチャード・コリヤーはその著書のエピローグにおいて、H・L・メンケンのスパニッシュ・

インフルエンザについての一九五六年の論評を取り上げ、「たいていの米国人は、明らかにそれを忘れてしまっている。これは驚くにあたらない。人間の心は、我慢できないことを、それが起きているときには隠そうとするように、記憶の中から常に抹殺しようとする。だからこの疫病が話題とされることは、ほとんどない」という彼の指摘は痛ましくも真理なのだと述べる（コリヤー 二四一）。つまり堪えがたい苦痛だから忘れようという心理的機制が働いているのだと説明する。そのようなことも考えられる。しかし同時に、いくつかの理由によって人々がこれを正しく認識することができなかった、その故に忘却してしまったとも考えられないだろうか。

最初に考察すべきことは当時の医学的状況である。アルフレッド・クロスビーは、発疹チフス、黄熱病、ジフテリアなど恐ろしい病気の致死的流行の記憶が、人々の間にまだ十分生々しく残されており、インフルエンザの流行が特別なものとして認識されていなかった可能性を指摘する（クロスビー 三九四）。当時インフルエンザの原因は不明であり、報告義務をともなう感染症でなかった（それがウイルスによってもたらされるものであることが証明されたのは一九三三年のことである）。治療薬も開発されていなかったので、あたりまえのように大勢の人が肺炎で亡くなっていた（同 四〇）。インフルエンザの罹患率と死亡率の大きな開き（死ぬ人が比較的少ない）も、犠牲者となる可能性のあった人びとをおとなしくさせる方向に働いたといえる（同 三九六）。概して我々は、自分たちが罹りそうもない高い死亡率を持つ病気の方にずっと恐怖を抱くものである（同 一八）。

次に戦争との関係である。戦争は死、しかも大量死が当然視されるものであるために、あまりにそれが身近で日常的なものとなってしまい、死への恐怖が失われる作用をもたらした。多くの人々がインフルエンザを、単純に戦争の一部分として捉えていたかもしれない（同 三九四−九六）。戦争に参加する兵士のように強壮な若者が死者の中心的な部分を占めたことも共通している（同 三九八）。

医学と戦争と両方に絡むのだが、戦争により戦場に医師と看護師の派遣が必要となり、若い優秀な医師や看護師の多くが軍に吸収された。一般市民への医療は急速に悪化したために十分な治療がなされず死亡する例もあった（バリー 上 一二〇）。

次に情報統制の問題である。第一次世界大戦の中で主要な役割を果たしたウッドロー・ウィルソン大統領を中心に年表を見ると、彼がアメリカ史上に類を見ない方法でアメリカ人の暮らしに国策を徹底させたことが分かる。一九一三年に大統領に当選したウィルソンは、一四年にヨーロッパで戦争が始まった当初は中立政策を掲げていた。しかし翌一五年のドイツ潜水艦によるルシタニア号撃沈をきっかけにその姿勢を転換し、実質的な軍事増強計画に着手する。一六年六月新国防法が成立し、海軍法、歳入法が通過する。一七年、ロシア革命によりロシアが戦争から手を引き、連合軍が不利な状況に追い込まれる中で、四月にアメリカは参戦する。五月に選抜徴兵制が敷かれ、二四〇〇万人が登録、四八〇万人が軍隊に入り、二〇〇万人がフランスで戦った。大学のキャンパスから一五万人の学生が参戦する。一七年に防諜法、一八年に治安法が制定され、「アメリカ化」もしくは「一〇〇パーセント・アメリカニズム」運動が展開され、労働運動とラディカルの迫害が進む。一八年には世界中にインフルエンザが広がり、軍隊の少なくとも四分の一が感染し、戦争の行方に大きな影響を与えた。戦闘で命を落としたのは五万一〇〇〇人だったが、六万二〇〇〇人の兵士と水兵が病気で死亡し、そのうち約五万二〇〇〇人はインフルエンザと肺炎が原因だった（ノートン 二二二）。

ドイツ軍もインフルエンザ感染の影響を受け、敗戦に追い込まれる。一八年一一月一一日に休戦条約が調印され、一九年一月パリ講和会議、六月ヴェルサイユ条約調印で第一次世界大戦は終結する。合衆国が戦争に加わったのはわずか一九か月間だったが、国内への戦争の影響は著しかった。これまでになかったほど国家がアメリカ人の生活に干渉することになり、前例のないほど官僚的な権力の集中がワシントンで進んだ（同　二二五）。

このように構築されて行く戦時体制のなかで、ウィルソンは和平の見通しに動じなかったようにウイルスに動じるはずもなかった。この病気に対して一般人の注意を喚起しようとせず、軍隊がインフルエンザによって壊滅状態になっていることを公表もしなかった（バリー　下　二一―二九）。官僚や役人もこれに倣った。政府の高官は、インフルエンザの危険性を公にはまったく認めなかった。公衆衛生局長ルパート・ブルーは何もしなかったどころか、関連研究を妨害した（同　三四）。また戦争遂行のための公債購買運動は必然的に何千もの集会やパレード、そして何万軒にもわたる戸別訪問による勧誘をともない、まるで空気感染する病気を広める行為のすべてを推奨しているようなものだった（クロスビー　七二）。当時の最大のメディアである新聞はこの病気について、ほかの場合と同じように真実と半真実、真実と曲解、真実と嘘をとり混ぜて伝えた（バリー　下　七八）。これでは人々がインフルエンザの脅威に対して正しく知って備えることができるはずがなかった。

このようにいくつかの理由が組み合わされて、人々はこの病気の恐ろしさも防御法も治療法も知らず、いつの間にか感染し、為す術もなく一命を落としたのだった。それはいわば事故、天災、不運と受け止めるしかないものであり、人類の誕生以来人びとが経験してきたこととして了解され、忘れられたのだ。しかし上に見たようにこれは決して天災とは言えず、ある種の人災であったことを我々は肝に銘じておくべきである。

二．伝記的背景

このような歴史的事実を念頭に置きながら、一九一八年パンデミック文学の数少ない事例の一つと言われるトマス・ウルフ（一九〇〇–三八）の小説『天使よ、故郷を見よ』には何がどのように描かれているのか、なぜそのように描かれているのかを見て行きたい。すべての文学は大なり小なり自伝的であると言われるが、トマス・ウルフの場合はとりわけその色彩が濃厚である。ということは彼の実人生の出来事が作品に基本的な影響を与えているということである。その点を押さえながら作品のポイントを見ていくことにしよう。

ウルフは一九〇〇年一〇月三日にノースカロライナ州アッシュヴィルに生まれ、三八年九月一五日に亡くなっている。第一次世界大戦が始まった一四年には一三歳であり、一六年九月に一五歳でノースカロライナ大学に入学したが、アメリカが参戦した一七年四月には一六歳で、徴兵の対象外であった。第一次世界大戦が休戦となった一八年一一月には一八歳になっていたものの、彼は幼過ぎて戦争には参加できず、戦争との関わりは夏休みに軍関係の工場などで働いた程度の間接的なものであった。一八年一〇月に兄ベンがインフルエンザで死亡する。二〇年に大学を卒業し、九月からハーヴァード大学大学院に進む。ここまでが小説『天使よ、故郷を見よ』でカヴァーされる時間である。

時間とともに重要なのが場所である。彼が生まれ育ったところはノースカロライナ州アッシュヴィル（小説ではアルタモント）という南部の地方都市だが、この都市は特別である。アッシュヴィルは「南部で一番高級な避暑地」で「バンダービルト家がアメリカで最も粋をこらした屋敷を建てたところ」と紹介されている（バリー 上 一九六）。日本で言えば軽井沢のようなところであり、ここはまた結核などの療養地でもあったことが作中にも記されている（9）。母親イライザがデキシー・ランドという旅館兼下宿屋を営んでいるが、ここに病気療養のために投宿する者たちが次々とやって来る様子が描かれる。この屋敷は小説の中心的な役割を担っており、主人公ユージーンが失恋したり、クリスマス休暇に一家が大喧嘩したり、兄ベンが病死するのもここである。

また町の広場の通りには父オリヴァー・ガントの墓石店や馬面ハインズの葬儀屋などがあり、墓地も近く、死のイメージが漂ってもいる。また当時の医学・医療の実情を反映して、結核、チフス、マラリアなどの伝染病に罹患する人も多く、亡くなる人も多い。つまり一九一八年のインフルエンザ・パンデミックが特別に思えないほど、病気と死が日常的にあった時代・場所であるということである。

このような時代と場所を背景に物語が展開するのだが、この小説が出版されたのは一九二九年、つまり約一〇年後のことである。この作品の出版直後に株の大暴落が起こり、アメリカは大恐慌に突入するのだが、「激動の一九二〇年代」にウルフは劇作に励むが成功せず、援助者を得た後に本作の元となる作品にとりかかり、マックスウェル・パーキンズという編集者との出会いによって出版の運びとなる。この一〇年を経て彼も二九歳という年齢になる。その距離感がこの小説にどのように反映されているのかも考えながら、作品に描かれていることを検討しよう。

三．作品の主題とパンデミックと戦争

この小説は基本的にユージーン・ガントの成長物語だが、その前史として父オリヴァーと母イライザの馴れ初め、さらには彼らの祖先の物語が言及される。全三部から成る物語は、第一部ユージーンの誕生から一二歳までの子ども時代、第二部ユージーン一二歳から一五歳までのジョンとマーガレットのレナード塾時代、第三部一六歳から一九歳のノースカロライナ大学時代から成っている。学校生活や家庭生活における諍い、葛藤、性の目覚めなど成長物語に共通する出来事に満ちており、ジェイムズ・ジョイス（一八八二–一九四一）の『ダブリンの人びと』（一九一四）、『若き芸術家の肖像』（一九一六）、『ユリシーズ』（一九二二）などの影響や類似は明らかである。そのような物語のなかにパンデミックがらみの病気や死、戦争の話題がどのように組み込まれているのかを検討することによってこの作品の特徴の一端を知ることができる。

最初の戦争への言及は、「［南北］戦争が終わった時、［父］オリヴァーは一五歳だった」(6) とあるが、この戦争についてそれ以上述べられるわけではない。本作品での戦争は言うまでもなく第一次世界大戦であるが、先述したように、主人公も幼過ぎて戦争には参加していない。長兄のルークが出征するものの、次男のベンは徴兵検査で不合格となり、戦争に参加できない。そのため本作において戦争は主たるテーマとして登場するわけではなく、隠れた主題である。

病気と死に関してはオリヴァーが最初に結婚した相手シンシアが肺病やみの女性で、ある夜突然に出血して死に、彼も結核で死ぬのだろうと思ったことが書かれている。彼の場合はアルコール依存症と癌

を患うのだが、この小説の結末においてもまだ死を迎えるに至っていない。また彼の再婚相手であるイライザは学校教師時代に肺炎で入院したことがある（10）。また彼らの結婚生活は「病気、虚弱、貧乏、死と悲惨の絶えざる切迫であり、第一子を亡くし、その後六人の子を生したが病気の連続だった」（19）。第四子ルークは八歳でチフスにかかり、重症となる。一連の病気の話の最初の極点が、一九〇四年セント・ルイス万博でのベンの双子の兄弟グローヴァーのチフスによる死である。これまでに第一子レズリーは生後二〇ケ月でコレラで死亡し、一八九七年にはイライザがチフスで死ぬ間際となり、一九〇三年ルークがチフスで死にかけ、母方のグリーンリー・ペントランドが先天性瘰癧結核で亡くなっている（58）。

この頃（一九〇〇年前後）は、チフスが流行病の代表であり、ニューヨーク市だけでも毎年三〇〇〇人から四〇〇〇人の腸チフス患者が出ていた（金森 二五）。その「ペイシャント・ゼロ」とされた「チフスのメアリー」の話はあまりに有名である。グローヴァーの死はイライザが夫の反対を押し切って実行した計画の結果もたらされたもので、これをきっかけとして夫婦仲がますます悪化し、家族の不和状態が顕著となる。その到達点がユージーン一七歳のクリスマス休暇での大喧嘩である。この大喧嘩を通して初めて主人公は両親に反抗し、精神的自立の道を歩み始めるのだが、その陰に起点としてのグローヴァーのチフスによる死があることは重要である。下宿人の中で肺炎やチフスや結核で亡くなる人たちが切れ目なく出てくる。ユージーンは「ここは本当に死者の町だ」（224）と思ったりする。「カーネーションと杉の木の甘い葬儀の香が重苦しい空気の上に漂っている」（269）と死を身近に感じるようになる。

この頃にヨーロッパで戦争が始まり、参戦をめぐる議論が作品中でも描かれる。小学校長のL・B・ダン教授がドイツが攻めて来るかもしれないと発言すると、ボブ・ウェブスター氏はドイツ人は善良すぎる人種だからそのようなことはあり得ないと反論する。ダン教授はドイツが世界制覇の野望を持っていると主張し、警戒を怠るべきでないと警告する。ウェブスター氏が、「今度の戦争は我々の出る幕じゃない」、「はるばる海を渡って三千マイルのかなたに我々の子弟を派遣し、外国人同士の戦いに討ち死にさせるという法はないな」（281）と戦争不介入を主張すると、ウォルター・ジーター判事が、「ホワイトハウスには先見の明ある政治家がいるので、我々は大舟に乗った気持ちでいられるよ。彼の名識ある指導に信頼して、名実ともに厳正中立を守ろうじゃないか」と続けてこの場は終えられる。しかしその後、実際にはウィルソン大統領が方針を転換して戦争に参加していくことになるのだから、この場面はアメリカ人の楽観主義を裏切るものとなっている。その夏にアメリカは参戦し、日常生活にも戦争の雰囲気が広まっていく。

このころ彼は思春期の問題に直面する。学友に誘われて黒人街の売春宿に行き、性病にかかって苦しむ（二九章）。また夏休みに母の旅館に宿泊しているローラ・ジェームズとの恋愛を経験するが、彼女には婚約者がおり、失恋する（三〇～三一章）。失恋の痛手から立ち直れないまま一九一七年のクリスマス休暇での一族再会において、飲酒を契機として、たまっていた不満が噴出して大口論となる。この大事件を経て主人公は青年へと脱皮していく（三二章）。ローラを忘れられないユージーンは一八年の夏休みに、彼女を求めてヴァージニア州に赴き、彼女の家を探し当てるが会うことはできない。お金を稼ぐために軍関係の仕事をして、家に帰る途中にローラに宛てて決別の手紙を書く。こうして主人公の初恋愛は終息する（三三章）。なおローラのモデルとなったクララ・ポールは二年後にインフルエンザで死亡した（古平　一八）のだが、そのことは小説には反映されていない。

そして作品は大団円を迎える。一九一八年秋、大学に戻った一八歳の彼の許に兄ベンが肺炎で重症であり、急いで帰れという電報が届く（三四章）。帰宅した彼を待ち受けていたのはインフルエンザに感染して瀕死の状態のベンであった。姉デイジーの子どもたちから感染したとのことである。実はその前に母からの手紙が届いていた。そこにデイジー一家が来ていたこと、町ではインフルエンザが流行っていてたくさんの人が罹ったこと、強健なメソジストの牧師ハンビーさんが罹って死んだことなどが伝えられていた。ユージーン自身もそうだったと思われるが、この手紙の内容の重要性は、その時点では十分認識できなかったのである。ベンが助からないという事態に直面して初めて、インフルエンザ・パンデミックが猖獗を極めていることに思い当たるのだ。読者もこの作品がパンデミック文学の一つであるというアウトカの指摘を受けて初めてこの手紙の重要性に気づくのだ。しかしそうなるのは、この事件直前の失恋、家族間の反目、辛い労働経験など、ユージーンの成長の節目となる激動が連続して起き、読者も主人公も気をとられるというプロット進行のせいでもある。あるいは最初に歴史的背景について述べたように、一般のアメリカ国民は、戦争という大事件に気をとられていて、パンデミックの恐ろしさを十分に認識していなかった、あるいはあまり知らされていなかったと言えるだろう。

『天使よ、故郷を見よ』におけるインフルエンザ・パンデミックによる兄の死についてクロスビーは、「この兄の死は生涯こころの傷となっている。ウルフはこの作品で、愛する者が死を迎えたその時をこのうえなく見事に捉えている」（クロスビー　三八九）と評価している。実際、父と母の対立、きょうだい間の確執などで孤独な主人公にとって心から頼りにできたのがベンであった。彼が性病に罹って苦しんだ時、ローラ・ジェームズとの失恋に打ちひしがれた時に彼を救ってくれたのがベンであった。ベンの闘病にまつわる出来事は医療に関する当時の実情や登場人物たちのエゴイズムや人間性を暴露している。戦争のせいで医師や看護師が不足しており、呼ばれたカーディアック医師は安静が必要なのに起き上がってもいいと誤った指示を出すし、イライザは、大したことはないと病気を軽視して、節約のために暖をとることをケチり、ベンが高熱を出している時に医者と不動産の話をしていた。また、ただ一人親身になって看病をしてくれたパート夫人を、気に入らないからと追い出してしまう。父オリヴァーは自身の死に怯えながらも葬式の費用がかかることを嘆いて娘のヘレンに叱責される。臨終の場面でイライザが真に嘆いていることにユージーンは気づく。このようにして一番愛されるべきベンの薄幸の人生が閉じられる。盛大な葬儀と埋葬が執り行われる。ユージーンが大学に戻って三週間後に戦争が終わる。二年が経過し、彼は大学を卒業して、九月からハーヴァード大学院に進学するためにアルタモントを去ろうとしている。出発に先立つ早朝に彼はかつての父の石材店の前に立つ。大理石の天使が動いたような気がして、見ると死んだはずのベンが現れ、ユージーンは彼と話をする。「自分は亡霊でない」と答えたベンは煙のように朝焼けのなかに溶けていき、大理石の天使の沈黙だけが残るという場面で物語が閉じられる。これはジョイスが用いたエピファニーの手法であり、願望が妄想となって顕現したものである。

四．オリジナル版『ああ、失われしものよ』、遺作『帰れぬ故郷』

そのような作品として『天使よ、故郷を見よ』は一九二九年に出版され、概ね高い評価を受け、ベストセラーとなった。これによってトマス・ウルフは一流作家の仲間入りを果たした。しかし思わぬ反応もあった。この小説が自伝的であることは著者も認めるところだが、モデルと目された人々の描かれ方がひどいということで訴訟さえ起きたのだった。これはおそらくウルフにとって青天の霹靂だったと思われるが、彼はこの出来事に大いにショックを受けた。このエピソードは遺作『帰れぬ故郷』（一九四〇）の第三部「終わりと始まり」において詳しく取り上げられる。この小説は彼の死後出版であるために記述が可能だったと思われるが、「山脈への帰郷」として出版された彼の本に対する故郷での激しい反発と、これと対照的に彼を有名人扱いする都会の俗物たちの反応が語られる。この出来事がちょうど大恐慌時代の始まりであることに符合して故郷の銀行家・市長が破産するエピソードが繋げられることによって小説は主人公の新たな人生に向かって展開される。

この作品にまつわるもう一つの問題は、編集上のことである。編集者のマックスウェル・パーキンズによって原稿に大幅な削除がなされたことは夙に知られている。ウルフの生誕一〇〇年を記念して二〇〇〇年に作品のオリジナル版『ああ、失われしものよ』が出版された。これについては岡本正明氏の詳細な研究があり、それによれば父方のガント家と、母方のペントランド家の記述が大幅に削除され、「本来『大河小説』、『叙事詩的サーガ』、『家の誕生と没落の物語』を主眼としていた作品が、ユージーンを中心、焦点として『教養小説』、『芸術家小説』という作品へとジャンル的変容を遂げている」

（岡本 二〇八―〇九）、「小説世界の歴史的・社会的広がりも（略）狭められてしまった」（同 二〇九）とのことである。またオリジナル版の編者の一人マシュー・ブルッコリは「序論」において、オリジナル版の方が『天使よ、故郷を見よ』より優れていると主張している（xvi）。

この点について少し詳しく検討しよう。少なくとも一〇〇ページ分以上が削除されているのだが、主要な箇所はプロローグの南北戦争時代のガント家の祖父たちの物語（5-35）、ジューリア（イライザ）の兄ウィル・ペントランド一家、とりわけ妻ペットの物語（150-57）、ユージーンが四年間を過ごす学校の校長ジョンとマーガレット・レナード夫妻の出会いの物語（マーガレットは結核患者であった）（240-43）、一九一三年のウッドロー・ウィルソンの大統領就任式に母と来たワシントン旅行（263-67）、塾の同級生たちの会話（355-63）、大学での劇作や学業、課外活動（628-38）などである。また大幅に削除されているのが、第三部のヴァージニア州での労働経験（546-63）である。これは粗筋が簡略化されているので（421-25）、完全な省略ではないが、多様な人種の労働者の激しい労働が描かれている点では注目すべき箇所である。またユージーンの大人への脱皮に関連するエピソードである点を考慮すれば、原形のまま残しても良かったかもしれない。これらの削除されたエピソードは、有益な情報であったり、独立して読んでも面白い物語であることは確かだが、それらの物語によってこの小説の歴史性が重厚なものとされ、「大河小説」としての性格が強化されるというものでは必ずしもない。また信じ難いほど多くの人物が登場して様々なエピソードを提供するのだが、それらがどれだけ必要なのかは判断に苦しむところである。

また、削除されたものではないが、別な箇所へ移動しているものもある。第二部一一章の一八九八年オリヴァーがカリフォルニアに旅行したエピソード及び彼がイライザとの一一〇〇〇日の結婚生活のなかで夜明かしをした一九夜についての記述（183-92）が、出版されたテクストの第一部の七章に移されているのだが、そのほとんどが病気や葬式などに関するものであり（58）、ジム・ボウルズという強壮な男が肺炎で死んだというエピソード（59）は今後に起ることに関して予言的であることは注目に値する。オリジナルに無くて唯一加筆されているのが三九章末の母との別れの場面（498-500）である。トマス・ウルフの小説は編集者の介入によって成立していることはよく知られているが、その意義は再検討される必要がありそうである[1]。

これとは別に、先に触れた彼の遺作『帰れぬ故郷』を見ると、トマス・ウルフという作家の別な側面が見えてくる。人種意識の点などから考えると初期から後期にかけて変化ないし深まりがあったと言えるだろう。例えば『天使よ、故郷を見よ』における黒人やユダヤ人に対する視点は明らかに差別的であり（297）、大いに問題含みである。黒人問題に関する彼の意識がそれほど深まったかどうかははっきりしないが、ユダヤ人に対してはかなり理解が深まっている。例えば次に見るヒトラー批判は、必然的にユダヤ人への理解・共感として作品内にエピソード化されている。彼の初期の作品はいくつかの外国語に翻訳され、とりわけドイツで好意的に受け入れられた。彼もドイツを大変気に入り、何度か訪独し、一九三六年八月のベルリン・オリンピック開催時にもドイツを訪れている。ヒトラーが三三年に権力を掌握し、ムッソリーニが三五年にエチオピアに侵攻し、三六年にはスペイン内戦が勃発したという時期に書かれたこの作品には、「人種に関するたわごとや残虐性、真実の抑圧、嘘や神話（略）これらヒトラー主義の基本的要素」（*You Can't* 601）というヒトラーへの批判と、その具体化としての第四一章から

第四四章のパリへ脱出しようとするユダヤ人の逮捕の物語が書き込まれている。このように『帰れぬ故郷』には人種や政治意識を中心とした作風の深まりが見いだされる。

おわりに

一九二〇年代から三〇年代にかけて活躍した「ロスト・ジェネレーション」の作家たち、フィッツジェラルド、ヘミングウェイ、ドス・パソス、フォークナーなども、第一次世界大戦に絡むのだが、一八年パンデミックそのものにはわずかに言及している程度である。(2) ウルフの場合は彼らよりわずかながら若輩であるために戦争の影響を直接受けるには至らなかったが、敬愛する兄をパンデミックに奪われたために、こちらが主要なモチーフとして取り上げられたと言っていいだろう。

ヒュー・ホールマンによって、「南部文学の三様態」として取り上げられるエレン・グラスゴー、フォークナー、ウルフの三人であるが、南部と言っても地理的な特徴や歴史の違いなどもあって一様でなく、タイドウォーター、深南部、ピードモント南部などと区別される地域の特色を背負った文学を生み出している。その中でウルフの場合、『天使よ、故郷を見よ』はノースカロライナを舞台にしているものの、以後ボストン、ニューヨークなど北部、さらにはヨーロッパにまで視野が広げられる。原点としての南部は、彼にとっては常に乗り越えるべき南部であり、彼の眼は自己に、アメリカに、そして世界に向けられていた。

注

（1）ヒュー・ホールマンはウルフの力量は中編（short novels）にあると力説し、長編小説では統一感が失われて失敗していると主張する。

（2）この点に関してフェアバンクス香織は、ガートルード・スタインの例を引いて、インフルエンザ・パンデミックには第一次世界大戦のような「革新性」が欠如していたためにモダニストたちの関心を引かなかったのだと述べている。彼女は「意図的に無視、隠蔽された」（フェアバンクス　二二二）と主張している。

＊本稿は二〇二二年一二月三日に開催された日本アメリカ文学会関西支部第六六回大会フォーラム「インフルエンザ・パンデミックとアメリカ的想像力」の発表原稿に加筆修正したものである。

引用参照文献

Holman, Hugh C. *Three Modes of Southern Fiction: Ellen Glasgow, William Faulkner, Thomas Wolfe*. U of Georgia P, 1966.

———. Ed. *The Short Novels of Thomas Wolfe*. Charles Scribner's Sons, 1961.

Joyce, James. *A Portrait of the Artist as a Young Man*. W. W. Norton & Company, 2007.

Outka, Elizabeth. *Viral Modernism: The Influenza Pandemic and Interwar Literature*. Columbia UP, 2020.

Wald, Priscilla. *Contagious: Cultures, Carriers, and the Outbreak Narrative*. Duke UP, 2008.

Wolfe, Thomas. *Look Homeward, Angel: A Story of the Buried Life*. Scribner, 2006.

———. *O Lost: A Story of the Buried Life*. U of South Carolina P, 2000.

——. *You Can't Go Home Again*. Scribner, 2011.

伊藤徳一郎「ジョイスの〈エピファニー〉論（一）——その理論的特質と基盤」『岐阜大学教養部研究報告』一二号、一九七六年、四九-六二頁。

大澤衛編『トマス・ウルフ（20世紀英米文学案内6）』研究社、一九七五年。

岡本正明『アルタモント、天使の詩——トマス・ウルフを知るための一〇章』英宝社、二〇一九年。

金森修『病魔という悪の物語　チフスのメアリー』ちくまプリマー新書、二〇二〇年。

アルフレッド・W・クロスビー著、西村秀一訳・解説『史上最悪のインフルエンザ——忘れられたパンデミック』みすず書房、二〇二〇年。

古平隆『汝故郷に帰るなかれ——トマス・ウルフの世界』南雲堂、二〇〇〇年。

古平隆、常本浩編『人間と世界——トマス・ウルフ論集』金星堂、二〇〇〇年。

リチャード・コリヤー著、中村定訳『インフルエンザ・ウイルス　スペインの貴婦人：スペイン風邪が荒れ狂った一二〇日』清流出版、二〇〇五年。

ピート・デイヴィス著、高橋健次訳『四千万人を殺した戦慄のインフルエンザの正体を追う』文春文庫、二〇〇七年。

中良子編『災害の物語学』世界思想社、二〇一四年。

中野耕太郎『戦争のるつぼ——第一次世界大戦とアメリカニズム』人文書院、二〇一三年。

メアリー・ベス・ノートン他著、本田創造監修『アメリカ社会と第一次世界大戦』三省堂、一九九六年。

野中涼『小説の方法と認識の方法』松柏社、一九七〇年。

ジョン・バリー著、平澤正夫訳『グレート・インフルエンザ——ウイルスに立ち向かった科学者たち』（上、下）ちくま文庫、二〇二一年。

フェアバンクス香織「第一次世界大戦とパンデミックの分水嶺——革新性、アポリネール、『昔のパリ』」中村嘉雄他編『モダンの身体——マシーン・アート・メディア』小鳥遊書房、二〇二二年、二一九-四二頁。

第三章　シンクレア・ルイス
アメリカン・ディストピア小説としての『ここでは起こり得ない』

はじめに

シンクレア・ルイス（一八八五―一九五一）はアメリカ人として最初のノーベル文学賞受賞者（一九三〇）であり、彼の一九二〇年代の著作、とりわけ『本町通り』（一九二〇）、『バビット』（一九二二）、『アロースミス』（一九二五）、『エルマー・ガントリー』（一九二七）、『ドッドワース』（一九二九）は中流アメリカ人の生活を風刺を込めて描き出したものとして高い評価を受けた。しかしその後の二〇年余に一〇冊以上の小説を書いているが、いずれも大した評価を受けていない。その二〇年代以降の作品の一つに『ここでは起こり得ない』（一九三五）がある。

この作品は出版のタイミングとファシズムという主題のために出版と同時に話題になり、ベストセラーとなった。ただし本間長世の「解説」によれば、「ルイス自身はこの小説を高く買ってはいなかった」(本間 一八四)とのことであり、当時の書評も必ずしも良い評価を与えていない。ヒトラーの独裁をアメリカに引き写しただけのもので、「これは文学でなく、どのような意味でも深みに欠ける」(Brickell 66)とか、その成功を認めながらも、「小説の形を借りた」「知的な武器」(Blackmar 108-09)であるとしている。また作品として「成功していない」(Gardiner 78)と断じている者もある。しかし二〇一六年のトランプ大統領誕生に端を発したポピュリズム論議や世界的な独裁政権の誕生をきっかけに、ディストピア文学が注目される流れの中で、ルイスのこの小説にも再び光が当てられている。これに先行するものとして、二〇一三年にはクレア・スプレイグが『ここでも起こり得る』という小冊子を出版し、ジャック・ロンドン『鉄の踵』(一九〇八)、フィリップ・ロス『プロット・アゲンスト・アメリカ』(二〇〇四)と本作を取り上げている。その顰に倣って、この作品の背景を調べるとともに作品構造にも触れながらテクストを精読し、その今日的意義を考えるのが本稿の目的である。

一．時代背景

出版のタイミングとファシズムという主題が時宜を得ていたという点について詳しく見て行きたい。この小説は一種の未来小説で、作品中の時間は一九三六年五月から三九年一〇月までの三年半ほどに設定されている。小説が執筆されたのは一九三五年の夏であり、一〇月に出版されている。この時代は言うまでもなく大恐慌の三〇年代であり、このころ既にヨーロッパではヒトラーやムッソリーニが独裁体制を確立していた。ムッソリーニは二五年に独裁制を敷き、ヒトラーはナチスのバイブルとなる『我が闘争』（上、下）（一九二五、二七）を出版し、三三年七月に一党独裁体制に突入した。そのヒトラーにインタヴューをしたこともあり、ドイツから国外追放されたジャーナリストである妻・ドロシー・トンプソンから詳しい情報を得ていたこともあり、ルイスはファシズムを取り上げた小説を書こうとした。

マイケル・マイヤーの「序論」にあるように、ヨーロッパのヒトラーやムッソリーニに留まらず、アメリカ国内でも左右の様々な煽動家たちが驚くほど人気を得て、ファシストの独裁者に国が乗っ取られるのではないかという関心が広まった時期であった。三一年から三五年にかけて、ユダヤ人への激しい迫害と増大する強制収容所の姿を借りてナチスについてのアメリカ人への一連の警告の論文が書かれ、新聞や雑誌、本などで多くの論争がなされた。例えば『月刊現代』誌上で「ファシズムがアメリカに到来するか」というシンポジウムが掲載され、書き手たちは皆、ファシスト運動はアメリカにおいて現実的な可能性があると同意した。その理由として、ＫＫＫや、ヘンリー・フォードの反ユダヤ主義、アカへの恐怖などが既に存在し、アメリカのファシズムは明確にアメリカ的であると意見が一致した（Meyer vi）。

同様にマイケル・コーエンは、アメリカ人はヒトラーやムッソリーニをまねる必要がない、なぜなら一九二〇年代の土着主義、地方主義、暴力などがキリスト教的ファシズムの愛国的展望を確立するのに十分だったから（Cohen 171）と述べ、ファシズムがアメリカにやってきたのではない、それは常に既にここにあったのだ、白人優越主義、心酔的男性性、宗教的不寛容、及びファシズムを定義する暴力的全体主義はアメリカ政治の永遠の側面である（*Ibid.* 172）と指摘している。この点をもう少し具体的に詳しく見てみよう。

ゲイリー・シャーンホーストは「あとがき」において、この本が書かれた頃のアメリカは、極右翼の時期が熟しているように見えたと述べている。二二年に最初のドイツ・ナチ党アメリカ支部がニューヨークで設立され、三五年までにドイツ＝アメリカ同盟は一万人の会員数を誇った。三三年にウィリアム・ダッドレー・ペリーは反ユダヤ団体、「シルヴァー部隊」を設立した。フランクリン・ローズヴェルトが暗殺の対象になり、反ニューディールの団体指導者たちによる軍事クーデターが計画されたりした（Scharnhorst 385）とのことである。

本間長世によると、歴史家アーサー・シュレジンガーが、この未来小説のモデルを指摘しているとのことである。一九三四年から三五年にかけては、アメリカがファシズムに陥る危険が極めて大きいと考えられた。コミュニストの名前や組織を変質狂的に列挙したディリング夫人の著書が世に出たのは三四年であった。ラジオ説教師として評判だったコグリンは、三五年には盛んにローズヴェルトとニューディールを非難していた。「タウンゼンド・クラブ」を組織したクレメンツの新聞は三五年までには二〇万部以上になっていた。キャンザスのファンダメンタリストの牧師でヒトラーを崇拝したウィンロッドの雑誌は三四年には部数が四万に達した。ヒューイ・ロングは連邦議会上院議員となって、全国的な「富の分配運動」を展開し、三六年の大統領選挙に出馬すると宣言していた（本間　一八三）。アメリカ民主主義は今や崩壊したのであって、右翼か左翼の過激な方法でしかアメリカは救えないと考える者も多かった（同　一八四）とのことである。

このような実際のアメリカの政治状況を踏まえてルイスは『ここでは起こり得ない』という小説を書

いたのだが、作品の中ではそれはどのように描かれているのだろうか。

二．小説中の描写

作品は全三八章から成っており、大きく三部に分けられる。第一部は第一章から第三章で、ファシズム到来を予感させる前夜の時期となっている。第二部は第四章から第二〇章まで、バーゼリウス・ウィンドリップ（バズ）の本『ゼロ時間（＝予定攻撃開始時間、決断の時）――頂上を超えて』から引用されたエピグラフを掲げて、彼の独裁政権が形成されて行く過程と、主人公ドレマスたちの戸惑いを描いている。第三部は第二一章から第三八章までで、独裁政権の苛烈な弾圧とこれに対する抵抗運動が始まり、政権が崩壊する見込みとなる。

第一部、第一章はヴァーモント州フォートート・ビューラーのウェセックス・ホテルにおけるロータリー・クラブの婦人部会から始まり、エッジウェイ将軍とアデレイド・ギミッチ夫人の講演が紹介される。将軍は愛国的な演説の中で、「良い知らせです。軍事訓練の単位を持たない大学は七パーセント以下です」(8)と述べ、アメリカの軍事的態勢が強化されていることを報告する。ギミッチ夫人は女性参政権に反対で、女性の居場所は家庭であることを強調する。その集会後に数名の男性がダズブロウの邸宅に集まって話し合いを持つのだが、国内に蔓延している不満がウィンドリップ上院議員を大統領にするかもしれないと危惧する主人公ドレマス・ジェサップに対して、工場主のダズブロウや銀行家のクローリー、学校長のストウブマイヤーらは「そんなことはありえない、我々は自由な人びとの国だ」と一笑する。しかしドレマスは次のように述べて反論する。

アメリカほどヒステリカルな国はない。ルイジアナのヒューイ・ロングを見ろ。プラング主教やコウリン神父のラジオ演説を聞け。アメリカ人はタマニー・ホールやシカゴのギャングやKKKなどを受け入れてきた。第一次大戦の時の熱狂を忘れたか？　赤ぎらいやカトリックぎらいはどうだ。進化論を教えるのを禁じたり、リンチや禁酒法を行ったりしたことを忘れたのか？　アメリカほど独裁制の受け入れ準備万端な国はない。（要約）（第二章 17）

これは先ほど見た実際の歴史上の状況をほとんどなぞったものである。これに対してクローリーは、「どうして君は『ファシズム』という言葉をそんなに恐れるのか？　他人を当てにして何もしない輩にお恵みをしなくてはならないくらいなら、ヒトラーやムッソリーニ、ナポレオンやビスマルクのような真に強い男をいただくのも悪くないんじゃないか——そうしてこの国を運営してもらい、効率的で繁栄をもたらしてくれるようにね」（18）と応答し、ストウブマイヤーは、「ヒトラーはマルクス主義の赤の汚染からドイツを守ってくれた」と付け加えている。これらの発言には大衆の無気力が社会主義を求める悪の根源であり、国家の強い指導者が必要であるという実業者たちの「強い指導者待望論」が表されているが、それは一皮むけば独裁制の容認と紙一重である。

第一章で話題になった大学における軍事教練のことが第三章で具体的に展開される。ドレマスの母校の恩師ヴィクター・ラヴランド教授からの手紙で、軍事教練に批判的な言動をした者は追放されることになり、自分たちもおそらく解雇されるであろうということが書かれている(24)。このようにアメリカ全体の軍事化が進み、それに対して異議を唱えることができなくなるという過程が示される。これはウィンドリップの独自の功績が州兵（ミリシア）を四倍化したことであると言及されるように（第四章）、独裁者の第一歩が軍事態勢の強化である。ヒトラーの場合がSAやSSの育成であったことを思い出すまでもない。なお、軍事化の進展は第一七章で、ほとんどの大学で軍事演習が卒業単位に認められ、大学生は将校候補として訓練された、と報告される。

第二部、第四章から本格的なウィンドリップの独裁制成立の物語が展開されることになる。そこに重要な二つの要素が導入される。一つは彼のブレインであり、影の大立者リー・サラソンの登場である。彼は言わばヒトラーにとってのゲッベルスであり、ウィンドリップをファシズムのアメリカ大統領に押し上げた影の功労者である。しかも後にはウィンドリップを追放して自らが権力を握ることになるが、権力闘争の常として彼も政敵のハイク将軍にその地位を追われることとなる。他の一つがウィンドリップの唯一の本で、支持者のバイブルである、半自伝、半経済政策、半露出症的自己自慢の『ゼロ時間』で、実際の執筆者はサラソンだった。ヒトラーの『我が闘争』の中で最も詳細で綿密に研究した跡が感じられるものの一つは、大衆感化の方法・こつであった」（芝 九六）と指摘される精神が、この著作からの一連の引用（エピグラフ）に掲げられている。

第四章においてその宣言的一節が初めて示される。以下第五章から第二〇章までの一六の章においてエピグラフとして掲げられる。これは第一九章においてドレマスが逮捕され、釈放されるものの、新編集者ストウブマイヤー博士の手伝いをし、罪を悔い、『ゼロ時間』の続きの出版にあたれと命令される時まで続く。そして「これからは政府批判をしない」という記事を載せた第二〇章で最後となっている。同章において、シカゴの大学名にサラソンでなくマクゴブリンの名を付けた後に、サラソンとウィンドリップの関係が冷めたと言う者もあるという記述が見えるところから判断するならば、この噂は真実味があり、サラソンがゴースト・ライティングを放棄したと考えることが妥当であると思える。

第三部では独裁政権の過酷な弾圧が続けられるものの、ウィンドリップの支配にも陰りが見え始め、第二二章で「あちこちでコーポのテロとそれへの流血を伴う反乱の噂が聞かれる」という記述が見受けられる。しかしこの時点ではむしろ弾圧の厳しさが強調されており、虐殺、問答無用の逮捕・投獄、収容所送りなどで、アメリカに恐怖政治が猖獗を極め、自由の束縛は焚書という事態さえもたらしている。この焚書というモチーフは後のレイ・ブラッドベリの『華氏四五一度』（一九五三）の中心的な主題を先取りしている。第二三章でドレマスはカナダへの逃亡を図るが果たせず、弾圧下の生活に戻らざるを得ないが、「新地下鉄道」という組織からの手引きで第二五章において決起する決心をする。第二六章以降は、最終章まで独裁制との闘いがプロットの中心となる。

三．エピグラフとプロットの関係

ところで第二部第四章から第二〇章まで掲げられるエピグラフだが、これはこの小説の一つの特徴であり、その意義を、並行するプロット展開との関係において検討することが重要であると思われるが本稿においては最小限に留めたい。これとよく似たケースとして思い起こされるのが、マーク・トウェインの『間抜けのウィルソン』（一八九四）である。こちらは単に短い警句であった。本作のエピグラフは二、三行のものから一ページに及ぶものまであり、プロット展開と密接に関係している。いずれもが、先述したようにヒトラーが『我が闘争』で目論んだこと、すなわち大衆感化のための宣伝という精神に貫かれているのだが、分類すればそれらは三種類ある。一つは、まともなことを言っているようで、実際は虚偽であり、本文で展開されるプロットは全く逆のものになっているというものである。この場合はアイロニックなコメントと言うべきだろう。次は、本文のプロット進行を予告するものであり、エピグラフで予言された物語が具体的に展開される。最後の一つは、彼の経済政策に関する提言であり、本文プロットは実はそれらが失敗に終わるという皮肉な結果を示している。

最初に『ゼロ時間』からの引用がなされるのが第四章である。それは「世界を変革する提案に満ちたものである」として、「この国のシステムを大幅に変える必要があり、憲法全体を変える必要がある」という基本姿勢を示している。合法的な手段でとか、この改革の目的は「アメリカ革命の原理と同じ、自由、平等、正義」だと述べているが、独裁者が真の狙いを糊塗するための方便に過ぎないことは明らかである。次の第五章から第二〇章まではそれぞれの章の冒頭にエピグラフとして置かれている。それぞれのエピグラフと本文のプロットとの関係は同一ではないが、プロットに関する一種のコメントとして作用する。

第五章から第七章においてウィンドリップが大統領候補指名を受け、続く章のなかで彼の政策が詳しく提示される。第八章はとりわけ重要な章である。「忘れられた人びとの勝利のための一五項目」という宣言が出され、彼の目指す社会像の総体が示される。彼がどのような社会を目指すのかと、そこに到達するためにいかなる手段を用いるのか、について具体的に示している点でこの作品の最も中心となる部分である。それは以下の通りである。(1)

①金融資産の全権を握る。②労働団体を支配下に置く。③私的所有権を保証する。④宗教の自由を保証する（ユダヤ人や国旗への忠誠を拒否する者を除く）。⑤年間収入、資産、相続遺産などを制限する。⑥すべてのものの製造、流通販売から得られる六％以上の全ての配当を掌握する。⑦武力を他の国と同等まで拡大する（我々の軍事力は世界平和と友好のためである）。⑧紙幣の発行権を持ち、供給を二倍にする。⑨ユダヤ人非難（支持者を除く）。⑩黒人は投票権や公的職業から排除される（収入は家族あたり一万ドルまで）。⑪一家族あたり五〇〇〇ドル給付する。⑫女性は家庭に帰り、家事育児に専念せよ。⑬共産主義者、平和主義者などは二〇年以上の重労働または死刑。⑭戦争の元兵士にはボーナスと年金の増額。⑮憲法の修正を行い、大統領に絶対権限を与え、最高裁が介入できない。遺補、以上のことはいつでも変更できる。

一言で言えば、大統領に絶対権限を与え、彼の約束は空手形であるということである。これがファシズムでなくて何であろうか？　これについてドレマスは次のように解説している。

①と⑤は、もし金持ちたちが彼を支持しなければ重い税金を課したり介入したりするという脅しだが、彼らは従うだろう。②組合を直接支配することによって労働者を奴隷にするつもりだ。③大資

本の安全を保障する。④説教師を彼にとっての神聖で無料の広告人にする。⑥武器製造者は製造に六％、輸送に一％、販売に一％費やす。⑦ヨーロッパの国々にならって我々も世界中を食い物にするつもりだ。⑧インフレによって大企業は一ドルの債権を一セントで買えるようになる。⑨お金を差し出さないユダヤ人は罰せられるだろう。⑩黒人の景気の良い商売は彼の崇拝者の貧乏白人に奪われるだろう。⑪貧困の真の救済をしないための責任逃れをするだろう。⑫女性は投票権を始めとしてあらゆる権利を剝奪されるだろう。⑬彼に反対する者はみな共産主義者と呼ばれ絞殺されるだろう、この条項によれば君も僕もみんな共産主義者だ。⑭これは退役兵の支持を確実にするためである。⑮これが一番効力のある項目だ。あらゆる権限を自分たちが占めて好きなようにできるということだ。

このようにドレマスはこの「一五項目」の真の意味を見抜いて、次のように続ける。「レーニンの一味、ムッソリーニやヒトラーやナポレオンらも始めはほんの一握りから始まった。やがてプロパガンダに捉えられ戦争さえした。彼とサラソン、ハイク、プラング、マクゴブリンの五人が何でもできる体制を作っている。自分が何かしたら家族は皆殺されるだろう。」また、スティーブン・ペレフィクス神父は「一五項目」を読んで激高する。シシー、ロリンダ・パイク、キャンディ夫人ら女性たちは彼らよりもっと激怒した。ウィンドリップはスクリュー上の軽いコルクに過ぎない、彼一人でこれらを計画したわけでない。彼がいなければ別な者が現れる。この予言は的中しており、後の展開では独裁者が次々と入れ替わることになる。

第九章からはウィンドリップが選挙運動を通して大統領選に勝ち抜いて独裁者の地位に就く様子を述べている。それは虚言を用いて大衆の歓心を買い、権力を手中に収めるヒトラーの手法を彷彿させるものである。ウィンドリップは総統（チーフ）と呼ばれるようになる。このようにして彼は独裁者への道を直進する。

第一三章はウィンドリップの当選後の事態の進行である。ドレマスは書斎にこもって古今の名著を読みながら歴史について考える。もしもある事柄が違っていたらアメリカの歴史はどう変わっていたのだろうかと彼は思索する。ドレマスはユニバーサリスト教会という理知的な会派に属しているが、かつて二〇〇人ほどいた会員が今や三〇人ほどしかいなくなっている。娘のシシーが「この国は野蛮主義に戻っている」と発言するくらいである。愛人のロリンダには新聞人は戦わなくてはいけないと励まされる。ウィンドリップ派から人びとへの脅しが続く。

ウィンドリップの就任とともに諸事が実行される。それは自分の味方を重用し、気に入らない人物は遠ざけるという人事に端的に表れている。ミニット・メンを正式の軍隊補助に格上げし、武器を携行させ、戒厳令を発令し、反対する議員たちを逮捕する。「一五項目」決議を成立させる。彼の大胆な「改革」と、ストライキや反乱が流血を伴って鎮圧されていること、リベラルな判事たちが辞めたことが報じられる。公約の目玉であった五〇〇〇ドルの支給はまだなされない。

第一七章では、彼の独裁体制が強化され、「一五項目」が強引に推進される。ミニット・メンが五六二、〇〇〇人になり、ほとんどの大学で軍事演習が卒業単位に認められ、大学生は将校候補として訓練される。新たなエンブレムや歌が制定され、政党もアメリカ・コーポレート党の一党独裁となる。

労働組織は政府の指導下に置かれ、ストライキやロックアウトは禁止となる。職のない人は労働キャンプに集められる。ユダヤ人と黒人を見下すようにとの命令が出される。公約のほとんどが実行され、その結果インフレになる。このような事態に対抗して「新地下鉄道」という反攻の芽が生まれる。

第一八章ではドレマスの逮捕という一区切りである。八月に行われたパレードで酔ったマクゴブリンが発砲して護衛が死亡する事件が起きる。この事件の不当さを発表するか否かでドレマスは悩むが、新聞の論説に書いた記事が掲載されることになり、彼の運命が動き始める。暴徒たちが新聞社を襲うこと と、ドレマスが逮捕され裁判にかけられ、彼らに協力するように言われる進行で、上層部に踊らされている群衆の様子が描き出される。ユダヤ人や反逆者に対する弾圧が進むが、ドレマスは自分が何もできないと無力感を吐露する。いっぽう支配層の中にも亀裂が走り始めたのではないかという噂が聞こえてくるようになる。エピグラフが掲げられるのはこの第二〇章までである。

このような物語の展開についてそれぞれの章に掲げられたエピグラフは、予言的であったり、風刺的であったり、例示的であったりというように、その役割を変えながらも非常に効果的に対比されている。

四．収容所、新地下鉄道、レジスタンス

第三部は反攻と独裁制の崩壊である。第二一章からは独裁の手がドレマスたちの周辺の日常に及び、逮捕されて収容所に送られる者や、射殺される者が出てくる。ドレマスはカナダへ逃走しようとするが

果たせず、弾圧下の日常に引き返さざるを得なくなる（第二三章）。「新地下鉄道」の差配人が現れ、彼は立ち上がる決心をする（第二五章）。これ以降は独裁政権による弾圧が強化されるのと並行してドレマスたちのレジスタンスが進められる。以後のドレマスたちの抵抗は、奴隷制と地下鉄道、強制収容所、レジスタンスの三つのイメージを軸に展開される。弾圧や虐殺、追放などが進むなかで、共産主義者による『ニュー・マッシズ』の発刊続行やドレマスたちによる『ヴァーモント・ヴィジランス』の発行・配布による抵抗が示される（第二六章）。独裁制の躓きが伝えられる。軍事費が七〇〇％増加し、財政上の問題が起きる。物価が上り、物資が不足する。あらゆるものに税金がかけられたり、増税されたりして、人びとが疑心暗鬼になり、後は戦争しかないという雰囲気になる（第二九章）。

しかしドレマスが再び逮捕され、裁判にかけられる（第三〇章）。彼は一七年の収容所送りと銃殺（執行は猶予）が言い渡され、トリアノン収容所に入れられる。第三一章から第三六章での脱出まで、彼の収容所生活と見聞が描出される。収容所はナチスのそれを念頭に置いて書かれたと思われるが、第二次大戦時の日系アメリカ人の強制収容所を先取りしているとも言える。汚いうえに混雑している。手紙はもちろん検閲されるし、後には面会もままならなくなる。それでも独裁政権側は著名人を利用して、「収容所なるものはなく、実は学校であり、人びとは丁寧な扱いを受けている」と嘘の宣伝をする。娘の恋人ジュリアンと祖父も収容される。驚いたことに、ウィンドリップの手下だったシャドが三八年一一月には囚人として収容され、誰かが点けた火で焼死するということさえ起こる。足の引っ張り合いが始まっており、独裁体制にヒビが入っていることを物語る出来事である。

第二六章から始まるドレマスたちの抵抗運動は、黒人奴隷解放の「地下鉄道」運動と、ヨーロッパの「レジスタンス」を想起させるものである。彼らが印刷機を盗み出し、抵抗運動の新聞を発行・配布するためのタイタスの家の地下は「新地下鉄道」の司令部であり、フォート・ビューラー地区細胞はこの時結成されている。ドレマスの娘メアリーは、殺された夫ファウラーの復讐に燃えて、危険を冒してパンフレットの配布をするに留まらず、遂には暗殺のために飛行機の運転を習い、宿敵スワンを爆撃しようとするが失敗して墜落死するという壮絶な戦いをする。もう一人の娘シシーはシャドの好意を利用して彼の悪事を暴き、彼が逮捕されるように捨て身の行動をとる。ドレマスの同志であり恋人でもあるロリンダは裏切り者のアラス・ディリーを買収してドレマスを逃がす策略を練る（第三四章）。この時、サラソンがウィンドリップを失脚させ、権力を握ったことが伝えられる。一九三八年末に副大統領ビアクロフトが裏切ってカナダへ逃げ、中西部、北西部、ミネソタ、ダコタなどで反乱が起きていることが閣議で告げられる。メキシコに攻め入るか否かでの意見の相違をきっかけにサラソンたちがクーデターを起こし、ウィンドリップをフランスへ追放し、サラソンが大統領になる。しかし一ケ月後にはハイク将軍が反乱を起こしてサラソンを射殺し、自分が大統領になる。このように権力をめぐって容赦のない闘争が繰り広げられる（第三五章）。

メキシコを我が物にしようというアメリカの野望はコーポ体制全般への人民の反乱によって阻まれる。その中心となったのは、ポピュリストや無党派連合や農民労働者党などだった。八月にクーン将軍が反旗を翻してカナダにいるトロウブリッジを臨時大統領にすると宣言し、彼らの支持者は「アメリカ協働共和国」を自称した（第三七章）。最終章ではハイク大統領がドイツに逃げる約束をヒトラーとしたという記事が示されたり、ドレマスは自分がまたトリアノンの収容所にいる夢を見たり、クーン将軍がハイクを捕まえたという演説をしている様子が目に浮かんだりで、独裁体制の終わりが目前に来ていることが示唆される。確かにドレマスたちのレジスタンスが一定の役割を果たしたものの、彼らの闘いがファシズムに打ち勝ったとは言い切れない。独裁者たちの政策の誤り、失敗が、権力争いと相まってその体制の崩壊をもたらしたものである。

黒人とユダヤ人と女性と共産主義者が非難と無権利の対象とされることは、ウィンドリップの「一五項目」の九番目、一〇番目、一二番目、一三番目で特筆されている。黒人たちが具体的に排除・弾圧されている様子はほとんど描かれていないが、第一七章で「南部ではミニット・メンによる黒人大虐殺があった」ことが言及されている。唯一人ライオネル・アダムズ博士というジャーナリスト、アフリカ大使、ハワード大学教授という人物が逮捕されて収容所送りになったことが特筆されている。彼のような人がそのような扱いを受けることからして、一般の黒人たちがどのような苦難を強いられたかは想像に難くない。ユダヤ人もロウテンスターン、プライドウェルらが収容所に入れられ、アインシュタインは追放され、ユダヤ教会に一酸化炭素入りの瓶が投げ込まれたりした。女性たちは家庭に戻ることを強制され、男性同様に弾圧下での苦しい生活を余儀なくされるが、特筆すべきこととして、「小説中の全ての重要な女性人物は、エマ以外は抵抗運動に活発である」(Scharnhorst 389) とシャーンホーストが指摘するように、ルイスの女性人物に対する態度には、自由主義的ヒューマニストの側面が見受けられる。カール・パスカルら共産主義者も弾圧され、逮捕される。共産主義者たちが独裁政権によって弾圧されるのみならず、個人主義者で自由主義者の主人公ドレマスも「共産主義はドレマスにとって宗教的独善として憎むべきものとなった。(略) 真実を隠すのは資本主義者より共産主義者の方がひどいと彼は思う」（第三六章）と述べ、彼らと協力しながらも共産主義（者）に反発している。スプレイグによれば、ルイス自身が若い頃一年以上社会党員だったことがあり、アプトン・シンクレアのヘリコン・ホール運動を手伝ったことがあり、社会主義者として名高いジャック・ロンドンとも親しかった（Sprague 64）のに、根本的なところでは古典的なリベラリストだったことが作品の上にも反映されている。

収容所の看守のアラスがロリンダに買収されて彼に脱出を勧め、ある夜ドレマスは脱出に成功し（第三六章）、カナダに到着する。彼を導いたのがカナダに逃れていた元共和党大統領候補ウォルト・トロウブリッジが指揮する「新地下鉄道」であった。この発想には各種の奴隷体験記やハリエット・ストウの『アンクル・トムの小屋』などでおなじみの「地下鉄道」のモチーフの利用が明らかである。ドレマスが逃亡に失敗した際に「ジョン・ブラウンが蜂起した気持ちが分かる」と述べている（第二三章）。また仲間の一人イングラム氏が泊まった屋根裏部屋はトルーマンの祖父が関わっていた一八五〇年代の「地下鉄道の駅」だったと言及されている（第二六章）。モントリオールの宣伝部兼出版部で働き始めたドレマスは、独裁側の元副大統領でカナダへ逃亡したビアクロフトやアメリカ共産党のジョー・エイフレイらと会って話をし、昔のように投票による政党政治に戻るべきだという持論を述べる。彼はカナダが必ずしも理想の地だというわけでないと知り、孤独を感じる。やがてメキシコとの無謀な戦争に入ろうとして人民の反乱により独裁政権の崩壊が始まり、彼は合衆国臨時大統領に指名されたトロウブリッジの意向を受けてスパイとなって合衆国へ向かうところで物語は終わりを迎える。一種のハッピーエンドと言っていいだろう。

まとめ

この小説が出版当初はベストセラーとなったものの必ずしも批評家たちからは称賛されなかったことは最初に述べたが、近年に至っても小説としての評価は必ずしも芳しくない。例えばシグネット版の「序論」でマイヤーは「メロドラマ的な緩いプロット、平板で幾分古臭い人物、言い古された会話、引き延ばされた政治的会話、ぎこちない感傷性、軽妙さに欠ける風刺や皮肉で、時宜に即した警告であり、ファシズムに対するプロパガンダの価値が称賛された」（viii）と述べている。また本間は「政治的未来小説として（略）オーウェルが描いた悪夢の世界の恐ろしさに比べると、ルイスの描いたアメリカのファシズムは浅薄である」（本間　一八五）と主張し、その理由を三つ挙げている。①彼の描いたようには一九三六年以降のアメリカの歴史はならなかったということを今日の読者は知っている。②反ユダヤ主義や局地的な恐怖政治が存在したが、ヨーロッパのようなファシズムはアメリカには存在しなかった。③当時の進歩的知識人は、ファシズムの脅威を実際以上に深刻に感じていたため、こっけいな要素の多いこの作品を「警告の書」として受け取った。この主張はブリッケルの「ファシズムも共産主義もこの国では進みがたいことに気づくだろう。それは思想と表現の自由を当然とみなす大多数の人びとが存在するからである」（Brickell 64）という素朴なリベラリズム信仰あるいは「アメリカ例外論」と相通じるものである。

これに対して斎藤忠利は少し異なる角度からこの作品を次のように評価している。

一見もっともらしい現実感を持たせようとする細工をほどこしながら、全体としては荒唐無稽の一語に尽きる、というような奇妙な作品である。（略）人間性を破壊するような全体主義政治のすさまじい恐ろしさや、徹底的にシニカルな文明批評などをルイスの作品に期待することはできない。それはひとつには、ウィンドリップ以下の悪玉が（略）実は善人であるのではないか、と思わせる、底の浅い悪人であるためであり、その悪玉と対決する善玉ドリーマス・ジェサップにしてからが旧弊なリベラリズムから一歩も出られず、ファシズムを生み出す根源的な人間存在の問題性に対する深い洞察力を欠きながら（略）リベラリズムが健全でありさえすれば、ファシズムは「ここでは起こり得ない」と胸を撫でおろすことができるような楽天主義が、ルイスの作品を支えているからである。（斎藤　一〇二）

このように述べて、さらに次のように続ける。

矛盾するように聞こえるかもしれないが、『ここでは起こり得ない』が全く荒唐無稽な話であるところに、実は言い知れぬ恐ろしさがあると言わねばならない。（略）想像力を生命とする作家に残されたひとつの道は、徹頭徹尾、荒唐無稽な話をするときにはユーモラスにでも語ることによって及びもつかない現実の恐ろしさを暗示する方法である。それは、いわゆるブラック・ユーモアの手法と言うべきものである（略）。ブラック・ユーモアのかげに秘められた恐ろしさ（略）。この作品後のアメリカの歴史を一瞥すれば（略）権力を個人に集中した独裁者の出現する可能性は薄いとは言え、体制そのものが右傾・保守化していることは、まぎれもない事実であり（略）「ファシスト独裁体制を招いたのは、わたしたちのような人間（略）なのだ」という老リベラリスト、ドリーマス・ジェサップの、反省をまじえた述懐に耳を傾ける必要があるのではなかろうか。（同　一〇三―〇四）

この指摘は実に当を得ている。これは「この立場は現実の政治問題に対する有効な処方箋を提供するものではない」（xiv）、「彼は風刺小説を書いていたのだ。彼は異議申し立てを信じていたのだ」（xv）というマイヤーの主張と並立するものである。それはさらに、はじめに見たコーエンの「ファシズムがアメリカにやってきたのではない。それは常に既にここにあったのだ。（略）アメリカの自由主義の企業接収主義などによってファシスト的価値が息を吹き返している」（Cohen 172）、「今こそ歴史に向き合う必要がある。（略）ルイスは民主主義が失敗する可能性があり、実際失敗するのだということを我々に思い起こさせているのだ。（略）ファシズムは常に新しい顔をして、ここでも起こり得るのだ」（*Ibid.* 173）という指摘につながるものである。

最後に小説のタイトルについて考えてみたい。「それはここでは起こり得ない」としてファシズムがアメリカで起こり得ないことを肯定しているわけではないだろう。作品では「起こった」のだから。ここでは起こり得ないというアメリカ人一般の安易な思い込みが、ファシズムをもたらし兼ねないという警告が作者の本音であり、このタイトルは風刺であり、アイロニーである。ルイスの伝記作者リチャード・リンゲマンも、「主人公も認めているように、対決する姿勢の本気のなさがファシストたちが国を乗っ取るのを許したのだ」（Lingeman 199）と述べている。

アメリカにおいては違った形であるが、全体主義は起こらないという考えが人びとの間に根強く存在している。この場合の全体主義は社会主義ないし共産主義を主に指しているのだが、アメリカにはなぜ社会主義がないのかという「アメリカ例外論」は、以下に列挙するように根強く存在している。アレクシス・トクヴィル『アメリカの民主政治』(一八三五-四〇)、エドワード・ゴドキン『ノース・アメリカン・レヴュー』掲載論文(一八六七)、ヴェルナー・ゾンバルト『なぜアメリカに社会主義はないのか?』(一九〇六)、ルイス・ハーツ『アメリカ自由主義の伝統』(一九五五)、シーモア・リプセット『アメリカ例外論』(一九九六)、リプセット、ゲイリー・マークス『それはここでは起こらなかった——なぜ社会主義はアメリカで失敗したのか』(二〇〇〇)などであり、数少ない反対論はエリック・フォーナー『歴史は誰のものか?』(二〇〇二)が代表的なものである。(2)

アメリカにおいては個人主義あるいは絶対自由主義(リバタリアニズム)のような極端な個人主義が信条となっているため、社会主義あるいはファシズムは起こり得ないと思われているが、コーエンが主張するように、グローバリズムと新自由主義の跋扈により巨大企業が政治を実質的に支配する事態が今や世界中で明らかである。その最先端を行くのがアメリカであることにアメリカ人は気づいていないのだろうか?「それはここで起こり得る」のだ。

＊Sinclair Lewis, *It Can't Happen Here*. Signet Classics, 2014. をテクストとして用いる。本文中の引用は同書からとし、引用末尾のかっこ内の数字で頁数を示す。

＊本稿は二〇二一年一二月二六日に行われた現代英語文学研究会冬季例会の口頭発表原稿に加筆修正したものである。

注

（1）このモデルとなるのはヒューイ・ロングが「富の再配分」として公約として掲げたものであり、この小説の主人公もロングをモデルとしているが、彼は暗殺される。ロングについては三宅昭良『アメリカン・ファシズム――ロングとローズヴェルト』講談社選書メチエ、一九九七年、が詳しい。またファシズムの定義については、山口定『ファシズム』岩波現代文庫、二〇〇六年、などを参照されたい。独裁制には共通性があり、ルイスがこの小説で描いたものがアメリカ社会においても極めて現実的な可能性であったことが納得できるだろう。

（2）より詳しいアメリカ例外論の流れについては本書第一章『ジャングル』論の受容についての末尾の論述を参照されたい。

引用参照文献

Blackmur, Richard P. "Utopia, or Uncle Tom's Cabin" reprinted from *The Nation*, October 30, 1935. Ed. by Mark Schorer, *Sinclair Lewis: A Collection of Critical Essays*. Prentice-Hall, Inc., 1962, 108-10.

Brickell, Herschel. "Review of *It Can't Happen Here*" reprinted from *North American Review* 240 (December 1935) Martin Bucco ed. *Critical Essays on Sinclair Lewis*. G. K. Hall & CO., 1986, 63-66.

Cohen, Michael Mark. "Buzz Can Happen Here: Sinclair Lewis and the New American Fascism" *New Ohio Review*: Fall Issue No 20, 2016, 166-73.

Foner, Eric. *Who Owns History ?: Rethinking the Past in a Changing World*. Hill and Wang, 2002.

Gardiner, Harold C. "Sauk Centre Was Home Still" reprinted from *America* 85 (7 April 1951): 19-20. *Critical Essays on Sinclair Lewis*, 78-79.

Lingeman, Richard. *Sinclair Lewis: Rebel from Main Street*. Random House, 2002.

Lipset, Seymour Martin and Gary Marks. *It Didn't Happen Here: Why Socialism Failed in the United States*. W. W. Norton & Company, 2000.

Meyer, Michael. "Introduction" to Sinclair Lewis, *It Can't Happen Here*. Signet Classics, 2005.

Scharnhorst, Gary. "Afterword" of Sinclair Lewis, *It Can't Happen Here*. Signet Classics, 2014.

Sombart, Werner. *Why Is There No Socialism in the United States?* Translated by Patricia M. Hocking and C. T. Husbands. Macmillan, 1976. C1906.

Sprague, Claire. *It Can Happen Here: Jack London, Sinclair Lewis, Philip Roth*. Chippewa Books, 2013.

Tocqueville, Alexis De. *Democracy in America*. Edited. and Abridged by Richard D. Heffner. A. Mentor Book, 1956.

斎藤忠利『シンクレア・ルイス序論――論考とテキスト研究』旺史社、一九八八年。

芝健介『ヒトラー――虚像の独裁者』岩波書店、二〇二一年。

ルイス・ハーツ著、有賀貞訳『アメリカ自由主義の伝統』講談社学術文庫、一九九四年。

本間長世『ここでは起こり得ない』〈解説〉斎藤光編『シンクレア・ルイス』（二〇世紀英米文学案内一三）研究社、一九六八年。

三宅昭良『アメリカン・ファシズム――ロングとローズヴェルト』講談社、一九九七年。

山口定『ファシズム』岩波書店、二〇〇六年。

シーモア・M・リプセット著、上坂昇、金重紘訳『アメリカ例外論――日欧とも異質な超大国の論理とは』明石書店、一九九九年。

第四章 ウィリアム・フォークナー『スノープス』三部作の意味と意義

はじめに――四〇‐五〇年代のフォークナー

私が後期フォークナーと呼ぶ、一九四〇年の『村』出版以降、六二年に亡くなるまでに、ウィリアム・フォークナー（一八九七‐一九六二）は九冊の小説を出している。そのうち『村』から『町』（一九五七）までの一七年間に書かれた『行け、モーセ』（一九四二）、『墓地への侵入者』（一九四八）、『駒さばき』（一九四九）、『尼僧への鎮魂歌』（一九五一）、『寓話』（一九五四）の五作品はそれぞれに極めて特徴的であり、それらを書いたことが、『スノープス』三部作（一九四〇‐五九）の行方に影響を与えたと考えられる。具体的にはギャヴィン・スティーヴンズやチック・マリソンという人物たちが主要人物として登場し、主題の上では奴隷制の罪悪、人種差別の問題、土地の私有と自然破壊、犯罪と償い、戦争など、前期・中期作品に比べてより根源的で、スケールの大きな作品を書いたということである。

モダンライブラリー版（一九九四年）で一〇〇〇ページを超すこの年代記（クロニクル）『スノープス』三部作には、着想（一九二五年ころ）から完成までに三四年の歳月が流れており、第一巻の『村』の出版までに一五年を要しているのみならず、第二巻『町』の出版まで更に一七年が経過しているために、作品の統一性という点で問題含みであることは否めない。しかしそれを超えてこの作品には作家が生涯をかけて取り組んだ時代と社会の変化を描き出す苦闘が込められていることが読み取れる。以下、限られたスペースのなかで、フォークナー畢生の大作であるこの作品の意味と特徴を抽出したい。

一．クロニクルの原案――「父なるアブラハム」

フォークナーがスノープス一族の物語に着手したのが一九二六年「父なるアブラハム」（一九八三年出版）という物語であり、その中でフレム・スノープスは銀行の頭取として登場し、妻のユーラが不倫していることを匂わせる表現が冒頭から見受けられる。そののち描写はフレンチマンズ・ベンドという村の紹介となり、主に斑馬の競売エピソードが語られる。この段階では「三部作」で主要人物の一人となるミンク・スノープスは登場していない。

この二四頁の手書き原稿は、しかし完成されることなく、『土埃にまみれた旗』（『サートリス』）の執筆のため二七年に中断される。ジョージ・マリオン・オドネルが『スノープス』三部作の第一巻が刊行される前の三九年に、フォークナー作品では「スノープス対サートリスの対立という構図」が基本であると指摘している（O'Donnel 83）。彼によれば伝統的なヒューマニズムの人物として南部没落貴族のサートリス的人間と、反伝統的な自然主義のスノープス的人間の対立があるという。

没落貴族と貧しい人々との対立が描かれているというのはその通りで、『死の床に横たわりて』（一九三〇）には貧乏白人バンドレン一家、『サンクチュアリ』（一九三一）にはテンプルやポパイ、リー・グッドウィンらのアウトロー、『八月の光』（一九三二）にはジョー・クリスマスやリーナ・グローヴら下層の人物、『パイロン』（一九三五）に至っては職業曲芸飛行士たち、『エルサレムよ、我もし汝を忘れなば』（『野生の棕櫚』）（一九三九）には貧しいインターンや囚人のようなスノープス的人物が登場し、いずれもサートリス的な道徳的人物との対立がある。スノープス一族のなかでは始祖のアブナーが『サートリス』（一九二七）や『征服されざる人々』（一九三八）などに登場するだけで、本格的にスノープス一族、とりわけ長男のフレム・スノープスたちが登場するには四〇年の『村』を待たなければならなかったことを思えば、「スノープス三部作」が本格的に書かれるには今少し時間が必要だったということである。

ここまでは長編小説を中心とした見方だが、フォークナーは生活の必要に迫られてということもあって、並行して多くの短編小説を書いている。そして後に「スノープス三部作」に取り込まれることになる「斑馬」（一九三一）、「猟犬」（一九三一）、「真鍮のケンタウロス」（一九三二）、「ジャムシードの中庭のとかげ」（一九三二）、「ラバが庭に」（一九三四）、「馬狂い」（一九三六）、「雌牛の午後」（一九三七）、「納屋を焼く」（一九三九）などを三〇年代に書いたり、雑誌に掲載したりしている。つまり、フォークナーにとってスノープス的な人物に留まらず、スノープスそのものの物語に正面から取り組む必要が次第に高まっていたということが言える。彼の想像力を刺激する避けて通れない同時代の物語、世界の物語を書くためには、スノープスの物語に向き合わなくてはいけないことを理解し始めたと言うべきだろう。

二．主題の変化

フォークナーは三八年のロバート・ハース宛の手紙において、これから書く小説はスノープス一族に関する「三部作」であると明言している（Blotner 107）。「農民たち」（"Peasants"）と題された作品は、最終的には『村』として落ち着き、一九四〇年に「三部作」の第一巻として出版された。しかし続きの第二巻『町』、第三巻『館』が刊行されるのは各々一七年、一九年後であり、完成までに二〇年近い年月を要した。とりわけ第一巻と二巻の間には一七年の隔たりがあるために、その間に元々の意図が大きく変更されたことが容易に想像できる。実際第二巻と第三巻は二年のうちに引き続き出版されているので、主題と技巧の上でも一定の継続性が見受けられる。そのような特徴を有する三つの巻の特質を比較しながら明らかにすることを通して、とりわけ空白の一七年間がどのようにその変化に関係しているのかを考察し、最終的にこの作品がどのような意義を有するのかを考えたいと思う。

「三部作」の原案である「父なるアブラハム」に示されているフレンチマンズ・ベンドの来歴と斑馬の競売エピソードは、『村』の始めと終わりの部分に置かれ、主人公のフレム・スノープスとヴァーナー一家とのかかわり、彼とユーラの結婚のいきさつ、スノープス一族の数名がこの共同体にやってくることなどが詳しく語られる。また、「父なるアブラハム」の冒頭で述べられるフレムの上昇（銀行の頭取となる）とユーラの不倫を巡る顛末が次の『町』で展開される。しかし原案にある話はここまでで、『村』と『町』では、新たにミンクやアイク、モンゴメリー・ウォード、I・O・など個性的なスノープスが多数登場する。更に『館』では、クロニクルにおける主要な出来事で、物語の結末となるミンクのフレム殺しとリンダの共謀が詳しく展開される。結末をどのようにするかを構想できなかったことが、「父なるアブラハム」が中断された理由の一つであろう。

「三部作」は、『村』が一九〇一―〇八年、『町』が一九〇九―二七年、『館』が一九三六―四六年と、二〇世紀前半の約半世紀を背景にしている。完成までに二〇年近くかかったということもあり、同じエピソードが形を変えて繰り返し語られるのがこの作品の特徴である。例えば『村』の第三部「長い夏」において、ヒューストンとミンクを巡る描写は主要な部分を占めており、各人の成育歴や結婚、現在の暮しなどが相当詳しく述べられている。ミンクのヒューストン殺害エピソードは、短編出版時（一九三一）にはアーネスト・コットンが主人公だったものが、ミンク・スノープスの物語に改変され、経済的に豊かなヒューストンに対する貧しいミンクの怨嗟が殺人をもたらす経緯、殺人をめぐる彼の心理状態などが入念に書き込まれる。そして第四部「農民たち」第二章の裁判の場面で、フレムが手を差し伸べてくれるのを待っているミンクの姿が描写される。この時点でどこまでクロニクル結末のミンクによるフレム殺しが構想されていたのかは定かでないが、一七年後に『町』に着手した時にはこの結末が用意されていた可能性はかなり高いと言える。ラトリフがギャヴィンに告げるモンゴメリー・ウォード・スノープス逮捕のいきさつから、そのことが強く推測される。『町』では、フレムは自分の体面を守ることに汲々とするようになり、自分に都合の悪い係累はすべて追放するという方針のもとで行動するようになる。その結果が、ポルノショップを開いたモンゴメリー・ウォードの逮捕であり、ラバで不正な利益を得たり重婚をしたりするI・O・の町からの追放である。モンゴメリー・ウォードの逮捕が『館』におけるミンクへの脱獄そそのかしと刑期延長までも視野に入れていたかどうかははっきりしないが、『町』第四章のラトリフの語りのなかで、ミンクがフレンチマンズ・ベンド最初のスノープスであり、後先を考えることもしない頭のおかしいスノープスであるということを力説している場面などを見ると、可能性は大いにあると言えるだろう。

ミンクの役割が重要性を増してくるように、リンダの役割も『町』のなかで重要になってくる。ユーラは『町』の終わり近くで自殺してしまい、娘のリンダが途中から高校生として登場してくる。つまり『町』においてはギャヴィン・スティーヴンズという新たな登場人物と、ユーラとリンダ母子との関係が主要なプロットの一翼を担うことになる。ギャヴィンはユーラとの関係では夫気取りで、リンダに対しては父親気取りで振る舞うのだが、実際には夫でもなく父親でもない上に、女性との交際を避ける性癖から、彼女たちの力になれない。第一三章におけるマット・レヴィットとの争いの後のリンダの気持ちや、第一五章でリンダとの結婚を約束させようとするユーラの努力も彼には届かない。ユーラの死後、フレムが本当の父であるとリンダを説得しようとするギャヴィンの虚しい努力は、『館』においてリンダが本当の父と会い、真実を知り、フレムに対して母の仇をとろうとする展開によって明確に否定される。

「父なるアブラハム」の斑馬競売エピソードにスーラットという名前で登場するミシン販売人は、『村』

においてラトリフという名で主要な登場人物兼語り手として登場する。彼は幼少時にフレムたちの近くで育ち、もともと彼らと同様な分益小作人の身分だったとされているが、自立心の強い良心的な人物で、巡回販売人という仕事柄から豊かな知識と人付き合いによって、フレンチマンズ・ベンドの盟主ウィル・ヴァーナーとも気脈を通じた人物として作品のなかで主要な役割を果たす。ラトリフはこのように構想の段階から最後まで一貫して登場し、重要な役割を果たしているので、彼に課せられた役割を知ることは後期フォークナーを知るうえで大変重要である。

このように「父なるアブラハム」で示された原案の展開が『村』のなかで一定程度なされると同時に、原案になくて、『町』において発展的に展開されるのは、スノープス一族の目まぐるしい動きと、悪いスノープスと良いスノープスの分裂である。『村』に登場し、フレンチマンズ・ベンドに留まったスノープスはそれぞれ地位が一段上昇する。『町』に登場するスノープスは、フレムが発電所の監督官になるように、エック、その息子ウォール、アドミラル・デューイー、I・O・の兄弟ウェズレーの双子の息子バイロンとヴァージル、モンゴメリー・ウォード、クラレンスなど、それぞれが活発に活動する。中には法を犯す者も出てきて、銀行の副頭取となったフレムは自分の名誉を守るために保守化し、自己保身に努めることとなる。一方、三九年の短編「納屋を焼く」に登場するスノープスらしからぬスノープス、サーティーは『村』に改変編入される際に名前がなくなり、消えてしまうが、彼の再来とも言うべきウォールストリート・パニックのようにスーパーマーケット・チェーンを開き、正しい資本主義を実践するものさえ出てくる。これは『村』の展開からは考えられなかった事態で、この変更の意義は重大である。

『村』から『町』への進展のなかで一番大きな変化は、登場人物および語り手としてのギャヴィン・スティーヴンズとチック・マリソンの登場である。彼らは「父なるアブラハム」にはもちろん、『村』にもまったく登場していない。『村』はフレンチマンズ・ベンドを主な舞台としているとはいうものの、誰もジェファソンの町へやってこないわけではないので、誰かがジェファソンにやってきて、ギャヴィンに会ってもおかしくないはずだが、この作品では彼の出番はなかった。そのギャヴィンが『町』になって急に主要人物の一人として登場するのはなぜだろうか。

ギャヴィンは夙に三二年の『八月の光』に登場し、ジョー・クリスマスの白い血、黒い血の理論を述べているが、本格的には四〇年代になって、『行け、モーセ』(四二) に登場し、『墓地への侵入者』(四八)、『駒さばき』(四九)、『尼僧への鎮魂歌』(五一) に主要人物として登場する。またチックは『墓地への侵入者』の主人公として、『駒さばき』では主な語り手として登場する。この二人が『町』と『館』で主要人物として登場することが「三部作」の主題の展開の上でどのような影響を与えたのかが、作者の意図を考えるうえで欠かせないことである。

先に見たように、四〇年代にそれぞれ意義深い小説を書いていた上に、五〇年以降はノーベル賞受賞によりアメリカの文化大使として忙しくなり、五五年には日本の長野でセミナーに参加したりしていたので、フォークナーに書きたい本を書く時間的余裕がなかったのは当然だった。五四年に『寓話』を書き上げてのち、彼が向かうところは、もう一つのマグナム・オーパスである『スノープス』三部作の完成だった。しかし『村』はあまりにエピソディックで万華鏡的な多面性をもつ作品であるために、それをそのまま引き継いでいくことはできなかった。それともう一つの要素がトポスの移動である。第二作、第三作は共にジェファスンの町が舞台となるために、出演者が入れ替わったり、新たな人物が登場したりすることになる。その最たるものがギャヴィン・スティーヴンズとチック・マリスンの登場である。

先に触れたように、ギャヴィンとチックは『寓話』を除いて、『村』から『町』までの間に書かれた四冊の小説の主要人物たちである。この人物たちはそれまでの二〇–三〇年代の作品に登場する悲観的で弱い人物――ホレス・ベンボウやクエンティン・コンプソンらとは一線を画している。ギャヴィンとチックは作者により近い、活動的な人物であり、彼らが四〇年代（および五一年）の小説において果たした役割の重要性から、作者はこの二人を「スノープス三部作」の第二巻に登場させ、登場人物・語り手として重要な役割を果たすことにしたと考えられる。なおこのギャヴィン像には作家の愛読書であった『ドン・キホーテ』（一六〇五、一六一五）が投影されており、作品に非現実性とコミカルなトーンを産み出すことに与かっている。またラトリフやリンダは自律的に行動する人物であり、山本裕子は「移動性の法則」という論文の中で彼らが活動、移動、生を体現し、ジェファソンの都会性を視覚化する「コンタクトゾーン」であるとしてラトリフとリンダの重要性を力説している（山本　四二）。

これらの人物たちの登場によって『町』は作者が当初意図していたものとは異なる作品として展開されることになったと考えられる。また『村』から『町』に舞台が移ったのみならず、馬車から自動車への変化に象徴されるように、時間設定も第一次世界大戦と激動の二〇年代を含む時代となり、執筆時期は第二次世界大戦後の冷戦期という激動期である。これが『町』においてスノープスの描き方が一面的で済まされなくなってくる原因の一つである。そしてその続編として『館』は一挙に大団円へ向かうことになる。

『スノープス』三部作はフレム・スノープスを中心としたスノープス一族の盛衰の物語である。二〇世紀初頭、フレムがフレンチマンズ・ベンドという「村」の盟主であるウィル・ヴァーナーの店に現れ、次々と権力を手中におさめ、次にジェファスンの「町」に進出し、遂には銀行の頭取となり立派な館に住むという物語である。このフレムを中心とするスノープス一族が体現するものは、現実的には当時勃興し始めた分益小作人の貧乏白人階級である。南北戦争において敗北した南部は一九世紀末ごろには敗戦から立ち直り、奴隷制廃止や北部資本の投入を受けて社会階層や産業構造が大きな変化を遂げる。いわゆるニュー・サウス（「新南部」）の建設である。このアメリカ南部の大きな社会変貌の時代はちょうど作家フォークナーが生まれ、生き、書いた時代だった。それは旧貴族階級の没落と、入れ替わりに勃興した新興階級の形成、北部資本の進出、更には二つの世界大戦や経済的大不況、冷戦と公民権運動前夜という大変動の時代であった(1)。

そのような時代を背景に新興勢力のモデルとして描かれたと言ってよいスノープス一族の振る舞い（＝スノープシズム）の評価を巡っては、大きく二つに立場がわかれている。一般的にはオドネルに代表されるように、スノープス＝悪の権化、金銭崇拝の物質中心主義、北部資本主義の手先など、南部の精神や美風に敵対し、破壊しようとするものであるとされる。もうひとつの立場は、スノープスは人間一般の特性を表したもの、エヴリマンであり、例えばフレムの行動はフレンチマンズ・ベンドの主ウィル・ヴァーナーをまねたものにすぎず、彼が現れる前から、「フレンチマンズ・ベンドの人びとは元々から自己中心的である」（Gold 318）と主張するジョーゼフ・ゴールドのような批評家もいる。また先の山本は、スノープシズム＝近代都市的価値観であり、ヨクナパトーファは常に近代都市化への流れとともにあったと指摘している（山本　五五）。

フォークナーがスノープス物語を構想し、着手した頃、つまり『村』を出版した時には、作家の態度は前者に近かったと思われるが、『町』の執筆にかかるまでの四〇年代から五〇年代において作者のスノープシズムに対する姿勢が変化した、それが「三部作」の構想と結末の変化をもたらしたと考えられる。これにはスノープスが体現する消費文化の繁栄がもたらす資本主義がこの時期に大いに発展を遂げ、南部を含むアメリカ全土に行き渡り、アメリカが世界の資本主義の代表になったことが大いに関係していると考えるのは当然のことだろう。

三．技法の問題

『村』と続編との間の主題の変化と同様に、「三部作」を語る際に注目すべきことが、それぞれの作品の技法の違いである。まず『村』だが、この作品には一番多くの短編が取り込まれている。三〇年代に書かれた短編のうちの六編が語り直されて用いられている。なかには「猟犬」や「馬狂い」、「雌牛の午後」のようにスノープスとは関係のない物語をスノープスものに改変したものも含まれている。作品の構成は四部建てで、第一部「フレム」、第二部「ユーラ」、第三部「長い夏」、第四部「農民たち」となっている。

この四部中に、タイトルをつけられた人物を中心として少なくとも一四のエピソードが配置されているが、基本的にはスノープス一族が次々とフレンチマンズ・ベンドにやってきて、フレムを中心として、村に騒動をもたらす様子が、ラトリフや村の男たちの共有する話として語られ、進行していく構成となっている。その場合それぞれに人物や出来事が詳しく語られ、各々が独立した短編としても読めるほどの具体性がある。ただしそれぞれのエピソードの文体は次々と変化する。これに関してデヴィッド・ランプトンは、「これは単なるリアリスティックな小説でなく、寓話でもあり、ロマンスでもあり、トールテールであり、ドキュメンタリーでもある」(Rampton 134) と述べている。そのせいもあってこの小説はどこか喜劇的、牧歌的でもある。オーエン・ロビンソンはこの小説の技法に関して、「万華鏡的」(kaleidoscopic) という指摘をしているが、この作品を理解するうえで最も適切な考えであると思われる。万華鏡は見るたびに違った図絵が見えるのが特徴である。

例えばこの小説は一般的にはフレム・スノープスを中心とする物語であると言われているが、ノエル・ポークらが指摘するように、彼は自ら行動し、語ることはほとんどない。ミンクのヒューストン殺しやアイクの牝牛との恋愛騒動の折には、彼はユーラとともにテキサスへ行って不在であり、斑馬競売の際にもひとりその場から離れていて、彼ぬきで事件が展開される。彼が目立つエピソードはジョディに店員にしてもらおうと駆け引きをする時と、斑馬事件のあとアームステッド夫人に返金を断り、替わりにキャンディを渡す場面ぐらいである。しかし斑馬競売や老フランス人屋敷の宝探しなど、裏で彼が関与していると示唆される出来事がいくつもある。

ところで既発表の短編を改変し、ひとつのタイトルのもとにつないで小説として仕上げるという方法が初めて用いられたのは『征服されざる人びと』である。『村』もこれに倣って作られているが、その後このような方法を用いて彼はいくつかの作品を書いている。その代表的なものが四二年の『行け、モーセ』と四九年の『駒さばき』である。

しかし五七年の『町』においては「真鍮のケンタウロス」と「ラバが庭に」の二つの短編が取り込まれているだけで、物語の進行としてはギャヴィンとユーラとリンダ母娘とのからみと、銀行の頭取にまで登り詰めるフレムと増殖するスノープス一族の盛衰の二つのプロットがほぼ一直線に展開されるだけである。この作品の特徴はギャヴィン、チック、ラトリフの三人の語り手がそれぞれの立場から物語を語ることである。この手法はもっと大がかりな形で夙に『死の床に横たわりて』において用いられた。今回はこれを三人によるリレー形式のように用いたわけである。全二四章をチックが一〇章、ギャヴィンが八章、ラトリフが六章担当していて、マイケル・ミルゲイトの計算によればチックが五四%を語っているとのことである（Millgate 237）。しかも第一章は彼がまだ生まれていない時の話で、いとこのガーワンから後日に聞いたという設定である。つまり『町』においてはチックの果たす役割が非常に大きいということである。これは四八年の『墓地への侵入者』において彼が主人公として事件の解決に当たったことと、四九年の『駒さばき』でも重要な語り手だったことに関係がある。またスノープス物語における彼の語りは、チック自身が表明しているように、基本的には町の人々のスノープスに関する共通認識の報告である。また彼はギャヴィンの身近にあって、叔父の振る舞いやそれに対する人々の反応を示したり、独自のコメントをするなどして、ギャヴィンの独りよがりの語りとは異なる判断材料を提供している。ギャヴィンは『墓地への侵入者』では狂言回しだが、『駒さばき』と『尼僧への鎮魂歌』では事件の解決と人間性への洞察において現実的な能力を示している。その彼が『町』と『館』においても重要なポジションを占めるのは不自然なことではない。ラトリフは登場人物であるとともに、語り手としてギャヴィンの行動や性格について短い適確なコメントをするが、それが彼の作品における存在意義である。

『館』は『村』と『町』の混合したような様式を採っている。三部建てと銘打っていないが、『村』のように、全一八章のうち一―五章が「ミンク」、六―一一章が「リンダ」、一二―一八章が「フレム」である。それを『町』に引き続いてチック、ギャヴィン、ラトリフの三人が語るのみならず、第四章をモンゴメリー・ウォードが、一―三章、五章、一二―一八章を全知の語り手が語っている。つまり第一部ミンクの部と第三部フレムの部はほとんどが全知の語りであり、第二部リンダの部のみを六―七章をラトリフ、八、九、一一章をチックが、そして一〇章のみをギャヴィンが語っているということである。つまりリンダに関してのみ三つの視点から相対的な語りが突き合わされているということである。その結果、彼らの語り手としての重要性は後退し、全知の語り手が物語の大半を語ることになる。これはミンクが最期に運命を天にまかせるという物語全体の結末とも符合している。この点についてミシェル・ド・セルトーは、俯瞰的視点が神のまなざしであると述べている。

四．後期の到達点――まとめ

以上見てきたように後期フォークナーの作品は主題的にも南部の歴史や人種問題、ひいては戦争にも及び、彼なりの結論を出している。そして技法的には、一見したところゆるいプロットのつながりから成る、まとまりに欠ける小説のように思われるものが、子細に検討してみれば、それは物事の多面的な描写に必要な技法であり、大変工夫された手法であることが見えてくる。典型的なモダニズム作品であった前期作品群と異なり、作品ごとに手法が変えられたり、組み合わされたりしている。小説技法の職人フォークナーの真骨頂の表れと言えるだろう。(2)

ところで三部作の最終巻、『館』の前に奇妙な前置きがある。これは「三部作」には多くの不一致点や矛盾があるという読者や研究者、編集者などからの指摘に対しての弁明のようなもので、「作者は三四年前よりも人間の心と苦悩についてより深く学び、彼らとともに長らく生きてきたので、この物語の人物たちについて当時よりもっとよく知るようになったのだと確信している」(677) と強弁している。基本的にはこれは作者の記憶違いや思い込みに対する弁解だと思われるが、半分ぐらいは真実なのかもしれない。

その根拠は『館』の結末部分（ということは「三部作」の結末でもあるのだが）にある。リンダがフレムを殺させるためにミンクを二年早く出所させる嘆願書を書き、その件にギャヴィンたちを巻き込んだのだというラトリフの主張に対して、スティーヴンズは次のように反応する。

「道徳なんてものは無いんだ」、「人は自分の最善を尽くすだけなんだ」とスティーヴンズは言った。（略）「止めろ」、「言うな」（略）「俺は信じないぞ」スティーヴンズは言った。「俺には信じられない」、「信じられないと言うのが分からないのか」（1059-61）

このような諦念とも悟りともいえる自己弁護の発言に彼は辿りつく。またフレムはミンクに殺されることを待っていたかのような受動的な最期を迎える。ミンクは殺人者として登場するのだが、彼の最期は安らかに描かれている。これらの結末には、作家を含む各人物の「老い」も関係していると思われるが、作者が晩年に到達した率直な人間観・世界観が表明されているとも考えられる。(3) これについてジェイムズ・ワトソンは、「三部作は人間性とその戦いの結果についてのフォークナーの包括的な発言であると最終的に判断されるべきである」（Watson 229）と述べている。これは男性的なロマンチックな自己正当化であり、ここに示されているのはその男性性の崩壊であり、リンダの行動に示される過激な女性の眼覚めであるとヒー・カンは主張している。

フォークナーが生きて書いた二〇世紀前半は世界史の中でも激動の時代であった。二つの世界大戦、大不況、南部の変貌、人種問題、資本主義の大いなる発展など、どれ一つをとっても大変動であった。また核兵器の登場は人類が滅びかねない危機だった。五〇年のノーベル文学賞受賞演説ではそのことにも彼は触れている。そのような危機的状況のなかで黒人、女性、下層の白人たちなどマイノリティが立ち上がり、「民主化」が進み、アメリカ社会が変化してきた。『村』で黒人嫌いだったミンクは三八年の時間の経過の後、『館』では黒人と一緒に食事をするようになる（物語中では一九四六年のこと）。リンダは三七年のスペイン市民戦争で負傷して耳が聞こえなくなり、帰郷した後は「共産主義者」、「黒人びいき」と非難されるが、第二次大戦の際はリベット工として働く。その彼女がギャヴィンやラトリフを巻き込み、ミンクを使って復讐を遂げ、白いジャガーでヨクナパトーファを後にする。彼女がこのように描かれているのには、五〇年代冷戦期、マッカーシズムの跳梁、公民権運動や女性解放運動前夜という時代背景がある。そのような時代にあってリンダのような強い女性像を創り出したのは、作家が実際の女性たちとの付き合いから学んだのだろうとキース・フルトンは述べている。またチックや『自動車泥棒』（一九六二）のルーシャス・プリーストのような若者が未来を切り拓いていくことに期待を示している。フォークナーは歴史の変化を正面から受け止め、真実が自分にとって苦渋に満ちたものであっても目をそらさずに作品化した。その到達点が『スノープス』三部作であった。

＊テクストには William Faulkner, *Snopes*. The Modern Library, 1994. を用いた。引用末尾のかっこ内の数字で頁数を示す。

＊本稿は二〇一九年五月一一日、日本アメリカ文学会関西支部総会で行った講演原稿に修正を加えたものである。

注

（1）小野清之はその変化に対して南部の人びとがどのように反応したのか、そのような変化にも拘わらず南部精神の原理は変わらないのだ、ということをこの作品は示そうとしていると主張している。

（2）これに関連して、平石貴樹はクロニクル（年代記）の手法とノヴェルの手法の違いに着目し、「三部作」の手法をつぶさに検討している。

（3）この点については、拙論「老いの肖像——『館』」を参照されたい。

引用参照文献

Blotner, Joseph. ed. *Selected Letters of William Faulkner*. Random House, 1977.

Faulkner, William. *Snopes*. The Modern Library, 1994.

Fulton, Keith. “Linda Snopes Kohl: Faulkner’s Radical Woman” in *Faulkner and His Critics*. ed. by John Duvall. The Johns Hopkins UP, 2010.

Gold, Joseph. “The ‘Normality’ of Snopesism: Universal Themes in Faulkner’s *The Hamlet*”, in *William Faulkner: Four Decades of Criticism*. ed. by Linda Welshimer Wagner, Michigan State UP, 1973.

Kang, Hee. “A New Configuration of Faulkner’s Feminine: Linda Snopes Kohl in *The Mansion*.” *The Faulkner Journal* VIII: 1 Fall 1992, 21-41.

Meriwether, James. ed. *Father Abraham by William Faulkner*. Random House, 1983.

Millgate, Michael. *The Achievement of William Faulkner*. UP of Nebraska, 1978.

O’Donnel, George Marion. “Faulkner’s Mythology,” in *William Faulkner: Four Decades of Criticism*. ed. by Wagner.

Ono, Kiyoyuki. “The Inviolable Principles of the Southern Spirit in the Snopes Trilogy” in *Faulkner: After the Nobel Prize* ed. by Michel Gresset and Kenzaburo Ohashi. Yamaguchi Publishing House, 1987.

Polk, Noel. “Idealism in *The Mansion*,” in *Faulkner and Idealism: Perspectives from Paris*. ed. by Michel Gresset and Patrick

Samway, S. J. UP of Mississippi, 1983.
Rampton, David. *William Faulkner: A Literary Life.* Palgrave, 2008.
Robinson, Owen. "Interested Parties and Theorems to Prove: Narrative and Identity in Faulkner's Snopes Trilogy," *The Southern Literary Journal*, XXXVI, Fall 2003 No.1.
Watson, James. *The Snopes Dilemma: Faulkner's Trilogy.* U of Miami P, 1968.
ミシェル・ド・セルトー著　山田登世子訳『日常的実践のポイエティーク』国文社、一九八七年。
平石貴樹「〈年代記〉とフォークナー三部作の生成」『工学院大学研究論叢』第一八号、一九八〇年。
山下昇「老いの肖像――『館』」金澤哲編『ウィリアム・フォークナーと老いの表象』松籟社、二〇一六年。
山本裕子「移動性の法則――スノープス三部作と地理的想像力」『フォークナー』第一九号、松柏社、二〇一七年。

第五章　ラルフ・エリスン『見えない人間』の技法と主題とテクスト

はじめに——ブラック・モダニズムの系譜とエリスン

二〇世紀初頭に文学のみならずさまざまな分野において世界的なモダニズム運動が進展する。アメリカ黒人文学のモダニズム運動を高らかに宣言したのが、アレン・ロックの「ニュー・ニグロ」宣言（一九二五）であり、ハーレム・ルネサンスと呼ばれる二〇―三〇年代の黒人作家たちの作品にモダニズムを標榜したものが多数見受けられる。最初のブラック・モダニズムの作品がジェームズ・ウェルドン・ジョンソンの『元黒人の自伝』（一九一二）だと言われ、ジーン・トゥーマーの『サトウキビ』（一九二三）や、ネラ・ラーセン『パッシング』（一九二八）、ゾラ・ニール・ハーストン『彼らの眼は神を見ていた』（一九三七）を始めとして、少なからぬ黒人作家によるモダニズム作品が輩出する。

ハーレム・ルネサンス期から少し時間が経過して登場するラルフ・ウォルドー・エリスン（一九一四―九四）の小説『見えない人間』（一九五二）がアメリカの代表的なブラック・モダニズムの作品であることに異議を唱える人はほとんどいないと思われる。そのモダニズムは、しかしながら、例えばアーネスト・ヘミングウェイやウィリアム・フォークナーら白人作家のものとは異なる側面を有しており、それ故に「ブラック」・モダニズムと呼ばれる。これは彼がアフリカ系アメリカ人であることと無関係ではない。アメリカ黒人には、歴史的な理由もあって、独自の文化があり、その黒人文化との関係が、「黒人文学」の独自性をもたらしている。一方でエリスンは普遍的な文学というものに自覚的な作家であり、「黒人作家」と呼ばれることを嫌い、自分は「黒人文学」を書いているのではないと主張している。

小論は、そのエリスンのモダニズムの特質を、大衆文学・文化との関係から読み解こうという試みである。いずれの文学においてもそうであるように、モダニズムと大衆文化との関係は一筋縄ではいかない。両者の関係は、後者の否定の上に成り立っている場合もあり、後者の洗練された発展である場合もある。その点を念頭に置きながら、いくつかの要素を検討していくこととする。そして最後にこの作品の評価に関わることとして、近年になって明らかにされた作品改訂のプロセスに関する研究成果を参考にして、筆者の考えを述べることとしたい。

一．コンヴェンションへの反発

『見えない人間』は名前のない語り手が自らの来歴について語るという形式の作品であり、いくつかの著名な伝記や伝記的作品への言及ないしはそれらの影響が見受けられる。「僕は見えない人間である。かといって、エドガー・アラン・ポーにつきまとった亡霊のたぐいではないし、ハリウッド映画に出てくる心霊体でもない」(3)、という書き出しに見られるように、ゴシック小説の祖の一人であるポーに言及するとともに、言外に英国作家H・G・ウェルズの同名作品『透明人間』(一八九七)を喚起させながらも、同時にハリウッド映画やSFのような大衆文化・文学でないことを宣言している。SFについては、一九八一年版の著者解説において「私が書きたくないのはSF小説である」(xv)と明確に否定の対象としている。ハリウッド映画への言及に関しては、三〇年代にドラキュラ・シリーズやフランケンシュタイン・シリーズ、狼男シリーズ、ポーの作品の映画化などが盛んになされ、先の『透明人間』も三三年に映画化されているが、そのことが主人公の無意識的な時代感覚に反映されていると言えるだろう。

一人称の語り手が語る物語はアメリカ小説のおはこであり、古くは『白鯨』(一八五一)のイシュメイル、『ハックルベリィ・フィンの冒険』(一八八四)のハック、『グレート・ギャッツビー』(一九二五)のニックなど枚挙に暇がない。そうした観点からすればこの小説も「偉大なアメリカ小説の伝統」に与しようとする野心的な作品であると言えよう。この語り手＝主人公を巡っては、先の著者解説で作者は「どうして(白人の描いた黒人人物は言うまでもなく)アフロ・アメリカ小説のほとんどの主人公には知的な深みがないのか」（xix）と不満を吐露している。それはつまりこの物語の主人公には知的な深みをもたせ、それによって従来の「黒人文学」にはなかった新しい小説を作り出そうとしたということである。これに関してヘンリー・ルイス・ゲイツ・ジュニアはリチャード・ライトの文学との比較を通して、次のように指摘している。

> ライトの『アメリカの息子』と『ブラック・ボーイ』という題名には人種や自己、存在の意味が含まれている。エリスンが織りなす文彩は**不可視性**という言葉を冠する『見えない人間』という題名で、つまり、不在をもって黒人や先住民の将来の存在を描くという皮肉な応答に見出せる。また、**人間**という言葉は、**息子**や**少年**という言葉に比べて、成熟したつよい立場になることを示唆している。（Gates 106）（太字原典、傍線筆者）

つまりライトの作品では主人公は一人前の大人でなく、自己の存在を主張するのが精一杯の息子や少年であるのに対して、エリスンの主人公は皮肉な応答ができる余裕のある大人として設定されているということである。

　このような主人公（語り手）の設定に影響したのは、作者自身が明かしているように、ドストエフスキーの『地下室の手記』（一八六四）の主人公である（xix）。この主人公も名前が無く、現在は中年だが二四歳の青年の時の出来事を回想している。青年は甚だしく自意識過剰で、「病的なほど知性が発達して」おり、人付き合いが極度に不得手である。そこに描き出されているのは、「終わりのない絶望と戦う人間の姿」である。時代と場所、抱えている問題が異なるとはいえ、この物語と『見えない人間』の間には大いなる共通性があることは明らかである。

モダニズムの手法と関係して、もうひとりのモデルとなったと考えられるのが、ジェイムズ・ジョイスの『若き芸術家の肖像』（一九一六）のスティーヴン・ディーダラスである。こちらの方は少年期から青年期のアイルランドにおける性や宗教や政治との葛藤に苦しむ多感な人物の物語だが、言うまでもなくモダニズムの旗手としてのジョイスの面目躍如たる手法と言語にあふれている。この作品にヒントを得て、エリスンが「アフリカ系アメリカ人の芸術家の肖像」の物語を書こうとしたと言っても的外れではないであろう。

これらの知的で多感でプライドの高い若者の内的葛藤をモダニズムの作品に結実させたエリスンが、ライトらの自然主義的ないしはリアリズムの作品に対して飽き足りない思いを抱いたのはやむを得ないことだったかもしれない。例えばライトの『アメリカの息子』（一九四〇）の主人公ビガーは、罪を犯して収監され、白人の弁護士によって指摘されるまで黒人の社会的立場を言葉によって説明できない人物である。ビガーは外的な力（運命）によって犯罪者となり、死刑となる。小説はそのプロセスを自然主義小説として外部より描いていく。このような小説にエリスンが同調できなかったのは当然だろう。

そもそもエリスンはオクラホマ時代から「ルネサンス的人間」を目指していたと述べており、三五年にT・S・エリオットの『荒地』（一九二二）に出会い、三七年ころには文章の練習で、ジョイス、ドストエフスキー、ガートルード・スタイン、ヘミングウェイを研究し、特にヘミングウェイを熟読したことを明らかにしている。周知のとおり彼は元々クラシック音楽の作曲家を目指していたのであり、音楽についての造詣の深さはプロ級である。そのこともあり、音楽と小説技法に関して、「音楽の技法に関心を向けていたおかげで、現代詩と小説のある種の技法や意図などを学ぶ過程ではまったく違和感を覚えませんでした」(*Shadow and Act* 160) と述べている。また、「肝心なのは自分が小説の技法に強い関心を抱いていたということで、ほとんど始めからきわめて意識的に、自己発見の手段として小説技法に取り組んでいた」(*Ibid.* 161) と技法への強い関心を強調している。そのような彼が自然主義的なリアリズムに飽き足らず、モダニズムの技法に意識的だったのは当然である。

だが彼の描く物語が黒人人物たちの登場する物語であり、黒人の生活を舞台としたものである以上、そこに黒人の文化や歴史が色濃く反映されるのは必然であった。ではそれはどのように取り込まれ、自然主義を超克しているのだろうか。

二．自伝または自伝的作品と成長物語

ジョイスの『若き芸術家の肖像』が、自伝ではないが「自伝的作品」であり、成長物語（ビルドゥングスロマン）であるように、『見えない人間』も一面的には「自伝的作品」、「成長物語」である。そもそも「自伝」ないし「伝記」は大衆文学の典型であり、とりわけアメリカ合衆国では伝記の出版・購読が盛んである。黒人文学においても同様であり、黒人文学における代表が「奴隷体験記」（スレイヴ・ナラティヴ）である。奴隷体験記の古典としてこの小説に関係するのが、フレデリック・ダグラスとブッカー・T・ワシントンのそれである。また一九三〇年代のWPAの元奴隷への聞き書きの刊行の影響

のもとに誕生するフィクション、第二次世界大戦後のネオ・スレイヴ・ナラティヴは、アフリカ系アメリカ文学の主流となる。エリスンの小説は奴隷制を扱ったものではないが、元奴隷であった祖父が果たす重要な役割、ヴァナキュラーな語りなどに鑑みて、アーネスト・ゲインズの『ミス・ジェーン・ピットマンの自伝』（一九七一）とともにネオ・スレイヴ・ナラティヴとして扱われることもある。

スレイヴ・ナラティヴとネオ・スレイヴ・ナラティヴの間にあるものが、例えばライトの『ブラック・ボーイ』（一九四五）である。『ブラック・ボーイ』は、後に『アメリカの飢え』（『続・ブラック・ボーイ』）（一九七七）として出版されたものと併せて完全版であるが、これはライトの自伝と言ってもいいような自伝的作品である。そうした作品としての性質から、当然のことながら一人の黒人少年の苦難と成長を比較的リアリズムの強い手法で描いたものということができるであろう。なおアメリカ共産党との出会いと決別を描く続編部分は、テーマ的にはエリスンの『見えない人間』と重なるところがあるのだが、全体が公刊されるのはずっと後のことなので、この部分がエリスンの執筆にどのような影響を与えたのかを検討することはできない。彼とライトとの交友関係からして、エリスンが未公開の部分も含めてライトが書いたものを目にした可能性は否定できない。よしんば目にしていないとしても、話には聞いて知っていたはずである。エリスンにとってもこのテーマは避けて通れないものであったが、彼のこのテーマへの対応は後で改めて検討することとしたい。

なお、自伝のテーマである「成長物語」の枠組みに関しては、アフリカ系アメリカ人の場合は、成長することが緩慢なるアイデンティティ崩壊につながることがしばしばであり、そのような考えが、小説の中の「タスキーギ教育の理想や、北部への大移動の夢、組織による政治的解決の希望、などの嘘を暴いている」(Raynaud 109) とクローディン・レイノーは指摘している。また、この点に関してフォークロアの影響を指摘する者もあり、ナイジェル・トーマスは、「私」の視点はブルース・シンガーから借用したもので、民族の集合体を代表するものだと述べている (Thomas 141)。

三．フォークロアのモチーフ

ナイジェル・トーマスが著書の「序論」においてその研究の歴史を包括的にまとめており、風呂本惇子が詳しく類型化し、実証しているように、フォークロアには多くの要素が含まれている。「動物ばなし」(ウサギどん、キツネどん、クマどんなど)、「ジョン (・ヘンリー) ばなし」、「なぜばなし」、「神と悪魔のはなし」、「ばかばなし・ほらばなし」、「説教師ばなし」、「怪奇ばなし・不思議ばなし」などの民話に加えて、スピリチュアル (霊歌)、ワークソング、ブルース、説教、まじない、諺などのさまざまな民間伝承がある。また、教会や学校、工場などの場所や、説教師、ブルース・シンガー、悪党などの人物、奴隷制や人種差別の象徴である人形や小物などフォークロアの指標となるものも多数ある。一方で、フォークロアは黒人の占有物というわけではなく、白人においてもとりわけ西部や南部を中心にした「南西部のフォークロア」があり、白人作家の作品にも取り入れられているのは言うまでもない。だが、黒人作家の作品においてとりわけ重要な役割を果たしているのは、「ヴァナキュラー」(黒人の日常生活を表す口語表現) と呼ばれる語り口である。

アメリカ黒人の経験について考える際に、最も基本的なことは奴隷としての経験であることは論を俟たない。奴隷たちは全く無権利のうちに過酷な生を強いられ、文字の読み書きを禁じられ、教育を受ける権利を奪われていた。文字による伝達の手段を持たないことが、口誦文化を発展させ、独自のコミュニケーションを発達させた。黒人の経験の根底にあるものは「抑圧」であり、根本的な課題が「生き延びること」だったが、それらについて、人々は「トーストや語り、ダズンズやブルース、霊歌や説教がちりばめられた」ヴァナキュラーな言語をやりとりするのだった（O'Meally 166）。黒人の経験を語る際には、このように、フォークロアがらみのヴァナキュラーな語りが不可欠なのだが、それがエリスンのモダニズムにおいては素朴な形で取り入れられているわけではない。その点を以下に具体的に見ていきたい。

先のトーマスは黒人文学に登場する主要なフォーク・ヒーローに着目し、「説教師、悪党黒人（バッド・ニガー）、黒人モーゼ、トリックスター」に大別し、『見えない人間』に登場する人物の多くがトリックスターであると指摘している。「アメリカで黒人であって生き延びるためにはトリックスターでなければならない。ウサギどんとジョンの民話は主にこのことを教示している」（Thomas 81）と彼は述べ、トゥルーブラッド、帰還兵、ブレドソー、ブルース・シンガー、ラインハートらはトリックスターであることを力説している。一方、大学の創立者は皮肉な黒人モーゼであり、ブラザーフッドのジョンは悪党黒人、主人公は「ジョン・ヘンリー」であると述べている。このように登場人物のほとんどがトリックスターに大別されるのだが、それは彼らのすべてがステレオタイプであるということではない。むしろエリスンはステレオタイプな人物たちが登場するリアリズム小説を嫌っており、「ステレオタイプが隠そうとする人間の複雑さを明らかにしなくてはいけない」（xxii）と述べている。作者が主張するように、トリックスターであると名指しされる人物たちはそれぞれに非常に個性的であり、小説のなかで、いくつかの印象的な逸話を生み出している。これに関連して、キース・バイヤーマンは、焼き芋売りの男、ブラザーフッドのタープ、トゥルーブラッドの三人の重要性を主張している。後述するように、焼き芋売り男は主人公に自分の出自を確認させるし、タープは奴隷の足かせやフレデリック・ダグラスの写真を通して自分の黒人性を確認させる。トゥルーブラッドはその巧みな話術で彼を感嘆させる。

『見えない人間』には個性の強い人物たちが登場し、強い印象を与えるエピソードがいくつも描かれる。それらのエピソードが次々とつながって、この小説にモダニズム的構成をもたらしている。そのエピソードとは、「トゥルーブラッド・エピソード」、「ゴールデン・デイにおける帰還兵のエピソード」、「大学におけるブレドソーのエピソード」、「ラインハート・エピソード」などである。これらのエピソードはそれぞれの人物を主要人物とする短編小説のようなまとまりを見せている。同様なことが主人公にまつわる出来事についても言うことができる。「バトル・ロイヤル」、「ペンキ工場での出来事」、「立ち退き阻止事件」、「ブラザーフッドでの活動」、「ハーレム暴動」、そしてプロローグとエピローグにあたる「地下室での生活」である。

なかでも、この小説のフォークロアのモチーフの代表的なものであり、ヴァナキュラーな語りの特質が表現されているものが、トゥルーブラッドの告白、説教師の説教、主人公の三つの演説である。とりわけ小説の第二章の中心をなすトゥルーブラッド・エピソードは、この小説のなかで物語の進行を決定づけるものであり、しばしば論議の的となる。最も代表的なのはヒューストン・ベイカー・ジュニアによるもので、ひとつの論文全体がこのエピソードの分析にあてられている。彼によればこのエピソード創出の過程でフォークロアと文学的手法の区別は溶解し、独自のものができている（Baker 175）。このエピソードにおいて、黒人の性的放縦という白人の思いこみが具現化されており、それが抑圧されていた自らの果たせなかった娘への近親姦の衝動をノートン氏によみがえらせるように、白人と黒人の性をめぐる葛藤の本音を暴くものとなっている。トゥルーブラッドは罪を犯して黒人共同体から非難されながらも、白人たちにその話を聞かせることによって却って経済的な援助を引き出している。このようなトゥルーブラッドを、ベイカーは「トリックスターと商売人の二役」（*Ibid.* 175）を演じている、「滑稽でありながらも反抗的なトリックスター」（*Ibid.* 184）と呼んでいる。この人物は「多くの点で、現代アメリカ社会における健全で禁欲的で法に従う理想的な人物の正反対である」（*Ibid.* 190）。また妻ケイトと娘マッティ・ルーについても、単なる被害者としてでなく、実際的でしたたかな点を見出している。そして最後に、この作品には「書かれた小説、歌われたブルース、多音節の自伝、ヴァナキュラーな語り、キリスト教的な堕落と黒人トリックスターの逆立ちした勝利などの全てが壮大に編み込まれている」（*Ibid.* 198）と結論づけている。

このエピソードはある意味でこの小説全体の縮図とも言える。トゥルーブラッドの評価は表面的な否定的側面とともに隠された裏面のしたたかさに及ぶ必要がある。同様に、ケイトとマッティ・ルーに対する評価も、他の女性たちの評価と共に慎重に行われなければならない。カーリン・シルヴァンダーの「女性差別的で噴飯もの」（Sylvander 78）という非難がある一方で、クローディア・テートは「黒人人物がそうであるように、黒人女性の場合も、隠された人間性を見つけ出さなくてはならない」（Tate 163）、女性は主人公の成長を手助けする「代理母」や「教師」の役割を果たしている、と積極的な見解を示している。このような対立する解釈を招く理由のひとつは、この小説の手本となるものがブルースであることに関係している。この点については、作品の方法論に関係することなので、後で改めて述べることとする。

主人公の経験に関するエピソードに入る前に、フォークロア的なものの代表として、バービー牧師の説教について見てみたい。そもそもこの小説はそれぞれの章の独立性が高く、章が変わるたびに話題とともに中心的な語り手や語り口が交替するのだが、第五章の中心はバービー牧師の説教である。この時の主人公は、後にブレドソー氏との面談を控えていて、自分の冒した失敗のために放校処分を受けるかもしれないという悲観的な気分にとらわれている。そのせいもあってバービー牧師の説教を、冷めた目でやや皮肉な態度で受け止めている。教会を兼ねた講堂で行われるこの儀式を、「ホレイショ・アルジャー流の黒人の儀式」と呼び、学生聖歌隊の緊張した様子や霊歌を歌う女子学生の様子を冷静に観察し、ブレドソー博士の履歴や服装にまで言及している。また一度だけ自分がその壇上で行った短い「演説」を思い起こしてさえいる。この演説は、バトル・ロイヤルや他の機会の彼の演説同様に、華美なレトリックに彩られたものだが、内容が伴っていない空疎なものである。これに続いてバービー牧師の説教が一六ページにわたって続けられる。それは牧師によれば、「含蓄豊かな実話であり、証明された栄光と、謙虚な中にも滲み出た気品の生きた寓話」(120) であり、民を解放するモーゼのような「指導者」の物語である。創立者は「予言者」とも呼ばれ、その死の後に遺志を引き継いで学園を今日の隆盛に導いたのがブレドソー博士であるという、「美しい話」(123)、夢のような話で、何度も聞いてよく知っている話であった。それは聖歌やドボルザークの「新世界」までもが奏でられる、音楽とコール・アンド・レスポンスの掛け合いに満ちた説教で、まさに黒人教会の説教の再現のようである。このエピソードを通して、黒人教会の雰囲気とともに、この大学の設立と発展の経緯、創設者とあとを受け継いだ人々について語られる。実際にはこの学校はエリスン自身が学生時代を過ごしたタスキーギ学院をモデルとしており、創立者はブッカー・T・ワシントンであることはあきらかである。語り手がなぜこの大学を克明に描写し、バービー牧師の説教を通してワシントンの生涯を語らせているのか、作者の意図がそこにどのように反映されているのかは、考えなければいけないことのひとつである。いずれにしても黒人の歴史を語るうえで避けて通れない人物（その評価は賛否分かれるところであるが）と、著名な教育機関が、粉飾されて登場することによって、作品のリアリティが一定程度担保されることは間違いないであろう。その描かれ方は矛盾する点や、皮肉な視点もあり、同時に霧がかかったような、「夜・蛾・夢」のような非現実的な描写が取り入れられることによって、リアルな小説であることを避けてもいる。

　主人公の演説は主なものが三つある。と言っても最初の演説はごく短いものである。その演説は第一章に登場するが、この章の中心的な出来事は「バトル・ロイヤル」というフォークロア的なエピソードである。少年たちが互いに目隠しをして白人たちの前でやみくもに殴り合いをするという場面であり、黒人たちの置かれた状態を象徴的に示すエピソードである。この乱闘の直後に、おまけのような形で示されるのが主人公少年の演説である。内容はワシントンの有名な「アトランタの妥協」の二番煎じであるる。むしろ主眼は彼が「社会的責任」というべきところを誤って「社会的平等」と言ってしまうところにある。そのことは不問に付され、彼は奨学金を与えられるのだが、その夜に「この黒人少年を走り続けさせよ」と書かれた手紙を見つける夢を見る。これは後に同様のことが実際に生起し、正夢だったことになる。このように人種隔離体制下において黒人は白人に体よく利用されるばかりである。

これに対して、元奴隷だった祖父は、「わしはお前に、ハイハイと言って連中が何も言えないようにし、にっこり笑いながら奴らの心を傷つけ、奴らの考えに合わせて、死と破滅へと追い込んでもらいたい。わざと飲み込まれて、連中がお前を吐き出すか、連中の腹が張り裂けるかするようにしむけてもらいたいんじゃ」(16) という遺言を残し、生き残りのための戦略を伝授する。それは「ウサギどんとキツネどん」以来の黒人のサヴァイヴァル戦術というフォークロア的な知恵である。この小説は、ある意味では、主人公がそのような生き方に目覚め、そのように生きようと努力するが、うまくいかないという物語である。祖父の警告が素直に通用しないのは、敵が白人だけでないからである。

主人公の転機となり、ブラザーフッドへの入団のきっかけになるのが、第一三章のハーレムでの老夫婦の立ち退き場面での「演説」である。この章では最初に主人公は街角で焼き芋を売っている老人に出会い、焼き芋を食べることによって南部へのノスタルジアにふけるといういかにも南部黒人のフォークロア的なエピソードが示される。その後に老夫婦が立ち退きを迫られる場面に遭遇し、立ち退きを阻止するために演説を行う。この演説は次のように平易な言葉でなされ、人の情に訴える類のもので、具体的な事物や出来事を列挙することによって親近感をもたらすものである。

「あの人のキルトや履き古した靴を見てください。(略) バスケットの中を覗いた時、ノッキングボーンが僕の目にとまったのです。(略) このお爺さんの古びたブルースのレコードやお婆さんの植木鉢を見てください。この人たちは明らかに南部出身なんです。（略）『剝奪された』というけど、じゃあ、八七年間の末に何を奪われたんですか？　この人たちは何も手に入れたことがないし、何も手に入れることができません。何一つ手に入れなかったんですよ。それじゃ、誰が剝奪されたのですか？」（277-79）

演説はコール・アンド・レスポンス式になされており、この演説によって人々が行動を起こす様子が効果的に描き出されている。彼の演説を目撃したブラザーフッドにより、入団を勧められ、彼の活動が開始されるが、組織の硬直した官僚的な行動方針や彼への個人的な妬みなどから次第に彼は孤立していく。彼が最も好意をいだいていたトッド・クリフトンが脱退して、殺されてしまい、その弔いの行進をする際、第二一章において彼の第三の演説がなされる。これは演説というよりは弔辞であり、クリフトンという若者がいかに立派な人物であったということを語りながら、自分もそのようになりたいという共感と願望に溢れた感動的なスピーチとなっている。マーチン・ルーサー・キングやマルカムXの演説に比するような具体的で平易で感動的な演説が小説のなかで語られることによって、小説の語りの立体性、多様性が増幅されている。このように説教や演説という、本来フォークロア的なものを作品中に効果的に用いることによって、小説のヴァナキュラーな特質を際立たせている。

四　音楽的手法と語りの技法

以上見てきたように、この小説ではフォークロアのモチーフが人物やエピソードを中心として、ヴァナキュラーな語り口によって表現されている。スティーヴン・トレイシーはこの小説を「ブルース・ノヴェル」と呼んでおり、メアリー・エリスンは「究極のブルース小説」(Ellison 177) と呼んでいる。ロバート・オミーリーは「エリスンの登場人物はブルースの悪い男と悪い女が下敷きとなっている」(O'Meally 166) と述べている。椿清文は、「貧しさゆえに自分の娘を犯してしまった素人ブルース・シンガーのトゥルーブラッドが、気がついてみると自分は結局ブルースを歌っていて、歌っているうちに自分に自信を取り戻し、家族の許へ帰る決心がつく場面に、最高のブルース・モーメントが見られる」(椿 一二五) と述べているように、このトゥルーブラッド・エピソードは「トゥルーブラッドのブルース」と呼んでもいいものである。極言すれば、この小説自体が「見えない人間のブルース」である。ブルースは黒人の生活の中から生まれ、黒人の生活を歌う、黒人特有の音楽であった。やがて大移動による都市化の影響を受け、シカゴ・ブルースのような白人のブルースも登場してくるものの、基本的には黒人固有の文化の代表的なものである。その歌詞はしばしば男性の手前勝手な主張であったり、女性に騙された恨みや嘆きであったり、女性への甘えであったりするが、喜劇的な側面と悲劇的な側面が同時に歌われていることも多い。そのような性質のものであるブルースを手本にしたために、この小説が一見したところ矛盾する内容を含んでいるように思えるのである。

また黒人文化との関係では、もうひとつの音楽形式であるジャズの手法がふんだんに取り入れられていることにも注目しなくてはならない。作者自身が「ジャズ・ミュージシャンの即興の手法を用いる」(xxiii) と述べているし、多くの識者がそのことを指摘している。例えばマイケル・ボーシュクは、「エリスンの小説が一番似ているのはビバップだ」(Borshuk 91) と述べ、ホレス・ポーターは、エリック・サンドクイストがエリスンの小説は歴史があたかもジャズの作曲か演奏であるかのように構成されていると書いていることを紹介しながら、この小説は「ジャズ・テクストだ」(Porter 74) と主張している。メアリー・エリスンはこの作品の巧妙に手を加えられたブルースやジャズ風のフレージングを強調している (Ellison 177)。ジャズはその誕生の始めから白人音楽と黒人音楽の融合したものと言われている。また黒人の民衆的な文化でありながらも、その特徴である楽器による競合や即興性（インプロヴィゼーション）は、非常にモダンなものである。それゆえに、ジャズの形式や要素を取り入れた本作品は、単なるヴァナキュラーなフォークロアの物語にとどまらず、モダニズムの小説に進化しているのである。(1)

これに関連して、この作品のモダニズム的特質をもたらしている手法について、バイヤーマンは、「意識の流れ、シュールリアリズム、アリュージョン」(Byerman 11)、「自己の概念についてフロイトやマルクスや実存主義の考えを用いている」ことを指摘している。これらのテクニックの顕著な特質は、「盲目、ヴェール、カーテン、夢、地下、封じ込め、戦争」などのイメージの多用によって幻想性が増していることである。一〇回以上にわたって言及されるヴェールやカーテンは、ヴェールは現実を半分隠し、半分かいま見させ、カーテンは現実を遮断するものとして用いられる。不可視性、盲目性を表すものとしては、文字通りの目隠しや、バービー牧師とラインハートさらには主人公自身が着用するサングラス、ジャックの義眼などが使用される。最も重要なモチーフは戦闘と閉塞である。現実世界は巧妙な白人支配、白人と黒人の戦闘であり、封じ込めであることが、一連の出来事やイメージによって何層にも描き出されている。(2)

この小説が、例えばフォークナーの『八月の光』(一九三二)のように、複数の人物の物語が交錯し、時間が解体され、現在と過去が入り混じっているような典型的なモダニズム作品と比べてみると、それほど断片性が際立っているわけではない。しかし多様な人物とエピソードの緩いつながり、象徴的な比喩、人物の意識と葛藤の描写など、モダニズム小説の特徴の多くを示している。モダニズム文学が二〇世紀の資本主義の発展の産物であるというフレドリック・ジェームスンの指摘を俟つまでもなく、すぐれて二〇世紀的・現代的な問題を描出する必然的な手法であるということは言うまでもないことである。そのような意味ではエリスンがこの小説をモダニズムの作品としたことは当然である。しかしここで留意すべきことは、モダニズムの政治性である。モダニズムは、解体を通して新たな創造を行うという目的と手段を有しているために、その手法が非政治性を標榜する場合がある。エリスンの場合がこれに当てはまらないだろうか。これに関連して、最後に、近年になってこの作品の推敲の過程を初めて明らかにしたバーバラ・フォーリーの研究を参照することによって、この作品の成立過程の検証と、その意義を考察することとしたい。

五．時代と添い寝をする——『左翼との格闘』が示すもの

筆者が『冷戦とアメリカ文学』にエリスン論を書いたのが二〇〇一年であり、その後二〇〇一年一一

月に『見えない人間』出版五〇周年のカンファレンスが米国において開催され、二〇〇三年に雑誌『バウンダリー 2』三〇巻二号に「ラルフ・エリスン――次の五〇年」特集が掲載された。翌〇四年がエリスン生誕九〇年、没後二〇年であり、その後のアフリカ系男性作家への再注目の動きとともに、エリスン研究は活況を呈し、研究の深まりが顕著である。なかでも二〇一〇年に公刊されたバーバラ・フォーリーの、『見えない人間』の改訂の過程を検証した『左翼との格闘』は、この作品に対して読後に抱くいくつかの疑問が氷解する新たな地平を切り開く画期的なものである。以下この研究書からの主要な情報を整理し、それが最終的に出版された形になることによって、作品がどのように変化したのを辿り、その意義を考察する。

この研究の基となったのは、ジョン・キャラハンが管財人を務めるエリスン財団の所有する「エリスン・ペーパー」である。自筆原稿、タイプ原稿などからなっており、それらを出版された決定稿と突き合わせることによって、どのような改訂がなされたのかを検証したものである。

エリスンは三〇年代にライトの勧めもあり、いくつかの短編を発表しているが、彼が小説の執筆に着手したのは一九四五年ころと言われている。それから五二年の出版までかなり長い時間をかけており、その間に多くの削除、加筆がなされている。何度も書き直された部分や出版直前になって挿入・変更された場面などもあり、執筆に要した七年の間に、最初に意図されていたと思われるものから随分な変化を遂げていることは確かである。

以下に見ていくようなエリスンの姿勢の変化をもたらした理由の主なものは、アメリカ共産党の方針(転換)に対する違和感（人種より階級を重視する、第二次大戦時のアメリカへの協力など)、幼時の貧困、自己保存の習性と孤立などから生まれたエリート意識の形成という伝記的なこと、冷戦イデオロギーの時代に向かい、潜在的に反共産主義的な読者層が形成されていたこと、編集者からの助言（クノップフ社のハリー・フォード、ランダムハウス社のロバート・ハース）などであった。

またよく知られているように、出版後の彼の行動は、ＣＩＡに支持された文化団体・文化的自由会議（Congress for Cultural Freedom）への参加や、公民権運動や黒人民族主義に対する批判的な発言など、黒人からの反感を買うものが見られ、全米図書賞の受賞や著名人扱いによる彼のエリート的振る舞いと孤高の立場への批判も跡を絶たなかった。

一番問題となる作品の成立に関して、削除や変更された出来事や人物の主要なものは概略次の通りである。

削除された人物の主なものはリロイ（黒人）、ルイーズ（白人女性）、フランクリン夫妻（黒人活動家）、スタイン（ユダヤ人）らである。初期の段階ではリロイは主人公の名前であったが途中から別な人物となる。彼の多人種的な海員組合での労働経験や白人トレッドウェルとの人種を越えた友情など、彼に関する記述が全て削除される。彼の日記を主人公はカバンに入れて持ち歩いていたが、これも最終的に削除される。リロイとブラザーフッドの白人女性ルイーズは恋人であった時期があり、のちに主人公とルイーズが恋仲である（記述によっては結婚までしていた）ように描かれていたが、彼女の存在も削除される。ポスター・キャンペーンに登場するフランクリン夫妻は、ハーレムへの党の影響の証だったが、これも削除される。ブラザーフッドにスタインというユダヤ人がいて、黒人と白人の協働の証だったが、彼の存在も削除される。これらの削除によって、ブラザーフッドが白人と黒人の協力によって運営されていたことや、ハーレムの労働運動などに深くかかわっていたというような積極面が作品から取り除かれた。

描写が変更された人物や出来事の主なものは、クリフトン、ジャック、ラス、ラインハートらに関することである。クリフトンが組織を抜けた理由は結局明らかにされないし、サンボ人形を売っていたのは草稿では別の若者である。主人公に警告文を送った人物、義眼の人物は草稿ではジャックと特定されていない。出版本でそうすることによって、組織内の白人黒人の対立、権力争いを強調することになる。ラスとラインハートが登場するのは作品完成が近くなってからのことであり、実際にモデルとなる人物たちが存在したことによって、自由な人物造形がなされていない。この作品の登場人物たちのなかで、人物像とその行動が十分に描き切れていないと思われるのが特にクリフトン、ラス、ラインハートの三人だが、それにはこのような創作上の理由が関係していることが分かる。例えばラインハートの存在は中途半端で、主人公のダブルのようにも読めるので、例えば批評家のメアリー・エリスンはラインハートが主人公の分身であるとして作品論を展開している。

また全般的に女性の存在感が薄れており、削除されたルイーズは元より、メアリー・ランボーも当初はもっと重要な役割を与えられていたが、彼女に関するエピソードは別の短編として独立させられた。エマの役割も縮小されている。今一つ重要なことは、大恐慌や第二次世界大戦を始めとする具体的な時代への言及がほとんどなされていないことである。最後のハーレム暴動は実際には一九三四年であるが、作品全体の時代性が希薄にされている。

これら一連の削除や修正によって、作品から労働者の歴史参加意識のリアリズムが薄められ、作品から貴重な友愛や愛がほとんど無くなり、人道的で反人種主義的な小説の性格が損なわれ、普遍主義を前提とした反共産主義的な作品になった。このようにフォーリーは結論づけている。

まとめ

『見えない人間』は五二年の出版以来、九一年の冷戦終結までの時期には、黒人文学というジャンルを超えて、アメリカ文学史上の傑作のひとつという高い評価を維持していた。しかし冷戦終結による文学史の見直しの中で、確かに完成度の高いモダニズム作品ではあるが、冷戦という時代の産物であるという再評価が進んだ。それが更により深い評価に進展するのは、八〇年代のゲイツやベイカーらによる黒人文学理論の発展に裏打ちされた二〇一一年末の出版五〇周年フォーラム以降である。とりわけバーバラ・フォーリーの「エリスン・ペーパー」の検証などのような綿密な研究によって、作品成立の事情を含む多角的な検討が進められ、作品の真の姿が見えてきたと言える。

フォーリーは、この作品が左翼イデオロギー色を薄めるためになされた改訂によって、作品の思想的な面が曖昧なものとされ、良質な作品ではなくなったと指摘している。フォーリーの検討は周到であり、彼女の批判には当を得た点が多々見受けられる。確かに一連の改訂がなされない元のままのものであったとしたら、それはプロレタリア黒人小説としては優れたものになっていただろうが、時代の注目を浴びることにはならなかっただろう。この小説の思想的弱点については筆者も同意見である。モダニズム作品としての完成度の高さには一定の評価を与えたい。作品の手法についてもフォーリーは「現実逃避のヴァナキュラーな意識」と批判的であるが、黒人文化のヴァナキュラーな性格には肯定的側面もある。それを存分に取り入れ、白人のハイモダニズムとは一味違うブラック・モダニズムの作品として『見えない人間』は特質を打ち出している。この作品への挑戦と超克がその後のポストモダン・アフリカ系アメリカ文学の隆盛を産み出したことも考慮に入れれば、エリスンの投じた一石は意義あるものであったと言えるだろう。それでもこの作品の思想的弱点は看過できないものである。フォーリーが主張するように、時代を切り拓くのは結局さまざまな人々の連帯である。そのような「見える人々の戦い」が削除・変更され、「見えない人間の孤軍奮闘」の物語になってしまった所に、エリスンの蹉跌があった。

＊ *Invisible Man* からの引用において、末尾のかっこ内の数字で頁数を示した。英文の日本語訳に際して、邦訳のあるものを適宜参照し、必要に応じて改訳した。

＊本稿は大阪市立大学四四回英文学会総会（二〇一六年一一月二六日）における講演「アメリカン・ブラック・モダニズムの系譜――ラルフ・エリスンを中心として」を基にして加筆したものである。

注

（1）例えばどの場面や描写がブルースやジャズの影響であるかについては、風呂本の第五章に詳しい。
（2）更に詳しいモダニズム技法の実例は、『冷戦とアメリカ文学』所収の拙論を参照されたい。

引用参照文献

Baker, Jr., Houston A. *Blues, Ideology, and Afro-American Literature: A Vernacular Theory*. The U of Chicago P, 1984.　松本昇他訳『ブルースの文学——奴隷の経済学とヴァナキュラー』法政大学出版局、二〇一五年。
Borshuk, Michael. *Swinging the Vernacular: Jazz and African American Modernist Literature*. Routledge, 2006.
Byerman, Keith E. *Fingering the Jagged Grain: Tradition and Form in Recent Black Fiction*. The U of Georgia P, 1985.
Ellison, Mary. *Extensions of the Blues*. John Calder Ltd., 1989.
Ellison, Ralph. *Invisible Man*. Vintage International, 1990.　松本昇訳『見えない人間』（上、下）白水Uブックス、二〇二〇年。
——. *Shadow and Act*. Vintage International, 1995.　行方均他訳『影と行為』南雲堂フェニックス、二〇〇九年。
Foley, Barbara. *Wrestling with the Left: The Making of Ralph Ellison's* Invisible Man. Duke UP, 2010.
Gates, Jr. Henry Louis. *The Signifying Monkey: A Theory of African-American Literary Criticism*. Oxford UP, 1988. 松本昇他訳『シグニファイング・モンキー——もの騙る猿／アフロ・アメリカン文学批評理論』南雲堂フェニックス、二〇〇九年。
Judy, Ronald A. T. and Jonathan Arac eds. *boundary 2*: Special Issue Ralph Ellison: The Next Fifty Years (Volume 30, Number 2) Duke UP, Summer 2003.

O'Meally, Robert G. "Riffs and Rituals: Folklore in the Works of Ralph Ellison," in Dexter Fisher and Roberto B. Steptoe Eds. *Afro-American Literature: The Reconstruction of Instruction*. The Modern Language Association of America, 1979.

Porter, Horace A. *Jazz Country: Ralph Ellison in America*. U of Iowa P., 2001.

Raynaud, Claudine. "Coming of Age in the African American Novel," in *The Cambridge Companion to the African American Novel*. Ed. by Maryemma Graham, Cambridge UP, 2004.

Sylvander, Carlyn W. "Ralph Ellison's *Invisible Man* and Female Stereotypes," *Negro American Literature Forum*, Vol. 9-3 (Autumn, 1975)

Tate, Claudia. "Notes on the Invisible Women in Ralph Ellison's *Invisible Man*," Ed. by Kimberly W. Benston, *Speaking For You: The Vision of Ralph Ellison*. Howard UP, 1987.

Thomas, H. Nigel. *From Folklore to Fiction: A Study of Folk Heroes and Rituals in the Black American Novel*. Greenwood Press, 1988.

Tracy, Steven. "The blues novel," in *The Cambridge Companion to the African American Novel*.

Wells, H. G. *The Invisible Man*. Oxford UP, 2017.

Wright, Richard. *Black Boy*. Vintage Books, 2000. 高橋正雄訳『ブラック・ボーイ』講談社、一九七八年。

――. *American Hunger*. Harper & Row, 1977. 高橋正雄訳『アメリカの飢え』講談社、一九七八年。

椿清文「アメリカ文学とブルース――ラルフ・エリソンの世界」飯野友幸編著『ブルースに囚われて――アメリカのルーツ音楽を探る』信山社、二〇〇二年。

藤野功一編『アメリカン・モダニズムと大衆文学――時代の欲望／表象をとらえた作家たち』金星堂、二〇一九年。

風呂本惇子『アメリカ黒人文学とフォークロア』山口書店、一九八六年。

山下昇編著『冷戦とアメリカ文学――二一世紀からの再検証』世界思想社、二〇〇一年、第五章「冷戦とアフリカ系アメリカ人――ラルフ・エリスン」。

第二部　コンテクストの共有

第六章　ホーソーンの継承者としてのフォークナー
『七破風の屋敷』と『行け、モーセ』における人種とジェンダー表象

はじめに

フォークナーとの関連でホーソーンへの言及の最も早い例として、一九四六年『ポータブル・フォークナー』の「序論」において、編者マルカム・カウリーがホーソーンとの類似に繰り返し言及している。カウリーは、両者が共に「自ら選んで孤立した作家」(Cowley x) であり、「相違点もあるがアメリカ作家のなかでフォークナーが最も似ているのはホーソーンである」(*Ibid.* xxix)、「地域の特異性についての強い意識をフォークナーが南部に対して持っていたのと同じ姿勢を、ホーソーンはニュー・イングランドに対して有していた」(*Ibid.*) と述べて両作家の近似性を強調している。ちなみにフォークナーはこの頃まったく売れない作家であり、この本の出版により注目を浴び、五〇年にノーベル文学賞を受

賞することになる。その点を考慮すれば、カウリーのこの「序論」が果たした意義は小さくなかったかも知れない。また近年ではローレンス・ビュエルが『偉大なアメリカ小説の夢』（二〇一四）において、ホーソーンは「かつて過少評価されたことのないただ一人の主要作家」であるというリチャード・ブロッドヘッドの主張に言及し、『緋文字』（一八五〇）が現代に到るまで与え続けている影響の諸例を挙げている。その一例として姦通小説としてのフォークナーの『死の床に横たわりて』（一九三〇）との類似性について言及している（Buell 94-95）。(1)

言うまでもなくナサニエル・ホーソーン（一八〇四－六四）はアメリカ・ルネサンスを代表する作家であり、ウィリアム・フォークナー（一八九七－一九六二）は南部ルネサンスの旗頭である。彼らにどのような共通性があるだろうか？　一方は一九世紀前半に他方は二〇世紀前半に活躍した作家で、両作家の間には約一世紀の開きがある。一方はロマン主義の、他方はモダニズムの作家である。一方はニュー・イングランドの、他方はアメリカ南部の作家である。ホーソーン文学は植民地時代と独立後の社会をピューリタニズムを絡めて描いたものであり、フォークナー文学は、南北戦争後の新南部の社会変化を人種問題を絡めて描き出すものである。双方の作家が共に「短編の名手」であり、「現在に果たす過去の力の大きさ」を主たる関心としたことは人口に膾炙したことである。なにしろ一世紀も違う時代に生きた作家たちのことなので、様々な点において異なるものがあるだろうが、意外に共通する点もあるかも知れない。そのような関心からこの二人の作家を取り上げて検討してみることとした。

ホーソーンはフォークナーより約一世紀前の作家だから、彼がフォークナーを知る由もない。フォークナーが作家となった頃にはホーソーンはアメリカロマン主義の作家として大変良く知られており、彼もホーソーンの作品を読んだと思われるが、フォークナーがホーソーンに言及することは多くない（メルヴィル、トウェインにはよく言及している）。自ら言及しているのは書簡集において一度のみで、ヴァージニア大学での質疑応答において五回である。そのうち四回は質問者（学生）がホーソーンの名を挙げ、それに応答しているだけである。一回だけ「若い作家たちへ」と題する短いスピーチにおいて、「我々が技巧を学んだ優れた先輩作家たち」として、メルヴィル、ジェイムズらと並んで名をあげている（*Faulkner in the University* 243）。しかしフォークナーがホーソーンを強く意識していたと思われる傍証がいくつかある。

そのひとつは、例えばホーソーンが先祖伝来の名前にWを加えたように、フォークナーがUの字を加えたことにも窺える（共に二〇歳代初めである）。このことは偶然かも知れないが、重要な意味合いを有している。ホーソーン一族においては曾曾祖父のジョン・ホーソーン（John Hathorne）、フォークナー一族においては曾祖父のウィリアム・クラーク・フォークナー（William Clark Falkner）、はそれぞれに一族の伝説的な始祖であるのみならず、あこがれや葛藤の対象であった。北部と南部、植民地時代と南北戦争後の新南部時代という地理的、時間的な違いはあれ、彼らは「偉大な」祖先だったのと同時に、暴力、魔女狩り、姦通、人種差別、人種混交、などの罪に関係した人物たちでもあった。そのような祖先をもつ由緒ある家柄に生まれ育った二人の作家が、自らのレガシーを追求することを創作の目的とするのは当然のことであった。

ホーソーンは北部の、フォークナーは南部の作家という違いはあるものの、両作家が歴史を強く意識していたことは明らかである。彼らはそれぞれの共同体の成立と発展に強い関心を抱き、その社会に生きる人々がどのように生きているのかを跡付けた。時代と地域が大きく異なるものの、両作家は共に名門の出身であることによってその地域の歴史に大きく関与してきたことの責任から逃れることは困難であった。むしろ彼らの作家生活は彼らにのしかかる過去の重圧との闘いであったと言ってもいいだろう。更にその戦いは時空を超えて現在に生きる人々にまで及び、どの時代どの空間に生きる人々にとっても彼らを拘束する枷となるアメリカの社会制度や文化との闘いでもあった。本稿においては、『七破風の屋敷』（一八五一）と『行け、モーセ』（一九四二）における人種とジェンダー表象を中心として、その特徴を検討することによって、両作家がいかに時代と格闘したのかを明らかにしたい。(2)

なお、人種、ジェンダー、エスニシティへの着目は、トニ・モリスン（一九三一－二〇一九）が『白さと想像力』（一九九二）において実証しているように、白人作家たちの作品に埋め込まれている黒人を始めとするマイノリティーの人物たちを掘り起こすことによって作品の別な姿（真の姿）が見えて来るという示唆によるものである。

一．ホーソーンの人種・ジェンダー表象――『七破風の屋敷』を中心に

ホーソーンが『七破風の屋敷』を出版した一八五一年頃はアメリカの歴史上、とりわけ人種に関わる歴史の上で分岐点となるような重要な出来事が続いた時期である。一八三〇年にはインディアン強制移住法が成立し、三三年にはケープ・コッドでマシュピー族の反乱が起き、三八年にはチェロキー族が「涙の道」を通ってオクラホマへの移住を強いられた。こうして四〇年頃にはアメリカ先住民は絶滅

した亡霊のような存在とみなされるようになり、五〇年代に入ると黒人奴隷制の問題に焦点が移ってくる。四六年にはメキシコ戦争がはじまり、「一八五〇年の妥協」による強力な逃亡奴隷取締法の成立によって奴隷制の問題が国を二分する重大問題となってくる。またジェンダーの面では、四八年にセネカ・フォールズで女性の権利大会が開催され、五〇年にはマサチューセッツ州ウースターで女性の権利を求める全国大会が開かれるなど、第一次女性解放運動が高揚を見せていた。また四八年にじゃがいも飢饉をきっかけにアイルランドから移民が大挙して押し寄せ、本格的な移民流入の時代を迎えていた。

ホーソーンが人種問題や社会的な問題に積極的に関わろうとせず、「プロヴィデンス」が最終的に解決をもたらすだろうと述べていることは、彼のノンフィクションや研究者の指摘に窺い知ることができる。ポール・ギルモアなどは「先延ばしすることを偏愛する非行動者」(Paul Gilmore 87) と断言している。だが、そのような民主党支持者であり、妥協的なホーソーンでさえもこれらの問題に無関心ではいられず、社会的不正についての考えを内面化したのが、『緋文字』や『七破風の屋敷』であるとレネ・バーグランドは述べている。彼女によればインディアン強制移住を内面化したように四六年の『旧牧師館の苔』以降、五〇年代のホーソーンの作品には奴隷制と人種の問題が内面化されているとのことである。また高尾直知は妻ソファイアの『キューバ・ジャーナル』を通してカリブからアメリカを見たことによって生まれた知見が、「決して保守的な逃避主義や、革新的な領土拡張主義ではなく、むしろ父権的社会の枠組みのゆえに、病者として人生を生きるべく定められたもの――つまりこの場合は奴隷制を抱えるアメリカ合衆国――が歩まなくてはならない道のりを真正面から捉えようとする真摯な姿勢であったとみるべきだろう」(高尾　一八九) と述べている。『緋文字』では、チリングワースもディムズデールもインディアンとの接触があり、世捨て人同様で社会の底辺に存在する人として扱われているへスタは文字通りインディアンの肌の色である緋色の文字を身に着けている（*Scarlet Letter* 158）。『緋文字』の主要人物たちはインディアン的な思考を内面化する存在として表象されている。

これが更に推し進められるのが『七破風の屋敷』である。バーグランドはインディアン問題がホーソーン作品においては内面化され抽象化されていると述べているが、ティモシー・パウエルは一歩踏み込んで、ホーソーンはインディアン問題を意識的に回避していると厳しく指摘している。彼によれば、この作品には明瞭な形でのインディアン人物は登場しないし、[3]「本来の土地所有者であるモール一族」という表現に見られるように、インディアンが完全に排除され、白人のモノカルチャー化されている。実際の歴史上にとどまらず、作品の上でも排除がなされ、先住民は二重の排除を被っており、結末では白人の先住性の危機をフィービーとホルグレイヴの結婚という感傷的な手段によって解決しようとしていると手厳しい。これに対して常光健は中道を行く解釈を示している。彼は「ホーソーンはインディアンに対する恐れと同時に同情の念、罪悪感、憧憬の念を抱き、そのような思いを初期から晩年の作品の中で表現している」（常光　一七）と述べている。彼は「白人として描かれているマシュー・モールおよびその一族がインディアンを表象しているという視座から物語を解釈し直し、（略）［作者が］インディアン強制移住への批判を行っている」（同　一八）ことを論証しようとする。その一つが「インディアン証書」の存在であり、物語は、見失われたインディアン証書の行方を巡って展開しており、不在の「インディアン」証書が物語の鍵を握っている。そのような仕掛けを作者が配置したと考えることが可能である。常光の論は広い視野から一つ一つ仮説を積み上げていくものでおおむね納得のいくものであり、

「ホーソーンが政治的には表立って表現できないインディアン擁護の思想を文学で表現した可能性」を説得的に示している。(4)

インディアン問題のみならず黒人奴隷制の問題がホーソーン作品にどのように扱われているかを次に考えてみよう。『緋文字』には黒人はまったく登場しない。しかし「ブラックマン」という言葉（「悪魔」の意味）は何度も使われている。ヘスタの置かれた社会的位置が共同体の外であり、無力であることから彼女が象徴的に黒人奴隷のようであると主張する論もある。またパールの形象に奴隷制の影を見出し、作者の奴隷制に対する態度とロマンスの利用を批判するテリーザ・ゴッデュの論もある。一方『七破風の屋敷』には実際にスキピオという黒人が登場するのみならず、黒人のイメージがいくつも示される。ジーン・イエリンが指摘するように、この物語の舞台であるセイレムはかつて奴隷貿易で栄えた町であり、ホーソーンの時代にも街中で黒人を目にすることがあったはずである。そのようなことを考慮に入れれば、この物語に黒人奴隷問題がどのように入り込んでいるかは重要な問題である。

作者が黒人問題を直接的に作品の中で扱っていないことは明らかである。しかし黒人のイメージはいくつかはめ込まれている。ポール・ギルモアが跡付けているように、ピンチョン判事らの「暗い動機や人柄」として人種が内面化されている。また最も象徴的なのがヘプジバが売るジム・クロウ人形のショウガパンである。ショウガパンのような日常的に消費されるものが、同じく日常的に文化的に流通しているミンストレル・ショーの人物に形作られており、「小悪魔のような黒人舞踏家の人形」(*Seven Gables* 39) と形容されている。それは、ロバート・マーチンが主張するように、奴隷の労働から目を逸らすことである。同様にクリフォードが目にするイタリア人手風琴弾きが連れた黒い手のサルは「しなびた顔のいやしく下劣な、しかも人間に似た表情や、ずるそうなその眼差、ずるがしこい性質、貪欲な小悪魔」（*Ibid.* 117）と描写され、黒人奴隷の比喩としてみることが可能である。

また少し異なった角度から奴隷の表象について福岡和子は作品中の「アリス・ピンチョンの物語」を「精神的奴隷」の物語として読んでいる。アリスが受けた精神的暴力は性暴力に由来するものであり、肉体的に拘束されて性暴力、精神的暴力に苦しんでいるのがまさに黒人奴隷たちの実態であることを作者が十分に認識しておらず、「精神的悲劇」として昇華させてしまっていると福岡は指摘する（福岡 九三）。このように本作における黒人奴隷表象は、抽象的、象徴的に内面化されており、現実の奴隷制度批判までになり得ていないと言わざるを得ない。また高尾直知は別の角度からの見解を示している。アリスの処女性は、先住民の土地の処女性に通じるものであり、「アリス誘惑物語はかくして、メスメリズムの悪用する真の女性性の陥穽が、じつはアメリカの土地を巻き込む国家的制度にかかわるものであることをあかすのだ」（高尾 一九九）と主張する。

インディアン問題や黒人奴隷問題と関連するのが階級の問題である。先に見てきたようにモールの一族はインディアンを象徴するような描かれ方をしているものの、あくまで白人として設定されている。ただしピンチョン一族が身分の高い中産階級として描かれているのに対して、モール一族は身分の低い労働者、大工として設定されている。黒人召使のスキピオがモールが屋敷の正面玄関から入ってくるのを見て、「大工ふぜいが偉くなったものだ」とつぶやく場面はこの階級意識を示している。なおこの場面はフォークナーの「納屋を焼く」（一九三九）において小作人のアブ・スノープスがド・スペインの屋敷に正面から入って行く場面や、『アブサロム、アブサロム！』（一九三六）のトマス・サトペンが少年時代にプランターの屋敷を訪れた時に、黒人召使に「裏に回れ」と言われたエピソードなどに呼応している。

また階級がらみの話として見落とせないのは、イタリア人の登場である。藤村希はイタリア人を自らの「親族」と喩える作家フォークナーにとって、イタリア人は語ることのできない黒人との関係を代理で表象するものであると述べ、ホーソーンの『大理石の牧神』（一八六〇）において「統一国家形成以前のイタリア半島が、作中では南北戦争前夜のアメリカの国家分裂を映す舞台として用いられて」おり、「黒人奴隷の表象である『イタリア人』」を通して「アメリカの国家的な罪、奴隷制をめぐる自由と隷属の問題」（藤村　一三二）が問われていると主張する。またそれはフォークナーの『響きと怒り』における イタリア表象と通じていることを指摘し、『大理石の牧神』と『響きと怒り』の「イタリア」が、明示されることのないアメリカの南北戦争を指し示すものであり、「分断された世界をいかに語るかという晩年のホーソーンが苦闘した問題を、フォークナーがいかに引き継ぎ、発展させているかを確認する」（同　一三〇）と述べている。

こうした視点から見れば、物語にはこの当時の階級関係が投影されており、モールやイタリア人手風琴弾き、彼の連れた手の黒いサルなどの登場が無意味な恣意的なものではないことを語っている。このように『七破風の屋敷』には明示的ではないものの多様な人種ないし階級意識が投影されており、それが作品に深みを与えていると言うことができる。

『七破風の屋敷』は不当に人を陥れて土地や財産を手にいれたピンチョン一族の歴代の人物たちが、重なる悪行の報いとして唐突な死を迎えたり、不幸に見舞われたりするという「過去の呪い」を主題としているが、その末裔として登場するのがクリフォードとヘプジバである。ヘプジバは生活能力のない女性として登場し、零落して小間物屋を開くところまで経済的に追い詰められている。クリフォードもまた生活能力に欠け、叔父殺しの嫌疑のために三〇年間の牢獄生活を強いられ、ほとんど廃人同様となって帰宅する。(5) 物語に因果応報の力が働き、最後はハッピーエンドとなるものの、彼の人生は無残である。この無力な人物を生み出した出発点となるのが、ピンチョン一族の始祖たちによる不正、マシュー・モールを魔女裁判で死刑とし、彼の土地を奪ったことであった。このことに関連してヘプジバは「ジャフリーさん、そういう冷酷な、貪欲な精神こそ、悲しいことに、この二〇〇年間あたしたちの血のなかに流れつづけてきたものじゃありませんの！　あなたはただ、むしろ、先祖から受け継いだ呪いを、あなたの子孫に伝えようとしてらっしゃるだけですわ！」(*Seven Gables* 168) と判事に言い返し、クリフォードは、逃亡中の汽車のなかで出会った紳士に対して、「死んだ祖先や親戚のものが毒気を吹き込んでいる古い屋敷の空気ほど、不健康な空気はありませんよ！」(*Ibid.* 184)、「われわれが不動産と呼んでいるもの――つまり、家を建てるための堅固な土地と言うやつ――こそは、この世のなかのほとんどすべての罪をささえている、広大な基盤にほかなりません」(*Ibid.* 185) と発言している。またホルグレイヴは「この屋敷は（略）その本来の悪い影響力をすっかり兼ね備えた、あのおぞましい、嫌悪すべき『過去』を表しているんです」(*Ibid.* 131)、「三〇〇年もの長い期間にわたって、たえず人間が良心のあいだで争い、さまざまな不幸をこうむり、あるいはある不思議な死にざまをさらし、陰鬱な疑惑や口では言えないような汚辱にさらされてきたんです」(*Ibid.* 132) と述べている。このように『七破風の屋敷』は土地の私有を巡る父祖たちの罪による呪いの物語を基調としている。

ジェンダーの側面では、ホーソーンは実際の女性解放運動には批判的で、「書きなぐる女ども」などと悪態さえついているが、作品においては必ずしもそうでない。『緋文字』のヘスタは自分のしたことには神聖なところがあると言って、自分の行動を悔いていない。『七破風の屋敷』のフィービーも実際的で前向きな性格により、幸せな結末をもたらす。『ブライスデイル・ロマンス』（一八五二）のゼノビアや『大理石の牧神』のミリアムのように不幸な女性もいるものの、プリシラやヒルダが幸せを摑むというように、総じてヒロインたちは肯定的に描かれている。これにはソファイアとの幸せな夫婦関係が反映されていると考えられる。

ところでそのような物語はどのように語られているのだろうか。『七破風の屋敷』の構成上の特徴について丹羽隆昭は、「厳密にプロットと呼べるほどのものを持たず、静止画によって作られた紙芝居といった印象を強く与える」（丹羽　一五四）と述べる。具体的には「物語の中で、動きと言える動きがあるのは最後の三分の一、つまり第一五章から第二一章までの七章分に集中しており、それ以前の部分は最後の七章分のための序章とさえ言えるほどである」と言う。これに対してマリリン・チャンドラーは、作品は「それぞれ七章ずつから成る三セクションに分かれており、それぞれが三人の住人［ヘプジバ、クリフォード、ホルグレイヴ］に焦点をあてている。（略）テクストの三分法はその家の構造と緊張を反復するシンメトリーを創り出している」（Chandler 81）と主張する。また古井義昭は「様々な決断や結果の開示が遅延されるという構造的な特徴」（構造的遅延）（古井　五九）に着目し、それが「アメリカ国家が人種問題の解決を遅延し、未来へ先送りしてきたことの謂いとして捉えられる」（同　六〇）と述べる。このように作品本体の構成と進展については諸説あるが、古井の指摘は主題との関連から見ても説得力に富むものである。

また『緋文字』の序文にあたる「税関」に比することはできないが、この作品にも短い「序文」があり、そのなかでロマンスの定義づけを行い、当作品がその実例であると語り手は述べている。シリアスな主題を追究する作品でありながら、ともすると散漫でパノラマ的というこの作品の性格は、フォークナーの作品にも認められるものである。

二、フォークナーの人種・ジェンダー表象――『行け、モーセ』を中心に

土地の所有や人種をめぐる始祖たちの罪とその犠牲となる「弱い男たち」の主題は、共に現代に及ぶ過去の強い力（呪い）と主要人物たちの葛藤という形で表現されている。ホーソーンにおいては代表的なものが『七破風の屋敷』であった。フォークナーの場合は「ヨクナパトーファ連作」と呼ばれるもののほとんどがそうであり、サートリス、コンプソン、サトペン、マッキャスリンなど名門一族の物語がある。ブロッドヘッドは歴史に押しつぶされた男たちに着目して、『七破風の屋敷』と『八月の光』の比較を、ロバート・マーチンはゴシック性に着目して『アブサロム、アブサロム！』との比較を行っているが、始祖たちの罪と一族崩壊の歴史、それにかかわる人種表象という点を考慮するならば、比較の対象としては『行け、モーセ』がより相応しいと思われる。

フォークナーの『行け、モーセ』は一九四一年を現在として、始祖ルーシャス・クインタス・マッキャスリンから数えて一七〇年に渡るマッキャスリン家六代の物語である。アイクはマッキャスリン家の

第三代嫡男として育つが、一六歳の時に読み始めた土地台帳の記載事項（始祖たちの罪）にショックを受け、二一歳で相続放棄を決意する。結婚した妻から翻意するよう迫られるが聞き入れず、子どもも持たずに老境を迎える。八〇歳の老人になり、ある日現れたロス・エドモンズの愛人の黒人女性との会話のなかで、自分の相続放棄が無駄だったことと自分の認識の限界を知らされ、打ちのめされる。[6]

『行け、モーセ』においてアイクが発見する「始祖たちの罪」は、黒人を奴隷として働かせるのみならず、人間を所有し、人種混交や近親姦や同性愛などの上に一族の財産が築かれてきたということであった。アイクはそのような穢れた土地を相続することを良しとしないのみならず、そもそも人が土地を私有すること自体が間違ったことだと述べる。

神様は最初に大地をお創りになって、口をきけぬ生き物を住まわせなすってから、それから、神様の代わりに大地を監督して大地と大地に住む動物を神様の御名において支配するようにと人間をおつくりになったんだよ、それも何代も何代も永久に、自分や自分の子孫のために、長四角や真四角の土地を手にする侵すことのできない権利をもつようにというのではなく、その大地を、同朋というだれの名前も特別についていない共同の状態で、損なわれない、お互いのものとして保っていくようにというわけだったんだ。（*Go Down, Moses* 246）

これは、先住民の土地に対する考えに通底するものであり、私有財産を国是とするアメリカにおいては革命的な考えである。ノエル・ポークは「フォークナーと共産主義者たち」の中でこの点を指摘しながらも、その理想主義は破綻する運命にあると述べている。結局その土地は女系のエドモンズ一族が継承し、現在の当主ロス・エドモンズは血縁にあたる女性との間で人種混交をおこなう。アイクの一大決心は結局無駄になってしまう。このように両作品における男たちは、名門の一族の過去の悪行がもたらした「呪い」が重しとなってのしかかり、その力に押しつぶされてしまう。両作家はその有様を土地登記簿や土地台帳という「証拠」を用いて、「始祖たちの罪」として描いている。

ところでこの作品における人種表象はどうなっているのだろうか。時代的、地域的な理由からもそれは明示的である。この作品では白人系のマッキャスリン一族と黒人系のビーチャム一族の物語が対照されている。白人系マッキャスリンの物語は上に述べたような展開を辿るのだが、黒人系ビーチャムの物語は必ずしも一本の繋がった線で描かれているわけではない。これについてジョン・カーロス・ロウは「アフリカ系アメリカ人人物たちの独立した声を承認することがフォークナーにはできていない」(Rowe 231) と手厳しい。この作品自体が短編連作のような形なのだが、とりわけ黒人の物語は断片的である。「昔あった話」は第二代トミーのタールの話で、サディアス・ディヴィスはこの人物を中心として黒人系の物語を読むことの重要性を主張している。「火と暖炉」は第三代で主人公ルーカスの話、「黒衣の道化」はビーチャムとは関係のないライダーの話、「昔の人びと」は第三代テニーのジムの話、「熊」は初代女性ユーニス、トマシナおよび第三代テニーのジム、フォンシバの話、「デルタの秋」は第五代でテニーのジムの孫娘、「行け、モーセ」は第五代でルーカスの孫サミュエル（ブッチ）の話となっている。黒人特に女性はユーニスやトマシナのように性的搾取や近親姦の犠牲となったり、理不尽な役割を担わされたりして、奴隷制度のあるいは人種差別の被害者となっている。男性も人種差別の被害を受けているが、第三代のルーカス・ビーチャムは自尊心をもって生きており、白人におもねらない。そしてその姿は一九四八年の『墓地への侵入者』における対等の人種意識を持った誇り高い黒人像へと引き継がれる。

インディアン表象に関しては、一九三〇年代に書かれた「インディアン物語」とも言うべき作品、すなわち『短編集』（一九五〇）の「荒野」の部に収録された四つの短編「見よ！」、「求愛」、「正義」、「紅葉」は問題含みの作品である。その物語に描き出されるインディアンは、白人の迫害の犠牲者としてではなく、白人文化に汚染され、黒人を奴隷として使役する堕落した存在として登場する。あるいは『アブサロム、アブサロム！』ではトマス・サトペンと土地を取引するインディアンは狡知に長けた人物とされるように、この時期のフォークナーの先住民描写は、歴史の事実に立脚した描写でなく、土地との繋がりにまつわる白人の罪悪感や誇りをアンビヴァレントに表現する表象であり、彼の「歪曲」であるとワイ・チー・ディモックは批判している（Dimock 166）。その一方で、「白人化」された現実の側面であるという指摘もある。

『行け、モーセ』ではインディアンは混血人物として登場し、「昔の人びと」にサム・ファザーズとブーン・ホガンベックが登場し、「熊」では彼らが主要な役割を果たす。「昔の人びと」と「熊」に登場するサムとブーンはアイク・マッキャスリンの成長と開眼を手助けし、とりわけ人間による自然破壊を告発する役割を果たしている。サムはチカソー・インディアンの長イケモタビー（ドゥーム）と四分の一混血黒人奴隷女との息子だが、他の奴隷男の子どもとされ、白人に売られる。彼は「自然」と一体化して生きる「野生の人間」で、太古からの自然の象徴である巨熊オールド・ベンが倒されると彼も死を迎える。ブーンは祖母がチカソー・インディアンで、少々知力が劣るが屈強であり、猟犬ライオンを訓練して共にオールド・ベンを倒す。このように彼らは自然の精神を引き継ぐ者として描かれている。更にフォークナーは『尼僧への鎮魂歌』(一九五一)の「歴史」の部分において一八三〇年頃のフロンティアであったミシシッピの状況に触れ、チカソー族からコンプソンやサトペンら白人が土地を購入したことを記し、彼らが土地を「奪われた」と述べている。このように時代の進展のなかで作家のインディアン理解も深まりを見せている(7)。

他方でフォークナーの人種表象とりわけ黒人表象は、黒人を主体としてというより、白人による無理解と差別の犠牲者となっている。『八月の光』(一九三二)のジョー・クリスマスは白人か黒人か分からないままに黒人としてリンチされてしまう。『アブサロム、アブサロム!』のチャールズ・ボンは黒人の血統であると目され、「人種混交」を阻止するために、弟かもしれないヘンリーに射殺される。このように主題はもっぱら白人の罪の問題の追求と非難である。また実生活上では、人種問題の解決は法律による強制でなく、時間をかけて南部自らが行うべきであるという漸次改良主義の立場を表明している。その後の公民権運動を経た今日の見地からすれば反動的ともいえる限界のある人種観であることは否めない。だが人種差別を当然とする深南部ミシシッピ州において二〇世紀前半に黒人も白人と同じ人間であるという主張を作品においてしたことは評価しなくてはならない。三〇年代の短編、「あの夕陽」(一九三一)のナンシー、『行け、モーセ』のなかの「黒衣の道化」のライダーなどの黒人形象はこの点で時代を先取りしていたと言えるだろう。

ジェンダー表象に関しては、総じて黒人女性は肯定的に描かれている。『響きと怒り』(一九二九)のディルジー、『行け、モーセ』ではモリー・ビーチャムやテニーのジムの孫娘などは忍耐強く、率直な人物として描かれている。これに対して『緋文字』と対照される『死の床に横たわりて』のアディ・バンドレンや、『エルサレムよ、我もし汝を忘れなば』（一九三九）のシャーロット・リトンメイヤーは、死者であったり、悲惨な死を遂げる人物であったりする。『八月の光』のリーナ・グローヴのような例外はあるものの、白人女性の多くは『サンクチュアリ』（一九三一）のテンプル・ドレイク、ナーシサ・ベンボウらのように批判的に描き出される。これには作者の私的な事情が影響していると考えられる。フォークナーの結婚生活は決して幸せとは言えず、ミータ・カーペンターなど複数の女性との情事が報告されている。

作家の技法についても見ておきたい。『行け、モーセ』は当初 *Go Down, Moses and Other Stories* として発売されたように、元は雑誌に掲載された短編を集めて構成されたものなので、初めから長編小説として書かれたものに比べれば、プロットや構成の点で統一感に欠けるように思われる。中には「黒衣の道化」のようにマッキャスリン家ともビーチャム家とも関係のない人物の話もある。あるいは主筋であっても、バックとバディの同性愛や奴隷解放のエピソードのように、時と場所を違えて異なる語り手によって繰り返し語られ、その語りの間に生じる齟齬が事実への疑惑や真実の不確かさに対する疑念をもたらすしかけになっている。また人物や出来事の描写においても、断片を繋げていくようなものになっている。この技法についてウエルドン・ソーントンは、プロット構成によってでなくて主題による統一であり、具体的には「潜在的並置」（Thornton 330）という手法が用いられていることを詳しく例証している。このため読者は、並置されているものが何なのか、あるいは書かれていないものが何なのかを考えながら作品に対峙することを求められる。フォークナーの作品はいずれも複数の物語の組み合わせという性格が強いのだが、とりわけこの作品はその傾向が強く、「合成小説」とも呼ばれる。白人系マッキャスリン一族の物語と黒人系ビーチャム一族の物語がシークエンスとして絡み合うもので、その核として、歴代の父たちの罪の物語が、末裔となる人物の行動と認識を通して明らかにされていく。

このように両作品の語りの方法や構成を比べてみると、共に現在を起点にしながら過去に遡って因果を探っているが、プロット構成が緩く、パノラマ的であるために、一見したところ散漫な物語の印象をもたらすものである。『七破風の屋敷』の場合はロマンスとしてそのようなことが許されているということが言えるかもしれない。『行け、モーセ』はモダニズムの手法に意識的であった作家として、真実に肉薄するのに最も適した手法であるとして取った必然的な結果と言えよう。時代が大きく隔たっているので、当然に用いられている手法には相違が見られるのだが、いずれの場合も主題を表現する上での必然的な手法という点では共通すると言えるだろう。

まとめ

ホーソーンとフォークナーという一見したところ対照的であまり近似性のなさそうな作家の来歴と作品の特質を比較検討してみると、その両方において意外なほどの類似性があることが分かる。両者とも名門の家系に生まれ育ったが、早くに父を亡くしたり、父が頼りなかったとして、経済的には必ずしも恵まれず、生活のために執筆活動と、場合によれば意に添わぬ宮勤めをし、共に六〇歳代（ホーソーン六〇歳、フォークナー六五歳）で病死している。よく似た立場に置かれたことが、彼らの共通の関心すなわち自らのレガシー再検討に向かわせたのは当然だったかもしれない。また空間的な相違はあれ、北部ニュー・イングランドと南部ミシシッピという宗教色・歴史色の濃い地方の名門の家系に生まれ育ったことが彼らに「歴史」から目を逸らすことを許さなかったと言えるかもしれない。ホーソーンにはピューリタニズムという宗教が、フォークナーには奴隷制と人種差別が、その「歴史」の核を占めていた。それらを核とするそれぞれの過去が、人々に憑依し、現在にまで影響していることを彼らは描き出した。その過去の重荷を個別具体的に可能な限り作品に描き出すことによって彼らの物語は、時代の制限に挑戦し、葛藤し、白人社会の揺らぎと裂け目を照らし出し、真実に到達しようとした。その点でこの二人の巨匠は期せずして相互に良く似た内容を持つ傑作を次々と書いた。フォークナーは後に生まれた者であるという立場の優位さにより、ホーソーンが書ききれなかったものを書き継ぐことができた。

＊「黒人」、「インディアン」等について本来は政治的に正しい「アフリカ系アメリカ人」、「アメリカ先住民」などを用いるべきであるが、時代背景、白人との対比、文脈上から便宜上これらの呼称を用いていることを了解いただきたい。

＊本稿は二〇二二年五月二〇日の日本ナサニエル・ホーソーン協会第四〇回大会講演原稿に加筆修正を加えたものである。

注

（1）小野清之は「現代の混沌の中で――*The Scarlet Letter* と *As I lay Dying*」*Albion* (new series) 第一九号（京大英文学会、一九七三年）、六五–八五頁においてこの比較を詳しく行っている。

（2）ホーソーンとフォークナーを比較検討する研究は多くない。Randall Stewart, "Hawthorne and Faulkner", *College English* Vol. 17, No. 5 (Feb. 1956), 258-62. William Van O'Conner, *The Grotesque: An American Genre and Other Essays* (1962), "Chapter 6 Hawthorne and Faulkner: Some Common Ground". Richard H. Brodhead, *The School of Hawthorne* (1986), "Chapter Ten: The Modernization of Tradition". Robert K. Martin, *American Gothic: New Intervention in A National Narrative* (1998), "Haunted by Jim Crow: Gothic Fictions by Hawthorne and Faulkner" などである。また本邦においてもホーソーンとフォークナーの比較研究は多くない。先に挙げた小野清之の論、田中久男 "Hawthorne and Faulkner"『中・四国アメリカ文学研究』一五号（一九七九年）一七–三五頁、藤村希「ホーソーンとフォークナーの『イタリア』――『大理石の牧神』と『響きと怒り』における南北戦争の影」成田雅彦他編『ホーソーンの文学的遺産――ロマンスと歴史の変貌』（二〇一六年）所収、島貫香代子の口頭発表「ホーソーンとフォークナーの人種意識――『七破風の屋敷』と『土にまみれた旗』」（二〇二一年八月二一日、ナサニエル・ホーソーン協会関西支部研究会八月例会）などである。

（3）実際の人物は登場しないが部屋に飾られている領地の地図には「インディアンや動物の絵の装飾」(*Seven Gables* 26) がなされている。

（4）常光健は「『セプティミアス・ノートン』におけるインディアン問題」（ホーソーン協会東京支部二〇二二年二月例会研究発表）において、この作品で作家は積極的なインディアン表象を展開していると主張している。また、成田雅彦は、「ホーソーンの『痣』再考――チェロキー族の強制移送と白人至上主義の論理」の中で、作家がインディアン問題について深い理解を有していたことを力説している。

（5）フレデリック・クルーズは、ヘプジバとクリフォードの関係を近親姦の視点から読み解き、一族の衰退の表れの印の一つと見做している。同様なことはフォークナーにおいても『響きと怒り』におけるクエンティンとキャディの関係、『アブサロム、アブサロム！』におけるジュディスとヘンリーの関係に見ることができる。またそのような衰退から無縁な生命力に富む人物として『七破風の屋敷』のフィービーを挙げているが、同様なことがフォークナー『八月の光』のリーナ・グローヴについても言うことができる。

（6）ジョン・デュヴォールはフォークナーの白人人物たちの何名かは「白い顔をした黒人」であると述べ、アイクもその一人であると指摘する。アイクは財産を放棄してしまい、結婚も破綻して、白人固有のアイデンティティーを放棄してしまっていると主張する（Duvall 109）。

（7）フォークナー作品におけるインディアン表象研究は近年、「ネイティヴ・サウス研究」へと進化しており、『フォークナーとネイティヴ・サウス』においてはこれらの例を超えて、『死の床に横たわりて』、「オールドマン」、『サンクチュアリ』、スノープス三部作の『町』など多数の作品に「インディアニスト」の存在が見いだされることを論証している（Taylor 33-49）。またこれに先行して『八月の光』のジョー・クリスマスをインディアンとして読むという大野瀬津子の論がある。

引用参照文献

Anthony, David. "Class, Culture, and the Trouble with White Skin in Hawthorne's *The House of the Seven Gables*." In *The House of the Seven Gables*. Ed. by Robert S. Levine. A Norton Critical Edition, 2006, 438-59.

Arac, Jonathan. "The Politics of The Scarlet Letter". Ed. by Sacvan Bercovitch and Myra Jehlen. *Ideology and Classic American Literature*. Cambridge UP, 1986, 247-66.

Bergland, Renee L. *The National Uncanny: Indian Ghosts and American Subjects*. Dartmouth College, 2000.

Buell, Laurence. *The Dream of the Great American Novel.* The Belknap Press of Harvard UP, 2014.

Brodhead, Richard H. *The School of Hawthorne*, Oxford UP, 1986.

Chandler, Marilyn R. *Dwelling in the Text: Houses in American Fiction.* U of California P, 1991.

Cowley, Malcolm ed. *The Portable Faulkner* (Revised and Expanded Edition), The Viking Press, 1967.

Crews, Frederick. *The Sins of the Fathers: Hawthorne's Psychological Themes.* U of California P, 1989.

Dabney, Lewis M. *The Indians of Yoknapatawpha: A Study in Literature and History.* Louisiana State UP, 1974.

Davis, Thadious M. *Game of Property: Law, Race, Gender and Faulkner's Go Down, Moses.* Duke UP, 2003.

Dimock, Wai Chee. *Weak Planet: Literature and Assisted Survival*. The U of Chicago P, 2020.

Doyle, Laura. *Freedom's Empire: Race and the Rise of the Novel in Atlantic Modernity, 1640-1940*. Duke UP, 2008.

Duvall, John. N. " 'A Strange Nigger': Faulkner and the Minstrel Performance of Whiteness". *The Faulkner Journal.* Vol. 22 Nos. 1&2, Fall 2006/Spring 2007, Special Issue Faulkner and Whiteness, 106-19.

Faulkner, William. *As I Lay Dying*. Vintage International, 1990.

———. *Collected Stories of William Faulkner*. Vintage International, 1995.

———. *Go Down, Moses*. Vintage International, 1990.

———. *If I Forget Thee, Jerusalem* [*The Wild Palms*]. Vintage International, 1995.

———. *Requiem for a Nun*. Vintage International, 1994.

Gilmore, Michael T. *The War on Words: Slavery, Race, and Free Speech in American Literature*. The U of Chicago P, 2010.

Gilmore, Paul. *The Genuine Article: Race, Mass Culture, and American Literary Manhood.* Duke UP, 2001.

Goddu, Teresa A. "Letters Turned to Gold: Hawthorne, Authorship and Slavery" in Robert Hudson & Edwin Arnold eds. *Nathaniel Hawthorne: A Critical Study*. Anmol Publications, 2005, 150-95.

Gwynn, Frederick L and Joseph Blotner eds. *Faulkner in the University: Class Conferences at the University of Virginia, 1957-1958*. UP of Virginia, 1959.

Hawthorne, Nathaniel. *The Scarlet Letter*. Ed. by Seymour Gross et al. A Norton Critical Edition (Third Edition), 1988.

———. *The House of the Seven Gables*. Ed. by Robert S. Levine. A Norton Critical Edition., 2006.

Hoffman, Daniel. *Form and Fable In American Fiction*. UP of Virginia, 1994.

Levine, Robert S. *Dislocating Race and Nation: Episodes in Nineteenth-century American Literary Nationalism*. The U of North Carolina P, 2008.

Martin, Robert K. *American Gothic: New Interventions in A National Narrative*. U of Iowa P, 1998.

Millington, Richard H. *Practicing Romance: Narrative Form and Cultural Engagement in Hawthorne's Fiction.* Princeton UP, 1992.

Mizruchi, Susan L. The *Power of Historical Knowledge: Narrating the Past in Hawthorne, James, and Dreiser.* Princeton UP, 1988.

Moore, Gene M. Ed. *The Faulkner Journal (Special Issue Faulkner's Indians)* Vol XVIII: 1&2. The U of Central Florida, 2003.

Morrison, Toni. *Playing in the Dark: Whiteness and the Literary Imagination*. Picador, 1992. 大社淑子訳『白さと想像力――アメリカ文学の黒人像』朝日新聞社、一九九四年。

O'Connor, William Van. *The Grotesque: An American Genre and Other Essays.* Southern Illinois UP, 1962.

Petersheim, Steven. *Rethinking Nathaniel Hawthorne and Nature: Pastoral Experiments and Environmentality.* Lexington Books, 2020.

Polk, Noel. *Faulkner and Welty and the Southern Literary Tradition.* UP of Mississippi, 2008.

Powell, Timothy B. *Ruthless Democracy: A Multicultural Interpretation of the American Renaissance*. Princeton UP, 2000.

Reynolds, Larry J. *Devils and Rebels: The Making of Hawthorne's Damned Politics.* The U of Michigan P, 2010.

Roe, John Carlos. *At Emerson's Tomb: The Politics of Classic American Literature*. Columbia UP, 1997.

Rosenthal, Bernard ed. *Critical Essays on Hawthorne's* The House of the Seven Gables. G. K. Hall &Co., 1995.

Smith, Lindsey Claire. *Indians, Environment, and Identity on the Borders of American Literature: From Faulkner and Morrison to Walker and Silko*. Palgrave Macmillan, 2008.

Stewart, Randall. "Hawthorne and Faulkner", *College English* Vol. 17, No. 5 (Feb. 1956), 258-62.

Taylor, Melanie Benson. "Doom and Deliverance: Faulkner's Dialectical Indians," in *Faulkner and the Native South*. ed. by Jay Watson, Annette Trefzer, and James G. Thomas Jr., UP of Mississippi, 2019.

Thornton, Weldon. "Structure and Theme in Faulkner's *Go Down, Moses*" in Leland H. Cox ed. *William Faulkner: Critical Collection*, Gale Research Company, 1982. 328-68.

Williamson, Joel. *William Faulkner and Southern History*. Oxford UP, 1993. 金澤哲、相田洋明、森有礼監訳『評伝ウィリアム・フォークナー』水声社、二〇二〇年。

Yellin, Jean Fagan. "Hawthorne and the Slavery Question" in Larry J. Reynolds ed. *A Historical Guide to Nathaniel Hawthorne*. Oxford UP, 2001, 135-64.

大野瀬津子「William Faulkner の *Light in August* 再考――Joe Christmas をインディアンとして読む」『アメリカ文学研究』第三九号（二〇〇二年）、五三-六八頁。

小野清之「現代の混沌の中で――*The Scarlet Letter* と *As I lay Dying*」*Albion* (new series) 第一九号（京大英文学会、一九七三年）、六五-八五頁。

島貫香代子「ホーソーンとフォークナーの人種意識――『七破風の屋敷』と『土にまみれた旗』」（二〇二一年八月二一日、ナサニエル・ホーソーン協会関西支部研究会八月例会口頭発表）

高尾直知『〈嘆き〉はホーソーンによく似合う』中央大学出版部、二〇二〇年。

田中久男 "Hawthorne and Faulkner"『中・四国アメリカ文学研究』一五号（一九七九年）一七-三五頁。

常光健「『七破風の屋敷』に潜むアンテベラムアメリカの「インディアン問題」」『フォーラム』二四号、二〇一九年、一七-三五頁。

中西佳世子『ホーソーンのプロヴィデンス』開文社、二〇一七年。

成田雅彦「ホーソーンの『痣』再考――チェロキー族の強制移送と白人至上主義の論理」西谷拓哉、高尾直知、城戸光世編『ロマンスの倫理と語り――いまホーソーンを読む理由』開文社、二〇二三年、八三―一〇〇頁。

丹羽隆昭『恐怖の自画像――ホーソーンと「許されざる罪」――』英宝社、二〇〇〇年。

日本ウィリアム・フォークナー協会編『フォークナー事典』松柏社、二〇〇八年。

福岡和子『「他者」で読むアメリカン・ルネサンス』世界思想社、二〇〇七年。

藤村希「ホーソーンとフォークナーの『イタリア』――『大理石の牧神』と『響きと怒り』における南北戦争の影」

成田雅彦他編『ホーソーンの文学的遺産――ロマンスと歴史の変貌』開文社出版、二〇一六年。

古井義昭「アサイラム・ファミリー『七破風の屋敷』における家族・国家・未来」巽孝之監修『脱領域・脱構築・脱半球――二一世紀人文学のために』小鳥遊書房、二〇二一年、第二章。

ホレーショ・ブリッジ著、ナサニエル・ホーソーン編、大野美砂、高尾直知、中西佳世子訳『アフリカ巡航者の日誌』松籟社、二〇二二年。

山下昇『一九三〇年代のフォークナー――時代の認識と小説の構造』大阪教育図書、一九九七年、第七章　女と男の対位法　『エルサレムよ、汝を忘れたならば』。

――『ハイブリッド・フィクション――人種と性のアメリカ文学』開文社、二〇一三年、第一章ナサニエル・ホーソーン、第三章ウィリアム・フォークナー。

第七章　ストウの『アンクル・トムの小屋』を書き直すトニ・モリスン『ビラヴド』再考

はじめに

慧眼なアメリカ文学の読者であれば、ハリエット・ビーチャー・ストウの『アンクル・トムの小屋』（一八五二）とトニ・モリスンの『ビラヴド』（一九八七）のいくつかの類似点に気づくであろう。[1] 出版に一三五年の隔たりがあり、一方は白人、他方は黒人であるものの、双方が「奴隷制」を主題として女性作家によって書かれた小説である。筋立ての点で言えば、『アンクル・トムの小屋』の主筋の一つである奴隷女性イライザの逃亡をめぐる詳細な記述と、『ビラヴド』におけるセサと白人年期奉公人エイミー・デンヴァーの逃亡に関するくだりの類似がその筆頭であろう。何より決定的なものは、奴隷の母による子殺しという主題である。『アンクル・トムの小屋』に登場する混血奴隷キャシーは、白人の夫

（所有者）との間に生まれた赤ん坊を、事故を装って殺す。一方、『ビラヴド』のセサは、追跡者たちによって奴隷制下に連れ戻されるのを阻止するために、這い始めたばかりの長女を自らの手で殺す。キャシーの物語は小説の主筋ではなく、後にキャシーは生き別れになっていた娘に再会し、幸せを取り戻すことになる。これに対してセサの物語は作品全体の最も重要な主題であり、子殺しによるセサのトラウマとの凄絶な葛藤が詳細に描出される。

二作品のこのようなモチーフや主題上の類似が、単なる偶然によるものでなく、白人女性作家の『アンクル・トムの小屋』におけるそれらの扱いに対する何らかの考えから、モリスンが作品を書き直そうとしたのが『ビラヴド』であるまいかというのが、本論考の趣旨である。筆者の知る限りでは、モリスンが『アンクル・トムの小屋』についてそのように言及している事実はない。しかしそう考えてみることによって、『ビラヴド』において作者が描き出そうとしたものがいっそう明らかになると思われる。(2)

一．『アンクル・トムの小屋』のキャシー

『アンクル・トムの小屋』は女性作家の手によるということもあって、タイトルとは裏腹に多くの女性登場人物が重要な役割を果たしている。この作品のシェルビー農園は、『ビラヴド』のガーナー農園（スイートホーム）の原型であり、経営手腕のないシェルビー氏としっかり者のシェルビー夫人の対照は、『ビラヴド』では有能なガーナー氏と頼りないガーナー夫人の対照へと置き換えられる。またバード夫人のような良心的な白人女性、物語前半のヒロインであるエヴァや、オフィーリア、トプシーなど

個性的な女性たちが登場し、物語の進行に大いに貢献する。何より子どもを抱えて冬の凍ったオハイオ川を逃亡するイライザの物語は作品の一方の中心的な主筋である。

それらの女性たちの登場や物語の展開とともに、この小説において必ずしも中心的な位置を占めるわけではないが、トムの最期に関係する物語の中で重要な役割を果たしているのがキャシーである。彼女は少女時代には裕福な白人の娘として幸せに暮らしていたが、父の死によって奴隷として売却され、ある男性の所有物となる。ヘンリーとイリーズという子を産むが、子どもたちは売り飛ばされてしまう。この時点から彼女の哀しく苦しい奴隷としての体験が始まる。そして彼女自身がまた別の所有者（キャプテン・スチュワート）に売られ、男子を産むこととなる。しかし子どもを待ち受けている奴隷としての運命を思い、彼女は赤ん坊を自らの手で殺害する。そのできごとについて彼女は次のようにのべている。

「一年ほどして、わたしは男の子を生んだ。その子ったら――ああ、どれほど愛おしかったことか！かわいそうな息子のヘンリーとそっくりな子だったわ！　でも、わたしは心に決めていたの――そう、決めていたのよ。もう二度と子どもは大きくしない、って！　その子が生まれて二週間になったとき、わたしはその子を抱いて、キスして、さんざん泣いたわ。それから、アヘンチンキを飲ませたの。そうして、その子が眠ったまま死んでいくまで、ずっと胸にだきしめていたわ。どんなに悲しかったか！（略）でも、いまだに、わたしはあれでよかったと思っているわ。後悔なんか、していない。少なくとも、あの子は苦しみとは無縁で済んだんだもの。あの子を死なせてあげることが、

わたしにできる最良のことだったわ。かわいそうな子！」（318）

この経緯は『ビラヴド』におけるセサの娘殺しと同様である。この事件以後のキャシーの心境については次のように吐露されている。

「みんな、わたしの苦しみなんて、なんとも思ってないのよ。奴隷の子どもたちの苦しみなんて、なんとも思ってないのよ！（略）だけど、わたしにだって、この世界全体が沈みそうなくらいに惨めな気持ちを胸に抱いて街をさまよった日々があったのよ。（略）最後の審判の日には、わたし、神様の前に立って証言してやるわ！　わたしとわたしの子どもたちを身も心も滅ぼした悪党どものやったことを！

子どものころ、自分は敬虔な少女だと思っていた。神様のことを愛していたし、お祈りも大好きだった。でも、いまは地獄に堕ちた魂よ。昼も夜も悪魔どもに痛めつけられて。これでもか、これでもか、とわたしを責めつづける（略）。」（319）

「わたしには悪魔が取り憑いているって言ったわよね？　ああ！　ファーザー・トム！　わたし、祈ることができないの。できたら、どんなにいいか。わたし、子どもたちを売り飛ばされてから、一度もお祈りをしていないの！（略）」（345）

「わたしは子どもたちを失った飢えに苦しんできたの。子どもたちを失った渇きにさいなまれてきたの。子どもたちを思うがゆえに、この目には何もみえないの！　ここよ、ほら、ここ！」キャシーは自分の胸をたたいていった。「ここには何もないの、からっぽなのよ！　もし神様が子どもたちを返してくださったら、わたしは祈ることができるのに」(356)

このように、子を失った母親の悲しみ、我が子を殺した自分の罪深さがどうしようもない罪として自覚されている。一方でそのような彼女の様子について、外部からは次のように描き出されている。

しかし最近では、キャシーは奴隷という忌まわしい軛にいらいらや不満をますますつのらせており、その苛立ちがときに手に負えない狂気となって噴出するまでになっていた。(321)

最初にリグリーに買われたとき、キャシーは、自分がそう言っていたように、育ちのよいしとやかな女性だった。そんなキャシーをリグリーは容赦なく打ちのめし、残虐に踏みにじった。しかし、歳月と屈辱と絶望とが女らしさに硬い鎧を着せ、荒ぶる感情に火をつけるに及んで、キャシーはある面でリグリーの女主人と化し、リグリーはキャシーを虐げる一方で恐れるようになっていった。

そして、どこか正気を失いかけたようなキャシーが異様で不気味で不穏な言葉を口にするようになるにつれて、リグリーに対するキャシーの影響力はますます厄介で抗いがたいものとなっていったのである。(348)

キャシーの目には歓喜の色はいっさいなかった。その瞳には、ただ絶望的な決意がみえるだけだった。(351)

これらのキャシーの描写について小林憲二は「解説」の中で疑問を呈している。これらの描写によれば、彼女の「狂気」が子殺しに由来するというよりは、リグリーとの非人間的な生活(奴隷としての隷従)によるものであるということになり、子殺しを含むそれ以前の彼女の奴隷体験の重要性が等閑視されていることになる。その結果、「キャシーのような『奴隷の母親』の体験が、白人女性を中心とする一般的な『母親』体験へと解消され」(小林　五九二)てしまっているという。

そのために、イライザが自分の娘であることが分かり、一家の再結合を果たすと、「予定調和的なハッピー・エンディングが誕生」し、「まるで憑き物がおちたように『敬虔でやさしいキリスト教徒』に成り変わる」(小林　五九二―九三)という、次のような展開を小説は見せることとなり、子殺しの後悔はどこかへ行ってしまっている。

二、三日もすると、キャシーはすっかり別人のように雰囲気が変わった。絶望に憔悴しきっていた表情は消え、穏やかな落ち着いた顔つきになった。そして、あっという間に新しい家族になじみ、かわいい孫たちを受け入れた。それはキャシーの心が長く待ち望んでいた幸せだった。実際、キャシーの愛情は実の娘よりも小さなイライザのほうへ自然に向かうように見えた。自分の手から奪われたときの愛娘と姿形がそっくりだったからである。小さなイライザがかわいらしい橋渡し役となって、母親と娘の関係もしっくりなじみ、愛情が深まった。（略）キャシーは娘の働きかけに一も二もなく魂をゆだね、敬虔で穏やかなクリスチャンに変貌した。（373）

これを評して小林は、「ストウ夫人の手になる『奴隷女性』造型の安易さ」（小林　五九二）、「白人女性を中心とした女性原理に基づいて、自分なりの夢を紡ぎだそうとするある種の無理」（小林　五九三）がみられると指摘している。そしてこの点こそが、奴隷の母による同じモチーフを取り上げた黒人女性作家としてのモリスンが、ストウの小説に感じた不満ではあるまいかと筆者には思える。それではモリスンは『ビラヴド』のなかでその点をどのように展開しているのかを以下の手続きによって論じていこう。

まずセサのトラウマ的記憶が作品においてどのように扱われているか、どのように変容していくのかを最初に追っていくこととする。次にセサの記憶に関連する母や乳母ナンや義母ベビー・サッグズとセサの関係、セサとビラヴドやデンヴァーら子どもたちとの関係など女三代の物語を見ることとする。さらにこの「親子」に繋がる人びと、すなわちポールD、スタンプ・ペイド、エラ・ジョーンズらがどのように描き出されているかを検討する。最後に、小説の技法を論じることによって、作品の真の姿を明らかにしたい。

二．『ビラヴド』のセサ

『ビラヴド』におけるセサには『アンクル・トムの小屋』のイライザとキャシーの双方の役割が組み合わされている。ガーナー氏が亡くなり、甥の「先生」たちがスイートホームを支配するに及んで、彼女たちは一般的な奴隷扱いをされるようになる。逃亡を決意したセサは子どもたちを先に逃がし、身重の状態で逃亡する。後に何度も繰り返し語られる逃亡と出産のエピソードは、『アンクル・トムの小屋』のイライザの逃亡ほどヒロイックではないが、逃亡中の出産と、これを手助けするのが白人で自らも逃亡中の「奴隷」であるエイミー・デンヴァーである点がユニークである。ここに、同じような境遇に置かれた女同士の人種を超えた連帯が描き出される。オハイオ州に着いた後、セサはスタンプ・ペイドやエマ・ジョーンズらに助けられて一二四番地の家に到着するのだが、これは一般的な「逃亡奴隷と地下鉄道組織」の物語パターンである。

子どもたちとの再会を果たした幸せも束の間、「先生」たちが彼女たちを取り戻しにやってくると、セサの物語がキャシーの物語と重なり始める。奴隷制下の地獄に子どもを引き戻すくらいなら死なせるほうが幸せであるとして、セサは長女を殺害する。殺害した子どもの墓石に「ビラヴド（愛されし者）」と刻んでもらうために石工に身体を売ることまでした彼女には、子どもを殺した罪悪感は全くなく、自分はベストの選択をしたのだと主張する。しかし、この事件をきっかけに彼女は黒人共同体から疎まれ、義母のベビー・サッグズは失意のうちに亡くなり、やがて二人の男の子は逃亡し、ただ一人手元に残ったデンヴァーは家の中に引きこもるようになる。このようなセサとデンヴァーを時折赤ん坊の幽霊が脅かすのだが、これが抑圧されていたセサのトラウマであり、それがかつての奴隷仲間ポールDの登場をきっかけとして表面化してくる。

子殺しを実行した段階でのセサには、子どもを守るためにはそれしか選択肢がないように思われたのである。それは一つには彼女自身のガーナー農園での経験から来ている。ガーナー氏が亡くなるまで奴隷たちは一人前の「人間扱い」され、セサ自身も自らの意志でハーレを配偶者に選び、結婚式のまねごとを執り行い、三人の子どもたちを母乳で育てて手元に置くことができた。しかしガーナー氏亡き後、「先生」たちがやってきて指揮権を行使し始めると、彼女たちは他の農園の奴隷たちと同様に「人間性」を剥奪されて、動産として扱われる。彼らは奴隷たちの銃を取り上げ、自由を制限し、「普通の奴隷」扱いをする。これは残虐で屈辱的で受け入れがたいことである。そのような「地獄」を脱出して、「自由」の味を知った者は、再びあの「地獄」で生きること、あるいは子どもに生きさせることはできないと、短絡的に思い込むのもやむをえないことであった。このことについてセサは次のように考える。

白人でさえあれば誰でも、どんな気紛れな思いつきだって満足させるために、黒人の全人格を奪ってしまうことができるのだっていうことをわからせる前に、［ビラヴドが］出て行ってしまうかもしれなかった。ただ働かせたり、殺したり、五体を傷つけるだけじゃないんだよ、おまえを汚してしまうんだ。あんまり無惨に汚されるんで、自分で自分がもう好きになれないくらい。あんまり無惨に汚されるんで、自分が誰だか忘れちまって、思い出すこともできないくらい。セサも他の黒人も、それを生き抜き乗り越えてきたけど、それが彼女の子どもにふりかかるのは、絶対に許しておけないのだ。彼女の最良の部分は彼女の子どもたちだった。白人は**彼女を**汚すことができても、彼女の最良の部分、彼女の美しい魔法のような最良の部分——清らかなままの彼女の一部を汚すことはできないのだ。プラカードをつけて、首なし足なしで木からぶらさがっている胴体が、彼女の亭主だったのか、それともポールAだったのか、（略）白人の一団が自分の娘の性器の中に侵入し娘の腿を汚した後で、荷馬車の中から投げ捨てたのかどうか、などと、夢にもみられないような悪夢の思い出を、味わわせてはならないのだ。やむなく**彼女本人が**食肉処理場の裏庭で働くことは避けられなくても、娘にはさせてはならないのだ。（251）（強調原典）

このような状態のセサについてある批評家は「視野狭窄」に陥っていると指摘し、別の批評家は「過剰な自己同一化により子どもを独立した存在と見做せない母子共棲」（Vickroy 54）と述べている。

またセサの「母乳」へのこだわりは異常である。その理由は、義母のベビー・サッグズが七人の子どもを出産後すぐに取り上げられ、一人の子どもを四ケ月手元に置くために監督官と「つがわされ」、それも結局は裏切られたように、ほとんどの奴隷の母親は赤ん坊を母乳で育てられる環境になかったからである。次節で詳しく述べるが、セサの母親もそうだったわけで、セサ自身が母乳で育てられることが叶わなかったことが彼女の母乳に対する異常な執着となっているのである。また、上述したように、ガーナー氏のきまぐれな奴隷農園運営のおかげで、セサはまるで白人のように「結婚」し、三人の赤ん坊を「母乳」で育てるという例外的な経験をし、それを当然視する環境にいたことにより、「白人」の価値観を身につけてしまったのである。

彼女は「先生」と彼の従兄弟たちにいたぶられたことに関して、強姦されたと述べるのでなく、「乳を盗まれた」と次のように繰り返し述べている。

わたしの脳は、苔の生えたような歯をした二人の若僧のことで、むかむかするほどいっぱいだ。一人はわたしの乳を吸い、もう一人は私を押さえつけ、本が読める先生が観察して書き留めている。いまでも、あの光景で頭がいっぱいだ。ああ、いやだ。あの場面に戻って、これ以上付け足すなんてできっこない。あの場面に自分の夫を加えるなんて。(70)

あるいは「厩舎の裏で、奴らがわたしを牝牛、そうじゃない牝山羊のように嬲った」(200)と述べているように、実際は強姦されており、この一件をガーナー夫人に告げ口したことにより、懲らしめのために彼女は激しく鞭打たれ、背中にひどい傷を負うのだが、これら一連のできごとを象徴的に表現する言葉が、「乳を盗まれた」なのであり、その証拠が彼女の背中の傷である。

セサにとって強制された性はトラウマとなっている。作品の極めて早い段階で言及されるのが、死んだ子どもの墓石に銘を刻んでもらうために石工に身をまかせた時のことである。それは次のように描かれている。

あの十分、星くずのような斑点がちりばめられた暁色の石に躰を押し付けられたまま、膝を墓穴のように開いてすごしたあの十分間は一生の時間より長く、(略)赤ん坊の血糊よりも鮮明に、激しく脈打っていた。（略）他のことに関しては、心を乱さずにすむように、できる限り何も思い出さないようにひたすら努力した。不運にも、彼女の脳は彼女の意志に逆らって働いた。（5-6）

なぜならセサの記憶にいちばん新しい色は、赤ん坊で死んだ娘の墓石に散っていたピンクの斑点だったから。（略）ある日、赤ん坊の鮮血を目にし、別のある日にピンクの墓石の斑点を見て、それが色彩を心にとめた最後になったかのようだった。（38-39）

やや抽象的に表現されているものの、自分がお金のために身体を提供しなくてはならなかったことが彼女のトラウマのひとつとなっており、「三カ月後、デンヴァーが離乳食を食べなきゃならない時期が来て釈放された時、わたしはすぐにおまえの墓石を買いにいったんだよ。だけど銘を彫らせるお金がなかったから、わたしにあるもので受け取ってもらったの」（184）などのような言い訳が反復的に言及される。このように性のトラウマに関して彼女は直接に具体的に明示することを避けているが、それこそが彼女にとっていかに性がトラウマになっているかの証左である。

そもそもセサは、一方で自分の子殺しを正当化しながらも、その正当化に安住できない。「望もうと望むまいと、思い出の方で戻ってきてしまうのよ」（14）、「セサにとって、未来とは、襲いかかってくる過去の記憶を、寄せつけまいとする闘いだった」（42）とあるように、蓋をしているものの彼女は過去に取り憑かれている。その過去の記憶で最も中心的な部分を占めるのは子殺しをめぐることがらである。ビラヴドの登場をきっかけとして交わされる会話のなかでセサはその行為を反芻し、その意義を問い直すことを余儀なくされる。

ポールDとビラヴドの登場によって彼女の中に変化が生まれる。突然現れた若い娘を、自分が殺した赤ん坊が生き返って成長したものだとは当初受けとめていなかったセサであったが、いくつかの偶然のできごとを通して、その娘が自分の死んだ娘だと信じ込んでいく。それは首筋の傷あとであったり、子守歌であったり、ネックレスであったりするのだが、ポールDが事実を知って彼女の許を去り、女三人だけの孤立した生活に戻ってから事態は本格的に進展する。ビラヴドが娘であると思い込んだのちのセサは、隠されていた罪悪感の虜となり、ビラヴドのために自己を放棄し、まるで奴隷のように彼女の要求にひれ伏す。その結果、仕事も収入も放棄し、餓死寸前のところにまで追い込まれる。人がトラウマを克服するプロセスにおいて通過しなくてはならない極限的な状況が描出される。同時に、そこから派生的に自らの子ども時代＝母たちとの関係が再考され、物語はセサの母や乳母、セサ自身、ビラヴドやデンヴァーら子どもたちの三代の物語として再構築される。

三．母娘三代の物語

セサはデンヴァーが生まれた時のことを何度も語って聞かせるが、自分については、「自分が生まれた場所のことで（略）彼女が覚えているのは、唄と踊りだけだった」（30）と述べている。しかし話をしているうちに母の思い出が断片的に甦ってくる。例えば赤ん坊を殺した時のセサの気持ちは先に見たような動機からきたものであるが、子どもとしての自身の母への思慕は次のように語られる。

わたしたちみんなで、産みの母さんがいるあちら側に行くのが、わたしの計画だった。奴らは邪魔をして、わたしたちがあそこへ行くのを止めてしまったけど、おまえがこっちに帰ってくるのは止めなかった。おまえはいい子で、ちゃあーんと帰ってきてくれた。わたしもそんな娘になりたかったし、母さんが田んぼからもっと早く上がってこられて、奴らが母さんの首を吊る前に、わたしを娘らしく甘えさせることができたなら、わたしだって娘らしくできたはず。（略）だから母さんのほんとうに笑った顔は一度も見たことがないんだよ。捕まった時、あの人たちは何をしてたのかしら。逃げる途中だったと思うかい？　いいえ。そうじゃない。だってあの人はわたしの母さんだったんだから。娘を置いて逃げだす母親なんぞいるもんか、そうだろう？　だってそうだろう？　娘を片腕の女に預けたまま、庭に置き去りにするだろうか？　自分の乳を飲ますのはたった一週間か二週間で、その後は、全部のお腹をいっぱいにするのは無理なほど、何人もの赤ん坊に授乳する他の女の胸に渡さなければならなかったとしても、娘は娘。（203）

その母が木につるされて殺された際にも、かつて母が胸につけられた目印を示したこと、私もその印が欲しいと言って叱責されたことなどをセサは思い出す。また乳母ナンや義母サッグズらがそれぞれに母の役割をはたしてくれたことなどに思い至る（Schreiber 47-51）。それらの「思い出す作業」（リメモリー）を通して、母の置かれた立場、母の娘への果たせない愛と無念、母に代わる人びとの献身などが理解できるようになる。ビラヴドはセサにそのような思い出しと発見と新たな意味づけの機会を与える。

母に愛されなかったと思い、我が子を殺すことが「愛」であると思い込んで、実際に殺してしまったセサ（ナンによれば、セサの母は白人船員によって産まされた子どもは見殺しにし、黒人夫の娘であるセサだけを生かしている）。自分は正しいことをしたのだと言うもののどこかで罪悪感に苛まれているセサを母親とする娘たちも、トラウマに囚われている。ビラヴドは殺された無念のために成仏できず、母への復讐のためにこの世に戻ってくる。生き延びたデンヴァーは、母が子殺しをしたことを知って言葉を失い、引きこもってしまう。「実の子どもを殺しても間違っていないって思わせるものが、母さんの中にまだあるかもしれない」（206）という恐れと不安を抱きながらも、母に自分の誕生のエピソードを繰り返し語ってもらうことによって、自分の誕生のために母親が苦労したこと、エイミー・デンヴァーという白人女性が恩人であること、祖母のベビー・サッグズのいつくしみや、父ハーレの気質を自分が受け継いでいることなどを彼女は反芻する。やがてビラヴドと母の激しい確執のために全員が飢え死にしそうになるのを契機として、デンヴァーは行動を開始する。外部の共同体に援助を求めるのみならず、仕事を求め、やがて将来は教育を受けて教師に成ろうとさえ思うようになる。自己の殻を破って勇気を出して外の世界に向かうデンヴァーを励ましたのが、亡き祖母ベビー・サッグズの言葉であった。このプロセスを勘案すれば、この小説はデンヴァーが少女期のトラウマを克服し、成長を遂げていく物語でもある。

ビラヴドは「野生のけもの」（242）と形容されるように凶暴性を発揮し、「ビラヴドの躰が大きくなればなるほど、セサは小さくなっていった。ビラヴドの目がらんらんと輝けば輝くほど、ビラヴドを凝視してそらすことのなかった二つの目は、睡眠不足のために二本の細い裂け目になっていった。セサは髪を梳かすことも、軽く顔を洗うこともしなくなった」（250）という窮地に追い込まれる。それは、「まるでセサは、ほんとうのところ許されるのを望んでいないかのようだった。許しが拒まれるのを望んでいるようだった」（252）というような状態であり、「セサは疲れ果て、躰には斑点が出て、死にかけて、ふらふらで、姿形も変わって、すっかり悪魔にとりつかれてるんだよ」（255）というような極限状態を迎える。しかしデンヴァーを通して実情を知り、立ち上がった共同体の女性たちのセサ救出劇のなかで、セサは錯乱のうちに前回とは異なる行動をとる。彼女は馬車を駆って家に近づいてくるボドウィン氏を、子どもを取り戻しに来た奴隷主の手先だと思い込み、とっさにアイスピックで攻撃するのだった。一八年前に「先生」たちがやってきた時には、子どもを守るためには「殺す」しかないと思い込み、実際に殺してしまったのだが、今回は子どもを連れ去らせないために相手に向かっていくという選択を無意識的にしたのだ。これは明らかにセサの変化・成長であり、彼女のトラウマからの回復の兆しとなるものであった。

ところで、セサはもっとも主要な人物であるものの、作者は必ずしも彼女の立場を肯定しているわけではない。例えば、ポールDは、「あんたのやったことは間違っている、セサ」（165）と告げて彼女の許を去っていく。また共同体の黒人女性たちやエラが、「子どもを殺すなんて、許されないわ」とか、「過去の過ち」（256）と明言しているように、そのことによって彼女は一八年間共同体から孤立した生活を余儀なくされるのである。子殺しは追い詰められたセサにとってやむを得ない行為だったが、そのことが彼女の抑圧されたトラウマとなったのだ。作者はそのようなセサのトラウマとの葛藤と回復の過程を執拗に追っている。

四．周りの人びと

セサを取り巻く人々もそれぞれにトラウマ的な経験を有している。とりわけ重要なのがポールDである。彼にも他人には語れない秘密がある。ポールDの蓋をした心の秘密の核心部分は、読者には明らかにされるものの、セサや他の登場人物には打ち明けられない。彼の奴隷としての最も屈辱的な、そして過酷な体験は、ジョージア州アルフレッドでの強制労働であった。屈辱的な性的虐待、人間としての希望や欲望を抹殺することによってのみ生き永らえることが可能な日々、動物以下の扱いなど、口にできない屈辱的体験と無力感をトラウマとして彼も心の中に閉じ込めている。

スタンプ・ペイドは所有者に妻を差し出すことを強いられ、妻を殺す代わりに自分の名前を変えたというういきさつがある。その後に彼は「地下鉄道」に関わり、逃亡奴隷の手助けをするようになる。出産直後のセサの逃亡を手配したのは彼である。シンシナチの黒人共同体が一二四番地に背を向けるきっかけとなったパーティーの苺を摘んできたのも彼であり、「先生」たちがセサたちを取り戻しに来た時に薪割りをしていて、セサの嬰児殺しを目撃し、それが書かれた新聞をポールDに見せ、ポールDがセサの家を出て行くことになったのも彼のせいである。このようにセサの人生の節目においてスタンプは、本人の意思とは裏腹に悪い結果をもたらすような関わりを持っている。

エラもスタンプの妻が置かれたような立場を経験している。所有者親子に性的虐待を受け、この親子を「最低の低」(256) と呼び、生まれた子どもには手も触れず、子どもは五日後に死んでいる。彼女も子どもを見殺しているのである。彼女は南北戦争・奴隷解放後はシンシナチの黒人共同体で暮らし、ベビー・サッグズとセサたちからは距離を置いている。セサの事件の際も、セサの高慢を非難している。だが物語結末部に至って、ビラヴドがセサを苦しめていることを聞き知って、女たちの先頭に立って救出に向かう。錯乱したセサがボドウィン氏にアイスピックで襲いかかるのを制止するのはエラである。

このように、セサを取り巻くほとんどすべての人々が奴隷としての悲惨な過去の体験を有しており、その経験がトラウマ的記憶となって人々の現在の生き方を制限したり束縛したりしている。だが、他人との関わりや共同体との関わりを通してこれらの人びとの多くはその制限や束縛を乗り越え、再生を遂げようとしている。この作品は奴隷生活の悲惨を、記憶をモチーフとして表現したものであると共に、それを克服していく希望の物語でもある。

五．語りの方法

さらに留意すべきは、語りの方法である。例えばセサが白人の存在そのものが厄災であると語る場面は、実質的にデンヴァーの語りであり、「こんなことを、それからもっと多くのことをビラヴドに説得しようとして、片隅の椅子からセサが語るのを、デンヴァーは聞いていた」(251) とあるように、セサの語りはそもそも語りの技法により相対化されている。あるいはデンヴァーの誕生をめぐって繰り返し語られるできごとは、セサからデンヴァーへ、デンヴァーからビラヴドへと、語り手・聞き手を替えながら微妙に変化していく。

この小説の重層性を最も象徴するのがビラヴドの正体である。ビラヴドが何者なのかということは、この小説を論じる際に避けて通れない問題であり、その正体については諸説紛々である。その正体が幾通りにも仮定されるということが作品の技法の問題に密接に絡み合っている。ビラヴドの正体に関して、①殺された赤ん坊が成長した幽霊であるという説、②生きた人間だという説、③セサの罪悪感が生み出した強迫観念とする心理学的な説（トラウマ説）、④「中間航路」以来の歴史の集合体と見做す説、⑤ポルターガイスト説、などがある。このように幾通りもの解釈が可能であり、そのいずれの解釈を選んでも辻褄があっている。同時に、いずれか一つの解釈で済ますには、表現、ストーリーともにあまりに多義的であり、結局のところこれらいずれもの解釈が共存することが意図されていると考えざるを得ないであろう。

それは主題とともに技法にも関係することがらである。『ビラヴド』が単なるリアリズム小説でないことは明らかである。この作品は、ゴシック小説、ネオ・スレイヴ・ナラティヴ、モダニズム小説、アフリカン・アメリカンの語り、など多面的性格を有しており、最終的にはポストモダン小説として成立している。

通例ビラヴドは幽霊のようなものとして措定されている。死んだ人間が生き返ったとか、念力で家や家具を揺るがすとか、片手で軽々といすを持ち上げる超能力があり、どこからともなく現れ、身元不明で、最後には忽然と消えうせるというように、普通の人間ではないものとして登場している。それも元を辿れば、奴隷女の嬰児殺しが発端であることを考慮に入れれば、奇異なことではない。この作品がゴシック性を帯びているのは当然と言えば当然であろう。

同時に、この小説は「中間航路」を含む奴隷制の残酷さ、悲惨さ、非人間性を告発するスレイヴ・ナラティヴの性格を有している。殺人に追い込まれたセサを始めとして、彼女を取り巻くすべての人びとが奴隷制の下で過酷な経験を強いられているさまを、ネオ・スレイヴ・ナラティヴの手法によって描き出している（Heinert 94）。

この作品のモダニズム的な特徴は明らかである。物語は、誰かが他の人物に向けて語るという形式を基本としており、語り手や聞き手が次々と入れ替わって進行し、同じ挿話が何度も語り直されることにより、違うヴァージョンが示され、語られる物語相互に食い違いが生じることさえある。

今一つの特徴はアフリカ的語りである。アフリカの宗教においては生者と死者の境界はあいまいである。またコミュニケーションは基本的に音声による呼びかけと応答（コール・アンド・レスポンス）である。テクスト中にもあるように、ビラヴドからセサを救うためにやってきた黒人女たちの祈りは言葉にならない唸りのような音であった。このように、小説の基本形はアフリカ的な呼びかけと応答の連続であり、一連の経過の中で感情的な浄化が達成される。

これらの手法を総合してある論者は、作品のパスティシュ性を強調しながら、この作品を、物語の唯一の正当性に挑戦し、多様な語りを相対化するポストモダン小説と規定している（Pérez-Torres 91-109）。物語の設定や進行が多義的であるように、使用されている言葉も両義的である。その代表的なものが、小説末尾の“This is not a story to pass on”（274, 275）という文中の“pass on”という言葉である。「伝える」という意味と「見逃す」という正反対の意味があり、「このような悲惨な話はもうやめにすべきだ」という意味と、「忘れてはいけない物語だ」という意味との両方に解釈できる。

以上見てきたように、この小説はポストモダンの作品として描かれており、さまざまな語りが相対的に提示される。それは黒人の歴史を総体的に捉えようという意図やトラウマに苦しむ人間の混乱や苦悩という主題を表現するための必然的な要請である。このことを念頭に置いて虚心に作品に向き合うならば、この小説が単純なイデオロギー的作品でなく、多様な解釈を許す作品、「愛の物語」(Pillow 167) であることに得心が行くであろう。

まとめ

以上見てきたように、奴隷の母による子殺しをテーマとしながらも、二つの作品には大きな違いがある。『アンクル・トムの小屋』のキャシーは自分の行為の結果に苦しむものの、彼女の「狂気」は子どもを失った喪失感と奴隷所有者リグリーによる虐待によるものとして外部から客観的に描き出されている。この作品が発表された当時はまだ「トラウマ」という概念も言葉もなかった時代であり、小説技法の点でもゴシック的リアリズムという枠内での物語展開という制限があるのは当然であった。また小説の主筋はあくまでもイライザとトムに対する奴隷制の罪悪の物語であり、キャシーの物語自体は、プロットの一部に過ぎない。

二〇世紀の作家モリスンが、歴史上の実際のできごとであるマーガレット・ガーナーによる嬰児殺しに触発され、「奴隷の母による子殺し」の事件を主題とした時に、先行作品としての『アンクル・トムの小屋』を参照したであろうことは想像に難くない。キャシーの苦悩は、一九世紀という時代と白人女性作家の手によるという制限のため、一般的な女性の個人的な苦悩に留め置かれ、外部から第三者的に捉えられている。奴隷の母の子殺しによる苦悩を今日取り上げるには、「トラウマ」を鍵とする現代的アプローチが不可欠であり、そのためには、殺された子どもを登場させ、技法を駆使して物語を多面的に展開させることによって、トラウマを実在させることが必要であった。また、単に事例をもって奴隷制の残酷さを告発するのみならず、「中間航路」を含む黒人奴隷の歴史的経験の総体を暗示することも必要であった。そのような意識をもって『アンクル・トムの小屋』の欠落を補って書き換え、ポストモダンな手法を取り入れることによって、モリスンは『ビラヴド』を現代の読者の期待に応え得る作品として創り出したのだ。

注

（1）ローレンス・ビュエルは近著のモリスンに関する章の中で『ビラヴド』と『アンクル・トムの小屋』の比較・検討を行っている。セサの子殺しは暴力的だが、キャシーの子殺しは「可能な限り優しく」描かれていること、『ビラヴド』が出版された一九八〇年代は『アンクル・トムの小屋』の再評価がなされた時期であることを指摘して、両作品を比較考察することの意義を論じている。

（2）Harriet Beecher Stowe, *Uncle Tom's Cabin*, W. W. Norton, 1994. と Toni Morrison, *Beloved*, A Plume Book, 1998. をテクストとして使用した。同書からの引用はかっこ内の数字で示した。なお邦訳は土屋京子訳『アンクル・トムの小屋』（上・下）光文社古典新訳文庫、二〇一三年、および吉田迪子訳『ビラヴド』早川 epi 文庫、二〇〇九年、を参照し、必要に応じて改訳した。

引用参照文献

Buell, Laurence. *The Dream of the Great American Novel.* The Belknap Press of Harvard UP, 2014.

Heinert, Jennifer Lee Jordan. *Narrative Conventions and Race in the Novels of Toni Morrison.* Routledge, 2009.

Morrison, Toni. *Beloved.* A Plume Book, 1998.

Pérez-Torres, Rafael. "Knitting and Knotting the Narrative Thread—*Beloved* as Postmodern Novel," Nancy J. Peterson ed. *Toni Morrison: Critical and Theoretical Approaches.* The Johns Hopkins UP, 1997.

Pillow, Gloria Thomas. *Motherlove in Shades of Black: The Maternal Psyche in the Novels of African American Women.* McFarland & Company, 2010.

Schreiber, Evelyn Jaffe. *Race, Trauma, and Home in the Novels of Toni Morrison,*. Louisiana State UP, 2010.

Solomon, Barbara H. ed. *Critical Essays on Toni Morrison's* Beloved. G. K. Hall, 1998.

Stowe, Harriet Beecher, *Uncle Tom's Cabin.* W. W. Norton, 1954.

Vickroy, Laurie. *Trauma and Survival in Contemporary Fiction.* The U of Virginia P, 2002.

小林憲二「『アンクル・トムの小屋』の再評価と位置付け」『新訳　アンクル・トムの小屋』「解説」、明石書店、一九九八年。

第八章　二人のマーガレットの南北戦争小説
ミッチェルの『風と共に去りぬ』とウォーカーの『ジュビリー』

はじめに

『風と共に去りぬ』（一九三六）の作者、マーガレット・ミッチェル（一九〇〇-四九）のことを知らない人は、少なくともアメリカ文学の愛好者にはいないであろう。二〇世紀初頭に生まれ、南北戦争と再建期を舞台とする壮大でロマンチックな歴史ロマンを書いた南部白人女性小説家である。彼女の書いた『風と共に去りぬ』は、映画化され、大人気を博したこともあって、大変有名であるが、大衆小説であると見做されて、文学作品研究の対象とされることは多くない。またその評価に関しては、毀誉褒貶があり、黒人（奴隷）の描写について人種主義的態度が批判されることもある。

私がここに取り上げるのは、もう一人のマーガレット、マーガレット・ウォーカー（一九一五-九八）

である。彼女はマーガレット・ミッチェルより一世代ほど若く、アフリカ系の女性作家である。詩人として高く評価されており、四二年に『同胞のために』という詩集でイェール若手詩人シリーズ賞を受賞している。小説としては『ジュビリー』（一九六六）を出版しているのみだが、リチャード・ライトの評伝『悪魔的天才』（一九八八）を刊行しており、ミシシッピ州ジャクソン州立大学の英文科の教員であり、四人の子の母でもあった。『ジュビリー』は、作者が二〇歳の時（一九三五年）にノース・ウエスタン大学の卒業論文として書いた「南北戦争」の部分を基として、六五年のアイオワ大学の博士論文まで三〇年かけて書き継いだものである。曾祖母の実話を基にしていること、完成して出版したのが公民権運動の時代（一九六六年）ということが、この作品の主題と大いに関係していると考えられるので、その点を特に考慮に入れながらこの小説の特長を探っていきたい[1]。

作品は、南北戦争をはさんで、一八三五年主人公ヴィリーの誕生から一八七〇年までの三五年間を三部構成で描いており、第一部南北戦争前の奴隷制時代、第二部南北戦争時代、第三部再建と反動の時代となっている。以下簡単にあらすじを紹介する。

第一部で主人公ヴィリーは、ジョージア州リー郡ダットン農園に農園主ジョン・ダットンと奴隷ヘッタの混血の娘として生まれる。彼女が二歳の時に母が亡くなり、母代わりのアーント・サリーに育てられる。異母姉妹の白人ミス・リリアンと双子のように仲良く育つが、その母で女主人のサリナ（ビッグ・ミシー）にいじめられる。一八五〇年（一五歳）に自由黒人のランドール・ウェアと出会い、結婚を望むが許可されない。結婚しないまま五二年に長男ジムが誕生する。自由を求めて五五年に逃亡を企てるが、失敗して鞭打たれる。

第二部で一八六一年に南北戦争が始まる。彼女を解放しないまま農園主＝父ジョンが死亡する。戦況についての詳しい描写がなされ、多数の奴隷が南部の農園から逃亡した事実などが報告される。戦争中に農園主の長男ジョニーが負傷し、やがて死亡する。六三年にリンカーンによる奴隷解放宣言が出される。リリアンの夫で平和主義者のケヴィンも死亡する。ビッグ・ミシーも亡くなる。六五年に戦争が終わる。屋敷にやってきた北部兵士によってリリアンはレイプされ、精神を病む。ヴィリーも襲われるが運よく居合わせたインニス・ブラウンに救われる。

第三部は戦争終結後のこと。六六年に黒人解放局が設置される。リリアンをミス・ルーシーに預け、ヴィリーはインニスと結婚して農園を出る。アラバマ州ワイアグラス郡の低地トロイを開拓するが、洪水で全てを失くす。別の場所を契約するが騙される。更に別な場所へ移動する。家を建てるがＫＫＫに燃やされ、ジョージア州バトラー郡に移る。若い白人ベティ＝アリスの出産を偶然手掛けたことをきっかけに町の助産師になる。白人たちが家を建ててくれ、やっと落ち着くことができる。やがて長男ジムの父ランドールが現れ、ジムを引き取って教育してくれることになる。ヴィリーとインニスの子どもが生まれる。

このように、作品は南北戦争前から解放までは「スレイヴ・ナラティヴ」の側面を持ち、解放後・再建期は解放後の黒人の苦闘の物語となっている。その点で南部白人女性作家ミッチェルの『風と共に去りぬ』とは当然に着眼点も描写も大いに異なるのだが、いかに違っているのか、なぜ違っているのかを考えるのが本稿の目的のひとつである。そして最終的にはこの作品が一体何を達成しているのかを明らかにしたい。また同様なスタンスから描かれた作品としてアーネスト・ゲインズ（一九三三―二〇一九）

の『ミス・ジェーン・ピットマンの自伝』（一九七一）にも言及する。

一．人種の表象

アフリカ系アメリカ人作家の描く作品においては、白人の残虐さ、非道ぶりがしばしば描き出される。この作品においても、ルーシーが逃亡を企てて顔に焼き鏝をあてられたり、独立記念日に二人の女奴隷が聴衆の面前で焼き殺されたり、オールド・グランパ・トムが些細なことで監督のグライムズに殺されたり、ヒロインが背中を鞭打たれた痕が傷になっていたり[2]、ヴィリーたちがせっかく建てた家をＫＫＫによって焼かれたり、地主のピピンズに騙されて金を払わされたりと、次々と白人の悪行と黒人たちの苦難が描き出される。この点ではステレオタイプの黒人の苦難物語であるように思える。しかし本作はこうした人種差別的な暴力を描き、そうした暴力行為を非難するだけにはとどまっていない。

黒人たちは苦しみを堪え忍び、助け合い、前を向いて生活している。同時に作者は白人の生活にも目を向け、白人との助け合いをも描出している。とりわけヴィリーは困窮した貧乏白人クーパー一家に食事を提供したり、若い白人ベティ＝アリスの出産を手伝って命を助けたりするのみならず、異母姉妹であるリリアンの不幸に心から同情し、自分をいじめた女主人ビッグ・ミシーの行いを最後には許すように、白人を批判しながらも、白人を理解し、白人との融和を目指す。作者は個別の白人の非道を単に指弾するのではなく、個々人に偏見をもたらす奴隷制や「ジムクロウ」（人種隔離政策の法制）という人種差別の制度が悪の根源であることを示唆している。それはこの作品が「歴史小説」であるということによって強化されている。人々は限定的な歴史的環境のなかで生きている。この物語においてはとりわけ南北戦争を含む一九世紀の大混乱期である。奴隷制時代の大農園での生活、南北戦争の進展の詳細、戦後の再建期が必ずしも順調なものでなかったことなどの歴史的事実の叙述が作品の基盤を創り出している。このような歴史的背景の確かさが物語に信頼性をもたらしていることをアナ・ヌーネスは強調している（Nunes 25-61）。物語の主人公ヴィリーは「政治」や「歴史」をよく理解しているわけではないが、彼女は黒人白人を問わずに個々の人間の苦悩に同情し、常に前向きに生きている。ここにキリスト教精神に裏打ちされた作者のヒューマニズムを指摘する論者もある（Gwin 132-50）。

次に重要なことは、ヒロインのヴィリーが白人として「パス」することができるほど白いということである（「パッシング・ノヴェル」の側面があるということである。詳しくは後述する）。第一章でヴィリーとリリアンがよく似ていて、ヴィリーの色が白いことが、「彼女とビッグ・ハウスのミス・リリアン嬢ちゃんが何とよく似ていることか」、「同じような薄茶色の髪、灰青色の目、乳白色の皮膚で、双子としても通用しそうだ」（15）と示されている。[3] あるいは第三部の冒頭で最初の夫ランドール・ウェアが彼女を思い出して「彼女の生真面目そうな乳白色の顔」（322）と述べているのを始めとして、注意して読めば随所に彼女の「白さ」が言及されている。また物語の展開の上でも彼女の「白さ」が不可欠な場面も数か所ある。プランテーションを出てアラバマの低地へやってきた時に、人々が彼女を見て白人のように対応することについて、二番目の夫インニスが「あいつらはあんたが白人だと思ったに違えねえ」（331）と述べる場面もある。また数回の引っ越しの後に永住の地に辿りついた時に、町の白人たちの様子を探るために彼女が卵を売りに行った時も、「彼女の顧客たちは彼女が白人だと思った」（419）

と明記されている。また、後に友人になるフレッチャーに自分が黒人であると打ち明けた時には、「あんたはあたいより色白だ」(431)と白人のベティ＝アリスが反応している。

ヴィリーが白人農園主と家内奴隷の混血で、白人のように白いということは次のような理由で非常に重要である。建前上は白人と黒人（奴隷）の混交は禁じられていたが、史実の上では多数のプランターが奴隷との混交を行い、「混血奴隷」を生み出していたのであり、「白い黒人奴隷」はその究極の証人である。また白いのみならず、白人家庭の子どもと容姿が似ていることによって夫の不貞の証拠として女主人を苦しめ、女主人の虐待をしばしば引き出すこととなった。本作品においても、ヴィリーはビッグ・ミシーによってリリアンの尿瓶の尿をかけられ、皿を割った懲らしめにクローゼットに吊り下げられ、逃亡しようとして鞭打たれ、裸で売りに出され、読み書きもできない無知な状態に留め置かれた。

混血のヒロインが白人になりすますが、黒人であることが暴露されて悲劇的な結末を迎えるという「パッシング・ノヴェル」はアメリカ文学のひとつのジャンルを形成しており、「悲劇的混血（女性）人物」の物語はジェシー・フォーセット（一八八二―一九六一）やネラ・ラーセン（一八九一―一九六四）ら、ハーレム・ルネサンス（一九一〇年頃から三〇年代頃に栄えた黒人文化運動）期のアフリカ系アメリカ人（女性）作家などの作品に枚挙に暇がない。そうした点から言えばこの小説も「悲劇的混血人物」の物語の定番となっても不思議ではない。だがそうでないのがこの作品の特長である。ヴィリーは決して悲劇的な人物ではない。彼女は町の人びとの本音を探るために二度にわたって白人のふりをするが、決して白人になろうとはしない。「わたしは黒人であることが恥ずかしくはない」(432)と述べて自分が黒人であることを恥じていないと明言する。

このことは作品の基本的な立ち位置に関する重要なことである。小説の最後の部分でヴィリーと最初の夫ランドールと二番目の夫インンニスの話し合いが行われる。この場面はアメリカ黒人運動の基本路線にある対立――W・E・B・デュボイスの前衛による改革対ブッカー・T・ワシントンの大衆的改善主義の主張の再現であり、公民権運動の時代というコンテクストから言えば、マルカムXの暴力も辞さない黒人による闘争対キング牧師の白人良心層を含む非暴力闘争の路線のぶつかり合いのようなものである。黒人解放運動は常に路線の対立の歴史だったことも事実であり、その主張のぶつかり合いを作品の上に提示するのがこの場面の目的であると言えるだろう。散々ひどい目に遭った元自由黒人のランドールは、白人は敵であると主張する。ヴィリーはすべての白人が敵であるわけではないと反論するが、それに対してランドールは、それは彼女が「半分白人」で、「白人の味方」だからだと主張する。これに対して彼女は決してそうでないと言い返す。このように彼女の肌の白さは、作品のトーンに関係している。白人作家ウィリアム・フォークナーの『八月の光』（一九三二）のジョー・クリスマスは自分が白人か黒人か分からないということでアイデンティティを確立できないのに対して、ヴィリーは自分が黒人であると明言する。これはジェシー・フォーセットの『プラム・バン』（一九二九）のヒロイン、アンジェラや、『アメリカ式の喜劇』（一九三三）のフィーブらに共通する白い混血人物の自己確立である(4)。

このように白い混血人物を主人公として登場させ、奴隷制下、戦時中、解放後にどのような生を強いられるかあるいは選べるのかを作者は丁寧に追っている。

二、関連する作品（カウンター・テクスト）

マーガレット・ウォーカーの『ジュビリー』は南北戦争をはさむ奴隷制の時代から再建期を描いており、ジョージア州を主な舞台としているという点で、白人女性作家マーガレット・ミッチェルの『風と共に去りぬ』と共通する点があり、比較の対象として言及されることがある。『風と共に去りぬ』が南部白人女性の立場から南北戦争と南部を描いたのであれば、『ジュビリー』は南部黒人女性の立場から奴隷制、南北戦争、再建期とその後の南部を描いたものであると言ってよいだろう。

ちなみにウォーカーは『マーガレット・ウォーカーとの対話』におけるチャールズ・ロウェルによるインタヴュー（一九七三年）においてこの件に関して次のように述べている。

ロウェル：批評家たちが『ジュビリー』は黒人版『風と共に去りぬ』だと言っていますが、あなたはどうお考えですか？　あなたの本はミッチェルのよりよほど人道的だと思うのですが。

ウォーカー：その比較はおもしろいと時々思います。共通するものがたくさんありますから。（略）私たちは同じ時間と場所を扱っていますし、彼女の使う言葉は実に正確だと思います。違いは、あるいは歪みは、彼女は教養のある白人と教養のない白人を区別していません。彼女は黒人が全員同じように話し、白人も全員が同じように話すようにしています。これは南部では間違いです。私は彼女の仰々しい解説的な文章と比較されたくありません。それは本の外に置かれた方がいいと思います。また彼女が本の中に描いているロマンチックなノスタルジアを私は持っていません。私は『ジュビリー』の中ではロマン主義者ではありません。それはリアルな本です。あなたのご指摘通りです——彼女は人道的とかリアルなという基準に関心がないのです。(*Conversations with Margaret Walker* 23-24)

ミッチェルは白人も黒人もそれぞれひと塊に扱い、それぞれの中にある違いを見ようとしていない。そして物語をロマンチックに描いている。それが自分との違いだとウォーカーは主張しているが、それでは実際にどのような違いがあるのかをいくつかの側面から見ていきたい。

荒このみは、「黒人奴隷と同じように侮蔑され劣等視されたアイルランド移民は、二〇世紀に入っても『エスニック・アイリッシュ』、『エスニック・ホワイト』と呼ばれ、純粋な白人すなわちアングロ・サクソンとは区別され続けた」、「差別の歴史に押しつぶされながらも、それでも進取の気性に富むアイリッシュ・アメリカンたちは、ジェラルドやスカーレットのようにアメリカ社会でたくましく生きのびてきた」、「セルフメイド・マン（裸一貫からのたたき上げ）」（荒 第一巻 三四〇、三四一）であると述べ、アイルランド系アメリカ人女性としてのスカーレット・オハラの行動が、新しい時代を切り開くコモン・マン（普通の人間）としてのニュー・ウーマンのそれとして現代に通じるものがあると述べている。また、南北戦争がいかに南部女性の意識を変えたかについて詳述し、この作品がフェミニズム文学であり、ミッチェルがフェミニストであると述べている。この小説のジェンダーの視点がフェミニスト的であり、『ジュビリー』の場合と共通する点を有しているということは確かであり、その点を否定する必要はない（もちろんプランター階級のスカーレットと黒人奴隷のヴィリーとを同一に論じられない面はある)。

問題は人種についてである。この点に関しては荒も問題含みであることを認めている。この小説への「今日的批判は、ひとつには奴隷制度のもとでタラ農園の黒人奴隷たちが、オールマイティにしあわせで、満足しているように描かれていることにある」と述べているが、問題はそれに留まらない。ＫＫＫを始めとする南部白人の行動の正当化や、とりわけ再建期における元奴隷たちの行動への揶揄と非難は許しがたいもので、弁護のしようがない。この件に関して、鴻巣友季子は、この作品はスカーレットを始めとする登場人物たちの意見や行動を著者ミッチェルのものとすることによって誤解されていると述べている。例えば作者はスカーレットから距離をおいて冷静に物語を展開させており、むしろ作者の共感はメラニーにあると主張する。しかしメラニーの理想化は、真のサザンベル(南部プランター階級白人女性)の階級的擁護であり、露骨な黒人奴隷差別ではないものの、南部の人種差別体制の罪を免れるものではない。

さらに注意すべきは、「けれども読者がさらに注目せねばならないのは、この作品において「アマルガメーション(混交)」の現実が欠落していることである」(荒 第二巻 三六〇)という荒の指摘である。『風と共に去りぬ』にはムラトー［混血］の登場人物が出てこない」、「『アマルガメーション』(ミシジネーション)の事実は、奴隷制度が廃止されたのちには、『パッシング』の問題を引き起こす」と述べ、その例としてネラ・ラーセンやチャールズ・チェスナットらが描いた「パッシング」の悲劇を挙げている。荒のこの指摘は重要であるが、すべてのムラトーが「パッシング」をするわけでなく、またすべてが悲劇をもたらすとは限らない。フォーセットらハーレム・ルネサンスの作家たちが描いたものの中にはハンディを乗り越えて前向きに生きていく例も見いだされる。

続けて荒は次のように指摘する。

だからこそ『風と共に去りぬ』のマミーが「混じりけなしのまったくのアフリカ人」と描写されている点を重要視せねばならない。そのうえクレイトン郡の農園主たちのところには、まるで混血の奴隷はひとりもいなかったかのように、ムラトーが登場してこない。奴隷制時代の南部の大農園を舞台としながら、そこに白人農園主と奴隷女のあいだに性的関係は見られず、混血の子どもたちは登場せず、白人農園主の妻である農園の女主人は、明らかに父親が自分の夫である奴隷の子どもたちの姿を日常的に目にすることなく、嫉妬に狂って暮らすこともなかった、として［作者は］描いている。（同　三六八）

先に見てきたように、荒が指摘する『風と共に去りぬ』のこの欠落を補い、反証として奴隷制、南北戦争、再建期、さらには「ジムクロウ」の時代を黒人女性の側から描いたのが、もう一人のマーガレットによる『ジュビリー』である。

アフリカ系アメリカ女性作家マーガレット・ウォーカーのこの小説は、ジャクリーン・ミラー・カーマイケルが「カテゴリーとしては『ジュビリー』は〝ニグロの『風と共に去りぬ』〟と呼ばれた」(Carmichael 26) と言うように、ヘンリエッタ・バックマスターやルイーズ・ジャイルズを始めとする多くの批評家によって、黒人版『風と共に去りぬ』と見做されている。この評が的外れでないのは明らかであるが、単に黒人版というのみならず、黒人の立場から修正されていると共に、発展させられてもいるということである。

一方で、この小説のヒロインについて、ノエル・シュラウフネゲルのように「アンクル・トム」の女性版だと批判する者もある（Schraufnagel 131）が、シャーロット・グッドマンは『ジュビリー』のカウンター・テクストがハリエット・ビーチャー・ストウの『アンクル・トムの小屋』（一八五二）であり、ストウが同作において十分に描き切れなかった黒人奴隷の生活や文化やコミュニティを、黒人女性の視点から二〇世紀の到達点において描き出したのが本作であると強調している（Goodman 232-33）。なお、『風と共に去りぬ』には、北部から来た女性が南部の実情をまったく知らないで『アンクル・トムの小屋』に描かれたことが一字一句真実だと思いこんでいるといって揶揄しているスカーレットの姿が描かれている。一方が黒人奴隷に対して同情的、他方が温情主義的という違いがあるものの、『アンクル・トムの小屋』と『風と共に去りぬ』の双方が内包している人種分離のイデオロギーの共通性を考慮に入れれば大変皮肉である。

ここまでは白人女性作家のカウンター・テクストとの関連を見てきたが、次に同じアフリカ系作家の作品で言及しなくてはいけないものについて見てみよう。『ジュビリー』より五年後の出版ということになるが、アーネスト・ゲインズ『ミス・ジェーン・ピットマンの自伝』は是非とも参照しなければならない作品である。ゲインズは男性作家であるが、黒人女性を主人公とする黒人の歴史を総括する小説を書いた。この作品は奴隷制、南北戦争、再建期、「ジムクロウ」期、更には一九六〇年代の公民権運動の時代まで、実に一〇〇年に及ぶ黒人の経験を描いたものである。この小説にも実在のモデルが存在した点でも『ジュビリー』との共通点がある。主人公のジェーンはルイジアナ州の農園で奴隷の生活を送り、南北戦争を経験し、解放後に自由を求めて北部を目指すが、結局ルイジアナを出ることはない。彼女の育てたネッドやジミーが黒人のために尽力して白人に殺される事件などを通して人種差別の実態と黒人の闘いが示される。この作品は『ジュビリー』や『風と共に去りぬ』より長い時間、公民権運動期までを扱っているのが特徴で、黒人の経験のモデル・ケースと言うことができる。

『風と共に去りぬ』に対抗するという点から言えば、二〇〇一年に出版された黒人版パロディ、アリス・ランドール『風は去っちまった』がある。ジェラルド・オハラとマミーの子ども（スカーレットの異母妹）シナラの視点から、オハラ家の隠された実態を語るという物語である。それは『風と共に去りぬ』が忌避した人種混交がなされたという物語であり、その点で『ジュビリー』に通底している。この小説は荒唐無稽なエピソードに満ちたポストモダンな作品であり、『ジュビリー』とは異なる視点から『風と共に去りぬ』の書き直しに取り組んでいる点は興味深いところである。(5)

三.『ジュビリー』におけるジェンダー、階級、技法

ここからは、本作の内容をより具体的に検討していこう。まず、作品におけるジェンダーについて考えてみたい。時代設定などからして作品の基調は男性優位・女性差別的であるように見えるが、必ずしもそうではない。農園主のジョンは奴隷のヘッタ（ヴィリーの母）に一五人も子どもを産ませたあげく彼女を死なせてしまうし、自分は政界に進出するが、農園のことは妻のビッグ・ミシーにまかせっきり

である。農園の管理者グライムズは、女奴隷たちを尊大に扱い、酷使している。黒人のあいだでも、ヴィリーの最初の夫ランドールも、二人目の夫インニスも妻を意のままにしようとする。しかし実際のところでは、ダットン農園の経営は気丈夫な女主人ミス・サリナが采配しているし、ヴィリーの家庭も采配は彼女がふるっている。何よりもこの物語においては女性が主人公であり、彼女たちは苦難を堪え忍ぶばかりでなく、自らの判断で、生活を切り拓き、白人黒人を問わずに困っている人に手を差し伸べ、男たちの反対を説き伏せて行動する。このように主体性を持った女性主人公が描き出される点は、従来の白人作家や黒人男性作家の作品において、総じて黒人女性が受動的で存在感の薄い存在であることと一線を画している。黒人女性の積極的な生き方を提示する、フォーセット、ラーセン、ゾラ・ニール・ハーストンらによるハーレム・ルネサンスの女性文学の伝統がここにしっかり引き継がれている。

次に本作品における階級の提示について見てみよう。人種とジェンダーのモチーフに隠れていて目立ちにくいものの、白人黒人を問わずに階級の差が存在することを本作品はかなり明瞭に書き出している。白人にあってはプランターと貧乏白人の階級差は明らかであり、とりわけ貧乏白人の生活が詳しく描かれているのが本書の特長である。また黒人にあっては、奴隷とランドールのような自由黒人の存在、奴隷にあってもヴィリーのような家庭内労働に従事する者と、インニスのような野外労働をする奴隷の差があった。そのように人種、ジェンダー、階級のいずれにおいても、歴然とした差が南部社会には存在したことを、本作品はあますところなく表現している。そしてこの小説の傑出した特長は、ヒロインのヴィリーの考え方と行動にみられるように、それらの境界を作品が超えているというところにある。彼女は、貧乏白人に食事を提供して人種の境界を超えるのみならず、野外労働奴隷だったインニスと結婚する事実に見られるように、黒人の間にもある階級の壁も超えている。

　この作品の主張がそのようなものである理由は三つあると考えられる。まずは作者自身が「私はいかに『ジュビリー』を書いたか」というエッセイで「ヴィリーのモデルは曾祖母のエルヴィラ・ウェア・ドージエである」（*How I Wrote* Jubilee 50）と述べているように、モデルが実在した以上、そのモデルからまったく離れた人物設定をすることができないということである。ウォーカーの曾祖母や曾祖父はこの小説に描かれるような人々であり、実際にそのような生き方をしたようである（*Ibid.* 51）。二つ目はウォーカー自身の考えである。道徳的・宗教的な家庭に育った作者は、人間愛を重視し、対立は不毛であると考えていたようである（*Ibid.* 63）。三つ目はこの作品の発表されたのが六〇年代の公民権運動が進展する時代だったということである。彼女自身もマーチン・ルーサー・キングの運動に傾倒し、黒人が権利を獲得していく中に身をおいていた。対立より和解を、白人といっしょになって黒人がアメリカを作っていくべきである、というキングの考えに作者も大いに共鳴したようである。キャロリン・ブラウンによる『ウォーカーの伝記』によれば、キングの暗殺にショックを受けたことや、七〇年出版の詩集『新しき日の予言者』の公民権運動詩群の中でキングをモーゼやエイモスに例えて唄っているとのことである（Brown 60）。作品の中で子どもたちに教育を受けさせることの重要性を主張するヴィリーの姿や、「インニス・ブラウンはいつも夢を持っていた」（296）という一節が本文中に登場するが、ここにキングの有名な「私には夢がある」の反響を読みとるのは牽強付会だろうか。

　最後に技法の特長について見てみよう。『ジュビリー』の物語の展開はリアリズム小説・歴史小説のそれであり、登場人物は黒人が多数を占めるため、黒人英語が飛び交っている。作者自身がこの作品を

「フォーク・ノヴェル（folk novel）」と呼ぶように、その会話の中味として薬草の知識や迷信などのフォークロアがふんだんに取り入れられているのが特徴の一つである。このように奴隷制、南北戦争、再建の時代に黒人たちがいかに生活していたかを活写している。シャーロット・グッドマンはこれを「黒人女性のフォーク・トラディション」と指摘している（Goodman 231-40）。この点で先行するハーレム・ルネサンスのアフリカ系女性作家ゾラ・ニール・ハーストンの作品、とりわけ最初の小説『ヨナのとうごまの木』（一九三四）と共通するものがある。同作品も作家の両親をモデルとする「自伝的小説」であり、そのことが作品の性格を良くも悪くも規定している。詳しくは拙著における同作品論にゆずるが、『ヨナのとうごまの木』は主に一九〇〇年代の「ジムクロウ」時代のジョン・ピアソンという混血黒人男性と彼を取り巻く女性たちとの物語である。この小説においては、スピーカリー・テクスト（意図的に「話すように」書かれた本）としての語り口の中に、白人的なものと黒人的なものが対照されている。その代表的なものが黒人の習俗＝フォークロアの導入である。この点で『ジュビリー』もその系列に属するものであり、食物、薬草、宗教、生活に関するフォークロアを通して黒人の生活が見えて来るように表現されている。またこれと対比するように、南部に遍在する貧乏白人たちの生活についてもしばしば言及されるのが特徴的である。こうした点から言えば、この作品がハーストンの衣鉢を継いだものであると言っても差支えないだろう。

まとめ

マーガレット・ウォーカーというアフリカ系アメリカ女性作家の唯一の小説『ジュビリー』の特長を、同じような主題をもつ南部白人女性作家マーガレット・ミッチェルの『風と共に去りぬ』との違いに着目して主に検討した。両作品のなかに女性作家の描いたものとして前向きで積極的なヒロインという共通項を見出すことができた一方で、黒人と白人という人種の違いに基づく生活や行動の見方、描き方には大きな違いがあることがはっきりした。また、それのみならず、それぞれの人種の内にも家内労働に従事する奴隷と野外労働をする黒人、自由黒人の存在というように身分の違いがあり、白人においてもプランターと貧乏白人のような明確な階級差があることを、ウォーカーの小説はリアルに描き出しているが、ミッチェルの視野には貧乏白人の存在が入ってこない。むしろ南部人と北部人の違いがクローズアップされる。

ウォーカーは、ハーレム・ルネサンスの黒人女性作家が切り拓いた、混血人物が積極的に人生に立ち向かっていく様を描くという遺産を引き継いで、この物語を単なる黒人の受難の物語、悲劇とするのでなく、黒人と白人の助け合いという高みに導いている。それが可能となったのは、彼女が三〇年間書き継いできた物語の完成期が、六〇年代の公民権運動の時期であったことと無関係ではない。

白人の小説に欠落しているものを埋め、黒人たちの生活と歴史の真実を、黒人の言葉で表現しながら、白人たちの生活や生き方を理解し、和解の道を探っている。その点で『ジュビリー』は単なるカウンター・ノヴェルの域を超えて、固有の価値を有する作品となっている。フォーセット、ラーセン、ハーストンらハーレム・ルネサンスの女性作家から手渡されたバトンが、彼女を経て、アリス・ウォーカーやトニ・モリスンらの現代作家に引き継がれ、今日のアフリカ系アメリカ女性文学の隆盛となった。そのランナーの一人としてマーガレット・ウォーカーの果たした役割は決して小さくない。

＊Margaret Walker, *Jubilee.* Mariner Books, 1999. をテクストとして用いた。引用は同書の頁数を本文のかっこ内に示した。

＊本稿は二〇一五年一二月一二日、九州アメリカ文学会一二月例会で行った講演原稿に加筆し訂正を加えたものである。

注

(1) 私が最初にこの作品を読んだのは一九八四年で、当時広く流布していたバンタム版のペーパーバックだったのだが、その表紙絵のヴィリーは見事な黒人として描かれていた。そのため私は彼女が「白い黒人」であることに気づかなかった。二〇一四年に再読してそのことに気づき、初版の出版元ホートン・ミフリン社のマリナーブックス版を入手すると、その表紙のヒロインは「白く」描かれていた。

(2) トニ・モリスン『ビラヴド』（一九八七）における主人公セサの背中にも同様な鞭の痕があり、奴隷制の残虐さの象徴となっていることに注目すべし。

（3）マーク・トウェイン『間抜けのウィルソン』（一八九四）では白人と混血の赤ん坊を取り換えても分からないほど似ているという設定になっており、それが悲劇の原因になっていることに注目したい。
（4）これらの作品解釈には拙著『ハイブリッド・フィクション』の該当する章を参照されたい。
（5）この作品に関しては、金澤哲編『アメリカ文学における「老い」の政治学』（松籟社、二〇一二年）所収の白川恵子「そして誰もが黒くなった」が詳しいので参照されたい。

引用参照文献

Brown, Carolyn J. *Song of My Life: A Biography of Margaret Walker*. UP of Mississippi, 2014.

Carmichael, Jacqueline Miller. *Trumpeting a Fiery Sound: History and Folklore in Margaret Walker's* Jubilee. The U of Georgia P, 1998.

Gaines, Ernest. *The Autobiography of Miss Jane Pittman*. Bantam, 1971.

Goodman, Charlotte. "From *Uncle Tom's Cabin* to Vyry's Kitchen: The Black Female Folk Tradition in Margaret Walker's *Jubilee*" in *Fields Watered with Blood*. Ed. by Maryemma Graham, 231-40.

Graham, Maryemma. ed. *Conversations with Margaret Walker*. UP of Mississippi, 2002.

——. ed. *Fields Watered with Blood: Critical Essays on Margaret Walker*. The U of Georgia P, 2001.

——. ed. *How I Wrote* Jubilee *and Other Essays on Life and Literature*. The Feminist Press, 1990.

Gwin, Minrose C. "*Jubilee*: The Black Woman's Celebration of Human Community" in *Conjuring: Black Women, Fiction, and Literary Tradition*. Ed. by Marjorie Pryse and Hortense J. Spillers. Indiana UP, 1985, 132-50.

Hurston, Zola Neal. *Jonah's Gourd Vine: A Novel*, Harper, 1990.

Mitchell, Margaret. *Gone With the Wind*. Avon Books, 1973.
Nunes, Ana. *African American Women Writers' Historical Fiction*. Palgrave, 2011.
Randall, Alice. *The Wind Done Gone*. Mariner Books, 2001.
Schraufnagel, Noel. *From Apology to Protest: The Black American Novel*. Everett/Edwards, 1973.
Stowe, Harriet Beecher. *Uncle Tom's Cabin*. W. W. Norton, 1994.
Walker, Margaret. *Jubilee*. Mariner Books, 1999.
荒このみ『風と共に去りぬ』「訳者解説」岩波文庫（全六冊）、二〇一五年。
鴻巣友季子『謎とき「風と共に去りぬ」』新潮社、二〇一八年。
白川恵子「そして誰もが黒くなった」金澤哲編『アメリカ文学における「老い」の政治学』（松籟社、二〇一二年）、二七三–九七頁。
山下昇『ハイブリッド・フィクション――人種と性のアメリカ文学』開文社、二〇一三年。

第九章　ノーノー・ボーイズ
ウィリアム・フォークナー、ジョン・オカダ、エドワード・ミヤカワ

はじめに

ウィリアム・フォークナー（一八九七―一九六二）、ジョン・オカダ（一九二三―七一）、エドワード・ミヤカワ（一九三四―二〇二二）の三人の作家を取り上げて、これらの出自や時代が異なる作家たちの作品に共通するものと異なるものを考えてみたい。そのキーワードは「拒否」である。彼らがノーと言ったものについて検討することを通してそれぞれの作家の特質と時代との関わりについて考察を進めたい。

一．ウィリアム・フォークナー

　最初にウィリアム・フォークナーという作家の特質について考えてみたい。彼は主に二〇世紀前半から中頃にかけて活躍したアメリカの白人モダニスト作家である。彼の作品の多くは複数の人物の物語の並置、複数の語り手による語り、時間と物語の解体、独白や意識の流れの手法など、いわゆるモダニズムの手法を用いて書かれている。ヨクナパトーファ・サーガと呼ばれる連作群と非ヨクナパトーファものと呼ばれる作品群から成る彼の作品の主題は、一言で言えばアメリカ（南部）社会の近代化に伴う諸問題に苦悩する人間像であり、具体的には人種問題や土地所有などを巡る人々の争いと葛藤がその中心的なものである。そのような主題に関する作家の態度は常に個人主義的であり、偏狭な共同体への批判のみならず、時には政府批判にまで及んでいる。典型的な例が人種の問題である。アメリカ南部に生まれ、南部を題材にして小説を書く以上、避けて通れないものの一つが人種問題である。

　例えばこの問題に対する作家の姿勢は、初期の小説・短編からして、人種差別の批判と、黒人も同じ人間であるという主張である。「あの夕陽」のナンシー、「黒衣の道化」のライダーなどの黒人は人間性あふれる人間として描かれている。中期の代表作『八月の光』（一九三二）や『アブサロム、アブサロム！』（一九三六）には「黒人の血」のために振り回される人生が描かれる。例えば『八月の光』のジョー・クリスマスは、自分を「クロン坊」と呼ぶ者がおり、自分の羊皮紙色の皮膚や外国人風の容貌もあって、自分が白人であるということに心からイエスと言うことができない。自分が黒人かも知れないという疑いを払拭できない彼は、ある時は積極的に黒人になろうとして、真っ黒な彫刻のような女と夫婦のように暮らしてもみる（*LA* 225）。しかし結局黒人になれない。だが南部社会は彼を最終的に黒人であるとしてリンチする。また彼の拒否の対象は人種にとどまらない。グレッグ・フォーターが指摘するように、彼の不幸な性のイニシエーション（栄養士の情事を盗み見た）のせいで、黒人少女やボビーとの性的接触においても彼は異常な反応を示す（Forter 109-11）。また夫婦のように暮らしたミス・バーデンとは、「彼女が男で自分が女であるかのようだ」（*LA* 235）と感慨を述べている。バーデンの小屋で彼がいっしょに暮らすジョー・ブラウン（ルーカス・バーチ）との関係はホモセクシュアルを匂わせる。実際、保安官のひとりは「俺の関心があるのは、ブラウンの奴がこの町にやってきて手に入れたと思われる亭主のことさ」（*Ibid.* 321）と言い放っている。

『アブサロム、アブサロム！』においても、チャールズ・ボンの「黒い血」が悲劇の根源として扱われ、ヘンリー・サトペンは兄かも知れないボンにホモセクシュアルな感情を抱く。この物語を語る主要な語り手クエンティン・コンプソンが、相棒の語り手シュリーヴ・マッケンジーの「どうして君たちは南部を憎むんだ」という問いに対して「僕は憎んでいない。憎んでいない！」（*AA* 303）と返答するが、「僕は南部を愛している」とは言えないことも事実である。これより前にサトペン家の悲劇の原因が「人種混交」であることを知ったシュリーヴが、「千年もたつと、きっと僕たちもアフリカの王様の腰から生まれてくるんだろうね」（*Ibid.* 302）と言って揶揄するように、南部の悲劇の根源が「人種混交」にあるという認識をクエンティンは示すものの、これを積極的に否定するわけではない。

二〇世紀初頭の南部とりわけミシシッピ州は全米でも名だたる人種差別の厳しい場所であったことを考慮に入れれば、フォークナーのこの人種差別否定の姿勢は屹立したものであった。実際、ＦＢＩに勤務していた弟とは相いれず、町の人々から激しい非難を受けることさえあった。他方、ニューディール政策に一貫して異議を唱えたように、政府や国家が個人に干渉することに彼は徹底して反対している。黒人問題に関する彼の公式的な作品ともいうべき『墓地への侵入者』（一九四八）においては、女性と子どもが黒人の無罪を証明してルーカス・ビーチャムがリンチされる事態を阻止することによって、南部の人種差別に対して明確にノーを突き付ける。しかしその一方で、登場人物の一人ギャヴィン・スティーブンズに、「この問題を解決するのは南部自身であり、北部には抵抗しなくてはいけない」（*ID* 150-51）と発言させ、北部の介入にノーと言わせている。このようにフォークナーは、南部の人種差別にも、北部の介入にも反対だったという意味で「ノーノー・ボーイ」だった。

二．ジョン・オカダ『ノーノー・ボーイ』

ジョン・オカダの『ノーノー・ボーイ』は一九五七年に出版されたが、ほとんど注目されなかった。五〇年代という時期と、合衆国への忠誠と徴兵の拒否という主題の微妙さと、曖昧な二重の発声という作品の性格がそのことに関係している。スティーブン・スミダによれば、発刊時の書評において日系アメリカ人市民同盟（ＪＡＣＬ）のビル・ホソカワは、ノーノー・ボーイたちは「アメリカへの反逆者、合衆国のために戦った日系二世兵への反逆者であり、［この小説は］彼らの堕落した性格をさらけ出している」として、皮肉なことにこの作品を褒めているという（Sumida 33）。そのような受け止め方もあったものの、総じてこの作品は話題にならなかった。五〇年代はマッカーシズム時代の冷戦期であり、従順で模範的マイノリティとしての日系人のイメージが構築される時期であった。そのような時代にこのような主題を扱った小説が日系人たちに受け入れられるのは難しいことであった。またほとんどのアメリカ人は大戦中の日系人強制収容について知らされておらず、彼らの注目を引くには至らなかった。

しかも小説中の時間は、一九四五年、戦争が終わり、二年間の収容所生活、二年間の刑務所暮らしを終えて主人公が故郷に戻ってきた時からの数日の事である。この時期は収容所から解放されて戦後の生活を始めた日系人のいわば混乱期であり、必死になってアメリカに同化しようとしている時であった。収容所のなかで肉親を亡くした者や健康を害したもの、財産をすべてなくし、新たな生活に踏み出せない者もあった。また収容中の一九四二年になされた二世に対する「忠誠審査」に対する対応によって、人々の間に反目や敵対をも生み出していた。

強制収容は日系アメリカ文学の固有のそして重要なテーマであり、それを扱った優れた作品が多数書かれている。モニカ・ソネ『二世娘』（一九五三）、ジーン・ワカツキ・ヒューストン『マンザナールよ、さらば』（一九七三）、ヨシコ・ウチダ『荒野に追われた人々』（一九八二）、ジョイ・コガワ『おばさん』（一九八一）などが代表的なものである。しかし、『ノーノー・ボーイ』は収容生活そのものを描いてはおらず、忠誠審査に「ノーノー」と答えて投獄された二世青年が、終戦後に釈放されて帰郷し、家族や共同体との軋轢に苦しむ物語である。イチローは自分の忠誠拒否が信念に基づいたものというよりは、その時はそうするしかない選択だったのだと思う。しかもそれは母親に吹き込まれたことであるとして、母に対して否定的な思いを抱いている。そして次のように心情を吐露している。

おれはあんたの息子じゃないし、日本人でも、アメリカ人でもない。もし日本人かアメリカ人だったらよかったのにと芯から思うよ。おれはどちらでもないし、あんたを、自分を、そして互いに戦って殺しあい破壊しあう国々から成り立っているこの世界を呪うよ。(*No-No* 16-17)

イチローは自分の選択に自信が持てず、後悔の念に駆られているという宙ぶらりんの状態である。このように実存主義的な状況に置かれた主人公という設定は、当時の時代の流行でもあり、時代は異なるもののフォークナーの『八月の光』に顕著にみられるように、人種を描いた作品の普遍的テーマでもある。ジョー・クリスマスは自分が白人か黒人か分からないために自分のアイデンティティを確立することができなくて苦しむ。この点に関連して伊藤章は「『ノーノー・ボーイ』は、強制収容が日系人のアイデンティティ形成にいかに破壊的な影響をもたらしたかを描いたものであり、(略) ホームやルーツを探求して果たせず、孤独感から逃れられない、一生エグザイルである、流浪者であることを運命づけられているというのは、いわゆるメインストリームのアメリカにはおなじみのテーマである」(伊藤四二) と指摘している。そしてその表現技法に関して先のスミダは「オカダが用いる文体の美学的、実存的論理には幾分フォークナーを感じさせるものがある」(Sumida 47) と述べている。

基本的にそのような性格を有していると思われるこの作品を、作者と日系コミュニティとの関係や五〇年代という時代環境との関係を念頭において少し詳しく見ていきたい。作品の主軸となるものは、イチローと家族 (父母) との葛藤である。日本の勝利を信じる母とそのような妻に反抗できない夫である父、そしてイチローもそのような息子である。一連の経過の後にイチローはそんな母に批判的となる。この母に関して臼井雅美は「頼るべきものを何ももたない典型的な一世の女性である」(Usui 43)と擁護している。他方で村山瑞穂は、「彼女は、当時の大多数の日本人同様に、筋金入りの愛国主義者であった可能性は高い」(村山 二六六)と主張している。しかしその母がついに日本の敗戦という現実を受け入れるとともに亡くなり、イチローはもはや他人を責めることもできなくなる。

イチローとともにこの作品において重要な役割を果たすのがケンジとエミである。ケンジは戦争に参加して負傷して帰った名誉ある復員兵士であり、共同体の誇りである。しかし彼は死を前にして自分の生き方を肯定しきれない。イエスと言った者も、ノーと言った者も戦争に傷つき、苦しめられている。イチローとケンジはそのような人間の裏表である。エミも夫のラルフのことで苦しむが、最終的には彼女はアメリカへの同化によって幸福になれると信じている。

なおエミの物語は次の点で重要である。エミの夫ラルフには五〇歳になるマイクという兄がいる。この兄は第一次大戦の退役軍人だったが、第二次大戦勃発で日系人が強制収容されることに憤慨して反抗し、トゥーリレイク収容所に収容され、ストライキや暴動をおこすトラブル・メイカーのリーダーになり、最後は市民権を放棄して日本に行ってしまったという。その兄を恥じてエミの夫ラルフは彼女のもとに帰ってこないという。この話は次に取り上げるミヤカワの『トゥーリレイク』中のエピソードそのものである。オカダはマイクという人物の物語を脇筋の一部として言及するに留めているが、ミヤカワの小説はまさにこれが中心的な役割を果たすことになる。詳しくは後述する。

このような人々との出会いの中でイチローは徐々に前向きになっていく。ただしこの一連の物語のなかでのイチローに関して、スミダや前田一平が「イチローは信頼できない語り手だ」と述べていることに注意しなくてはならない。彼らはイチローが一世の置かれた歴史的条件（外国人土地法によって一世は土地所有が禁止されていたこと、帰化法によってアメリカ市民になれないこと）に無知であることをその理由の一つとしてあげている。

作者のオカダ自身は退役軍人であり、日本との戦争に参加した経験を有している。その彼がノーノー・ボーイを主人公とする物語を書いたのだから、「自分の立場を曖昧にしながら、イデオロギー的には話題にすべきでないことを話す戦略を用いた」（Ling 1998 35）とジンチ・リンは述べている。また五〇年代の社会状況のなかでそのような主人公をまったく肯定的に称賛する作品を発表するわけにはいかなかっただろう。その結果として「曖昧なイチロー像が読者にイデオロギー的にも物語的にも満足を与えなかった」（*Ibid.* 50）ことになったと考えられる。別言すれば、五島一美が指摘するように、ノーノーを成り行きで選択した主人公が、神経症的な葛藤に追い込まれ、母の死によって、アメリカへの同化の希望が示唆されるというプロットを作者は提示するしかなかったと言うべきだろう（五島 一三九）。これに関して「日本を捨象して白人アメリカ社会に同化しようとするイチローの二項対立的姿勢は、冷戦期のアメリカにぴったりと収まる」（Ling 2001 144）という指摘もある。そのようにも考えられるが、そう断言できない別な側面も、この作品は戦略的に含んでいるとも考えられる。この点は更なる検討が必要である。

そのような制限と意図のもとに書かれたと思われるこの作品は、しかしながら、出版当時はほとんど話題にされず、改めて注目を浴びるのが七〇年代になってからである。六〇年代の公民権運動期を経て、経済発展と日米関係の緊密化のなかで日系人たちはモデル・マイノリティとしてもてはやされるようになっていた。フランク・チンらがこの小説を「再発見」し、再刊したのが一九七六年だった。第二次大戦から三〇年、最初の出版から二〇年近くの年月を経て、新たな環境の下で読まれると、この作品の時代的制限や限界、その中での作品の意義と作者の戦略が見えてくる。この点に関して伊藤は「いま、歴史的コンテクストを押さえたうえでこの小説を読んでみると、イチローに『アメリカン』というたったひとつの、同化主義的なアイデンティティしか与えなかったアメリカを静かな声で、しかし粘り強く告発しているテクストだと読むことができないだろうか」（伊藤 四一）と述べている。またジョゼフ・キースも、「ノーノー・ボーイの葛藤を解決するのではなく、敵か味方かという二分法そのものを拒否することを探ろうとするオカダのアジェンダ」（Keith 192）に注目すべきであると指摘している。

三．エドワード・ミヤカワ『トゥーリレイク』

この点を推し進めたのが一九七九年に出版されたエドワード・ミヤカワの『トゥーリレイク』である。スミダによれば、実際に二世の徴兵拒否者であったフランク・エミが「初めてその本［『ノーノー・ボーイ』］を読んだ時、私はむかついた。私の知っている徴兵忌避者たちは小説の中でイチローは徴兵するようには誰も反応しなかった」と述べたとのことである（Sumida 41）。その意味ではイチローは徴兵忌避者ではない。またドナルド・タカキによれば二一、〇〇〇人の二世の忠誠審査該当者のうち四、六〇〇人（少なくとも五人に一人）が「ノー」と答えたか回答しなかったとのことである（Ling 2001 143）。つまり想像以上に多くの二世が忠誠審査に異議を示したということであり、実際に裁判で争って

もいる。(1)

そもそもアメリカ人である二世に忠誠審査を課すこと自体が、思想信条の自由を保障する民主主義国家アメリカに許されることではなく、彼らはアメリカを真の民主主義の国にするためにノーと言うのだというのがその立場である。スタン・ヨギはこれに関連して「ベテランたちはアメリカのために戦うことで忠誠心を示そうとしたが、一方で多くのノーノー・ボーイが政府の不正義に対して対決することによってアメリカの原理を生かそうとした」(Yogi 68) と述べている。裁判において一部は勝訴しており、やがてこの流れがリドレス（補償是正）へと向かう。一九七八年に開始されたリドレス運動は八八年にレーガン大統領の署名により公式に法律として成立し、正式の謝罪と補償がなされた。

このような流れの中で、イチローのような偶然の限定的なノーノー・ボーイではなく、実際に多数いた筋金入りのノーノー・ボーイを主人公とする物語が出版される。著者のミヤカワは七歳の時に家族とともにトゥーリレイク収容所に送られるが、一年後に後見人を得てコロラドに移る。よって彼の収容所生活は一年に過ぎず、家族は不忠誠者ではないと思われる。物語の主人公ベンは一歳から九歳まで日本で過ごした「帰米」という設定になっているが、ミヤカワの父は日本で生まれて一〇歳の時にアメリカに渡り、アメリカの教育を受けたということから、この父がベンのモデルになっていると考えられる（作者も父をモデルにしたと述べている）。ミヤカワがこの小説を書くにあたって参考にしたのが一九四六年に出版された社会学的研究『スポイレージ』であり、強制収容という人権侵害と不正に初手から異議申し立てをした人たちがいたということであった。ミヤカワは不忠誠者が日系部隊兵士と同様に讃えられるべき存在であると考えていたようである。

この小説は論じられることが少なく、よく知られてもいない。論者の知る限りでは本邦においてこの作品を本格的に論じたものは、坂口博一（一九八四年）と水野真理子（二〇〇六年）の論文のみである。詳細は二論文に委ねることとして、主人公ベンの行動のあらましは以下の通りである。主人公ベン・センザキは強制収容が人権剥奪の誤りであること、忠誠か不忠誠かで分けることの誤り、そして混乱の原因が忠誠登録であることを主張する。またアメリカが本来の民主主義を見失っているとして、これを正さなければいけないとして次のように述べる。

不正があったら我々はそれに対して立ち上がらなくてはいけない。必要な場合には声を上げなくてはいけない。（略）僕がアメリカ政府や国際法について学んだ時には、この国のシステムに強い信頼を持ったものだ。戦時においてさえ、有罪が立証されなければ無罪なんだ。（*Tule Lake* 42-44）

僕がこの国や民主主義について教えられたすべての事が今は無いんだ。我々日系アメリカ人はすでに全体主義の下で暮らしている。僕たちは民主主義に裏切られたんだ。（154）

しかしノーノー・ボーイを集めたトゥーリレイク収容所の人々も決して一枚岩ではなく、中にはアメリカに忠誠を誓わないのみならず、アメリカ市民権を放棄して日本に帰ろうと主張する親日派・再隔離主義者の一派があり、暴力的な手段で賛同を迫るトガサキをリーダーとするグループがある。ベンはアメリカ当局にも目を付けられて逮捕・収監され、抗議のハンガーストライキの結果、あやうく命をなくす瀬戸際にまで追い込まれる。そのような状況の中で彼は悩み、「もしかすると自分は間違っているのかもしれない。一生後悔して過ごすことになるような誤った決断をしたのかもしれない」(137-38)と考えたり、「自分たちはノーノー・ボーイとして知られるようになったんだ」(142)と思ったりする。トガサキたちの行動が目に余るものとなり、ベンも付け狙われるようになる。このような状況に対して彼は次のように述べる。

忠誠者と不忠誠者に人々を分けようとするのが再隔離主義者たちのやり方だが、それはワシントン政府が忠誠審査で忠誠者と不忠誠者を分けようとするのと同じで、正気でない。(309)

この事態を打開するために、彼は当局の依頼に応じて解決に協力する。アメリカへの忠誠こそ誓わないが、親日派・再隔離主義者たちの反逆罪の証人になるという選択を彼は行う。管理局からは不忠誠ということで危険視され、親日派からはアメリカに協力する裏切り者として敵視されるという自滅的な選択であるが、最終的に彼の行動が功を奏する。そもそもアメリカは移民国家であり、すべての人々が移民としてこの国にやってきた歴史に立ち返るべきだ、日系アメリカ人もアメリカ人としてアメリカに正義と民主主義を取り戻すために戦うべきだというのが彼の主張である。このように本作品は希望的観測を持った新しい日系二世像を示し、それが歴史的に正しかったことは、その後のリドレス運動の展開などによって証明されている。

忠誠審査の二つの質問にノーノーと答えてトゥーリレイク収容所に入れられた日系人が多数いたこと

は、歴史的事実である。その不忠誠者たちのなかにも、アメリカに正義を求めようとする主人公たちと、日本賛美主義者たちの対立があり、暴力事件や殺人まで起きていた。ベンは当局には反抗者として逮捕・投獄されながらも自分の正しさを信じている。先に見たように彼にも一時的に自分の選択が間違っていたのではないかと迷うときがある。だが彼にはモリタ、トマト（トミタ）、アソオという仲間や叔父のマサヒロ・カゲヤマという味方がいる。このカゲヤマと対立する、再隔離派のリーダーのトガサキに、『ノーノー・ボーイ』のエミの夫ラルフの兄マイクの人物像が投射され、行動が展開されている。またノーノー・ボーイである兄ベンと対照的にイエスを選択して入隊して戦死する弟ゴーディ（ゴードン）は、『ノーノー・ボーイ』のイチローの弟タローと対比される。さらには友人のモリタの両親や再隔離派の若者の母親のように多くの収容者がアメリカへの批判と日本への親近感を持っていることも描き出される。このように『トゥーリレイク』は強制収容所での日系アメリカ人の苦難や反目などを描きながら、根本的にはアメリカの正義と民主主義を求めるために「ノーノー」と言い続けた人々の闘いを巧みに表現している。

まとめ

『トゥーリレイク』に示されるように、当時のアメリカ政府の方針に皆が従ったわけではないこと、また従わなかった人々の全員がイチローのような孤立したノーノー・ボーイでなかったことの意味は重要である。確かにオカダやフォークナーは、当時の社会体制にノーノーと言った作家であった。しかしフォークナーが南部共同体のなかでそうであったように、オカダも日系コミュニティのなかで孤立した存在だったのかもしれない。作家がどのようなネットワークを築き、どのような情報を得ることができるかは、どのような作品を書けるかということに大いに関係することである。もちろんこれには時代というものも大きく関係している。フォークナーは日系で言えば一世の時代、オカダが二世、ミヤカワが三世の時代と言えるだろう。一世の時代には第一次大戦や大恐慌があり、二世の時代には第二次大戦や冷戦と赤狩り、三世の時代には公民権運動とベトナム戦争があった。

『八月の光』や『アブサロム、アブサロム！』は大恐慌時代に書かれ、『墓地への侵入者』は第二次大戦後の、人種が社会問題化した時代の作品であり、『ノーノー・ボーイ』は冷戦期に書かれた。さらに公民権運動とベトナム戦争が終わり、リドレス運動が開始された時期に『トゥーリリレイク』は書かれた。そのような時代背景と時代の変化がそれぞれの作品の意識や表現に影響を与えていることは確かである。『八月の光』におけるジョー・クリスマスや『アブサロム、アブサロム！』のクエンティン、『墓地への侵入者』のギャヴィンらの声をフォークナーは必ずしも肯定していない。作者は作品全体を通して、人種差別を肯定する社会を批判している。『ノーノー・ボーイ』においても、作者は主人公イチローの実存的苦悩を描出するのみならず、彼をそこに追いやった強制収容と忠誠審査の理不尽を指摘している。『トゥーリリレイク』の作者の姿勢は極めて明確である。そしてその姿勢が正しかったことは歴史的にも証明されている。

これは更に二一世紀の現在にも通底している。九・一一をきっかけにアメリカの市民的自由が大きく制限され、二〇〇一年一〇月に制定された米国愛国者法によって米国民は厳しい監視下に置かれることになった。とりわけ（アラブ系）移民は少しでもテロに関わりがあると疑われれば、長期間拘留されたり、拷問を受けたり、国外追放されたりするような、アメリカ民主主義精神とは相容れない人権侵害がまかり通るようになってしまった。これに対して二〇一三年エドワード・スノーデンによる告発以降、CIAなどによる違法情報収集を規制することを求める法改正やアメリカ国民としての権利保障を求める運動が進められている。またこの新たな事態を描く文学が出てきている。繰り返されるアメリカの歴史の中で、フォークナーを始めとする作家たちの不正に対するノーの声は途切れることなく受け継がれ表現されている。

＊ *No-No Boy*, *Tule Lake* からの引用は末尾に頁数をかっこ内に示す。

＊本稿は二〇一七年一〇月一三日に開催された日本ウィリアム・フォークナー協会第二〇回大会シンポジウム「フォークナーとアジア系アメリカ文学」の発表原稿に加筆修正を行ったものである。

注

（1）日系二世の徴兵忌避や裁判などに関する歴史的事実に関しては、ミューラーや森田の研究書に詳しい。

引証参考文献

Faulkner, William. *Light in August*. Vintage International, 1990.

———. *Absalom, Absalom!*. Vintage International, 1990.

———. *Intruder in the Dust*. Vintage International, 1991.

Forter, Greg. *Gender, Race, and Mourning in American Modernism*. Cambridge UP, 2011.

Fujihira, Ikuko. "Eunice Habersham's lessons in *Intruder in the Dust*." Michel Gresset and Patrick Samway, SJ. eds. *A Gathering of Evidence: Essays on William Faulkner's* Intruder in the Dust. Saint Joseph UP, 2004.

Keith, Joseph. "Comparative Race Studies and Interracialisms." Crystal Parikh and Daniel Y. Kim eds. *The Cambridge Companion to Asian American Literature*. Cambridge UP, 2015. 183-96.

Kim, Elaine H. *Asian American Literature: An Introduction to the Writings and Their Social Context*. Temple UP, 1982.

Ling, Jinqi. *Narrating Nationalisms: Ideology and Form in Asian and American Literature*. Oxford UP, 1998.

———. "*No-No Boy* by John Okada." Sau-ling Cynthia Wong and Stephen H. Sumida eds., *A Resource Guide to Asian American Literature.* MLA, 2001.

Lowe, Lisa. *Immigrant Acts: On Asian American Cultural Politics*, Duke UP, 1996.

Miyakawa, Edward T. *Tule Lake.* Trafford Publishing, 2002.

Okada, John. *No-No Boy*. U of Washington P, 1976.

Robinson, Greg. "Writing the Internment." *The Cambridge Companion to Asian American Literature*, Cambridge UP, 2015.

Sumida, Stephen H. "Japanese American Moral Dilemmas in John Okada's *No-No Boy* and Milton Murayama's *All I Asking for Is My Body*" Gail M. Nomura, Russell Endo, Stephen H. Sumida and Russell C. Long eds. *Frontiers of Asian American Studies: Writing, Research, and Commentary*, Washington State UP, 1989.

———. "*No-No Boy* and the Twisted Logic of Internment." *AALA Journal* No.13, 2007.

Usui, Masami. "An Issei Woman's Suffering, Silence, and Suicide in John Okada's *No-No Boy*"『中・四国アメリカ文学研究』三三号、一九九七年、四三-六一頁。

Yogi, Stan. "You had to be one or the other": Opposition and Reconciliation in John Okada's *No-No Boy*." *MELLUS*, Volume 21, No. 2 (Summer 1996).

伊藤章『エトノスとトポスで読むアメリカ文学』英宝社、二〇一二年。

上岡伸雄『テロと文学――九・一一後のアメリカと世界』集英社、二〇一六年。

五島一美「ノー・ノー・ボーイであることの病い――身体への視線の欲望」小林富久子監修『憑依する過去――アジア系アメリカ文学におけるトラウマ・記憶・再生』金星堂、二〇一四年。

坂口博一「John Okada と No-No Boy――日系米人によって書かれた初めての本格的小説」『早稲田人文自然科学研究』第一八巻、一九八〇年。

――「『トゥール・レーク』論」『早稲田人文自然科学研究』第二五号、一九八四年。

前田一平「『ノー・ノー・ボーイ』の地理学――失われたニホンマチ／イチローの回復」*AALA Journal* 第一三号、二〇〇七年。

水野真理子「不忠誠を選択した帰米二世の物語――Edward T. Miyakawa の *Tule Lake* から見えるもの――」*AALA Journal* 第一二号、二〇〇六年。

E・L・ミューラー著、飯野正子監訳『祖国のために死ぬ自由――徴兵拒否の日系アメリカ人たち』刀水書房、二〇〇四年。

村山瑞穂「第八章『ノー・ノー・ボーイ』にナショナリズムの機制（メカニズム）を読む――二一世紀の視点から」根本治監修『国家・イデオロギー・レトリック――アメリカ文学再読』南雲堂フェニックス、二〇〇九年。

森田幸夫『アメリカ日系二世の徴兵忌避――不条理な強制収容に抗した群像』彩流社、二〇〇七年。

第一〇章　戦争、軍隊、性暴力とジェンダー
ノラ・オッジャ・ケラーの『フォックス・ガール』とチャンネ・リーの『降伏した者』

はじめに

一九九〇年代は冷戦の終結とともに、日本の植民地支配、アジア侵略、戦争犯罪等が脚光を浴びるようになり、「従軍慰安婦」問題が盛んに論じられるようになった。日本国内においても「謝罪談話」や「慰安婦像」、「教科書記述」などを巡って相対立する議論が激しく戦わされ、今日に至っている。この時期にアジア系アメリカ文学の世界で軌を一にして二人のコリア系作家が「慰安婦」を描いた作品を発表している。ノラ・オッジャ・ケラー（一九六五–）とチャンネ・リー（一九六五–）である。二人は同年の生まれで、共に三歳でアメリカに移住し、アメリカの大学教育を受けている。二人が「慰安婦」に関する小説を書くことになるきっかけは、そのころ名乗り出た元「慰安婦」女性のインタビューに衝撃

を受けたことである。

ケラーは一九九七年に『慰安婦』を、リーは一九九九年に『ジェスチャー・ライフ』を出版し、どちらも大変な評判となり、文学賞を受賞している。双方が共に「慰安婦」を話題にしているものの、その扱いは同じでない。ケラーの作品は、題名からして、元「慰安婦」だった過去を持つ女性の生きざまを正面に据えたものであり、その母の生を娘が理解しようとする物語である。一方、リーの作品は、これまた題名に示されているように、他人には打ち明けられない過去をもつコリア系移民ハタの物語であり、彼の人生のなかで重要な位置を占める人物として「慰安婦」K（クッテ）と養女サニーとその息子が登場する。

両作品での「慰安婦」の描き方におけるジェンダーと当事者性の問題を考えると、ケラーの場合は「慰安婦」にされた女性がいかに深く傷つき、トラウマを抱えて混乱しているかという主観的・主体的な問題としてとらえていることは一目瞭然である。それに対してリーの態度は、あくまでも男性の立場からの主観的、歴史的叙述を旨としている。(1) それは例えば『ビラヴド』（一九八七）におけるトニ・モリスン（一九三一―二〇一九）の奴隷制表象が主人公の苦悩とトラウマと語りによる解放という主体の問題として描き出されているのに対して、『行け、モーセ』（一九四二）におけるウィリアム・フォークナー（一八九七―一九六二）の奴隷制表象が、あくまでも白人男性の立場から自己批判的に描き出されているのと通底している。(2) このように、同様な主題を扱っていてもジェンダーや人種など立場の相違によって、作品に描き出されるものが異なってくることは当然と言えば当然である。

コリア系アメリカ文学の果たす役割について小林富久子と中村理香は次のように述べている。小林はエレイン・キムの言を引きながら、「コリア系の戦争語りが主流読者にもつ意義（略）はアメリカ人が自国に対して抱いてきた都合のよい神話を脱構築することにある」（小林 二〇一一 九五）と述べている。また中村は「主流アメリカ文学言説の構築する合衆国＝『慈悲深い第三世界の解放者』という自己表象への疑義を投じる」（中村 二〇〇五 三一八）、「日本帝国によるアジアへの加虐を糾弾しつつ、アメリカ帝国による『救済』にも抗する」（同 三二七）と述べ、アジア系アメリカ文学独自の立ち位置を示していることは注目すべきである。それでは同じコリア系アメリカ作家ノラ・オッジャ・ケラーとチャンネ・リーの場合はどうだろうか。

ケラーは第一作『慰安婦』と第二作『フォックス・ガール』（二〇〇二）、およびコリア系作家の作品集を編纂した著作などがあるが、その後独自の作品は出版していない。ケラーの『慰安婦』については、小林、中村らによって詳細な検討がなされているのでそれらを参照されたい。ケラーの二冊目の小説『フォックス・ガール』は朝鮮戦争の問題を主題としているが、この作品については本邦においてはあまり研究がなされていない。

リーには現在までのところ六冊の小説があり、第一作目の『ネイティブ・スピーカー』（一九九五）は高い評価を受け、言語の問題や人物像などを中心に多角的な観点からしばしば論じられている。(3) 第二作目の『ジェスチャー・ライフ』は先に述べたように、日本軍による第二次世界大戦時の朝鮮人「慰安婦」を扱ったものであり、ケラーの『慰安婦』とテーマを同じくするものである。しかし「慰安婦」としてのKの描写には、ケラーの『慰安婦』のアキコの夫にみられたものと同様の覗き見的視線が存在しており、そこに「慰安婦」という主題を扱うにあたり男性作家が示しがちな限界を読みとることができると小林が主張するように、ジェンダーと当事者性の問題が指摘できる。また主人公が移住してきて暮らしているアメリカに対する批判的な視線はどこにも見出せない。[4]

リーの三冊目の小説『空高く』（二〇〇四）は、『ジェスチャー・ライフ』における現代の物語と似通っている。この作品では主人公はイタリア系の男性であり、その韓国系の妻は自殺してしまう。いわば孤独と人間関係の修復をテーマとする「現代家庭小説」であり、戦争はまったく関係がない。そして四冊目が『降伏した者』（二〇一〇）である。この小説では一五年戦争における日本軍の戦時性暴力と朝鮮戦争が主題となるが、この作品に関する研究もそれほど多くない。その後リーは『今こそ潮時』（二〇一四）、『私の海外生活』（二〇二一）を出版している。両作品ともに戦争のテーマから離れて、広くアメリカや世界の政治、経済、文化に絡む物語である。

そこで同じく戦争を扱った両作家のあまり論じられていない二作品を主に取り上げて、それらの描出しているものが何なのか、それらの間にどのような違いがあるのかを、アメリカ文学のコンテクストを念頭において以下に考察することとする。その際に主題とともに用いられている技法についても特に注目をしたい。

一．ノラ・オッジャ・ケラーの『フォックス・ガール』

物語の現在は一九七五年頃のハワイである。[5]私（ヒュン・ジン）は二六歳、養子のマヤ（ミューミュー）は六歳。ゲリーのアパートに住んでいる。回想の手紙として設定されている。五年前（一九七〇年ころ）にハワイへやってくる。

その前は主に韓国が舞台となっている。その時に主要人物たちは、私一九歳、スーキー二一歳、ロベット一九歳。ロベットの父から五年前に来た手紙にケネディ大統領やキング牧師への言及があること、チャズがベトナムに出張するという言及などから、それは一九六八年ころである。

小説は、私の一人称語り、クロノロジカルな時間展開、ナチュラリズム小説という技法的特徴を有し、戦争と性、キツネに関する朝鮮の民俗、ヒュン・ジンの顔のあざに象徴される人間存在の意味するもの（否定から肯定へ）などをテーマとしている。主要人物は、私、スーキー、ロベット、ダック・ヒー（私とスーキーの母）、父、義母、ゲリー、ミューミューなどである。

一九六〇年代末の頃、朝鮮戦争でアメリカ兵のために作られた「アメリカ・タウン」ではアメリカ兵相手の性産業が盛んに行われている。アメリカ兵の愛人となり、子どもを産む韓国女性もある。この物語の中心的な人物の一人、ダック・ヒーは黒人兵の子どもスーキーを生んでいる。またロベットの母も黒人兵との間に彼を産んでいるが、相手は除隊してアメリカへ帰っている（日本の第二次世界大戦直後の米国占領期にも同様なことがあった）。韓国の場合は北朝鮮を相手に実際に戦争をしていたのであり、そのために同盟国アメリカが臨戦態勢で同国に駐留していた。国内の貧しさもあり、「アメリカ・タウン」周辺に住む人々はアメリカ兵相手の性産業に従事していた。主たる登場人物であるヒュン・ジン、スーキー、ロベットらは売春婦を母とし、自らもやがて売春業に加わっていく。これは第二次世界大戦中の日本軍による「慰安婦」のような有無を言わせぬ強制とは異なるものの、米軍に頼らざるを得ない貧しい韓国女性たちにとっては他に選択肢のないものであった。戦時性暴力とは異なるものの、結局のところ戦争（軍隊）によって性が蹂躙されるという現実を厳しく描出している。

先の『慰安婦』は日本軍による性奴隷の残酷と悲惨を、そこを生き延びて脱出した「アキコ」の混乱した語りと、娘レベッカの語りが交錯する、モダニズム的手法で描いていたが、『フォックス・ガール』は私（ヒュン・ジン）の一種の回想（手紙）という形でほとんどクロノロジカルにナチュラリズムの手法で描出されている。性描写が過剰に使用されていることに理由はある。性しか売るものがない女性の状況は、アメリカに頼るしかない韓国の比喩である。またこの作品においては以下のように随所に小説『慰安婦』の日本軍による性奴隷を想起させる言及が見出される。その意味ではこの二作品は姉妹編である。

「とにかくね、第二次世界大戦中に日本人は朝鮮の町や村に踏み込んで来て、男の子たちに戦争に行くように強いたの。そして女の子も連れていかれた。」「どこへ？」（*Fox Girl* 117）

この場面は日本軍による「従軍慰安婦」について暗に言及している。また次の描写は『慰安婦』のアキコ四〇（インダック）の死を想起させるものである。

憲兵たちは彼女の死を自殺だと決定した。彼女は性器に傘を突き立てられて死んだというのに。（138）

あるいはヒュン・ジンの三人の白人軍人相手の壮絶な初体験（150-54）は軍隊性奴隷（戦時性暴行）のそれを彷彿させるものである。

次にキツネあるいはキツネ少女に関する言及は作品のあちらこちらに頻出するが、それは朝鮮の民俗として性と知恵に結びつき、この作品のタイトルとなっている。

「それは死んだ少女の皮に身を包んだキツネの話のようなものさ」と彼女は説明した。「いずれにしろ、私たちも実際キツネ少女のようにならなくちゃね。」（25）（強調筆者）

「そのキツネはかつて知識の宝石の持主だった」（26）（強調筆者）

美しい少女に化けたキツネ鬼はその正体を映す鏡をのぞき込むように強制することによってそれと分かる。（87）（強調筆者）

「私が幼い女の子だった時にママがキツネの話をしてくれた」

「その小さなキツネは人間になろうとした。（略）キツネ少女は人間のように生きようとしたが彼女には動物としての飢えという秘密があった（略）」（277-78）（強調筆者）

このように生き延びるためには何でもしなくてはならない底辺の人間たちの厳しい生が「キツネ」の民

俗として流通している朝鮮の事情を巧妙に取り込み、作品のリアリティーを強化している。またアメリカ黒人奴隷が知恵によって巧妙に生き延びる黒人民俗「キツネどんとウサギどん」を彷彿させるものがあるとも言える。

最後にヒュン・ジンの顔のあざに端を発し、人間存在の意味するものに対する作者の生の肯定という主題について述べたい。スーキーやロベットの皮膚の色、ヒュン・ジンの顔のあざは彼らの持って生まれた不利・不幸の象徴であり、ヒュン・ジンは次のように感じている。

　私は頬のあざの重みを感じ、黒いシミが広がることを望んだ。私は黒さが私の顔の残りの部分にも広がり、私自身を消してしまうことを想像した。（148）

しかし最後にはマヤの「ママの顔は地図だね」「頭は世界だね！」（288）という言葉に目を開かれて、ヒュン・ジンは次のような新たな認識に到達する。

　私は自分の言葉の明らかな真実にうたれた。彼女の顔は地図だ――私の人生において最も重要だった人びと全部が記された遺産だ。（略）彼らは時空や血族、習慣を超えて、この子どもの身体の風景に住まうためにやってきた。（289）

知識の狩人であり守護者であるキツネの精神のように、この子は変身の才能を有している。（289）

（強調筆者）

ケラーはこの小説において戦時の「慰安婦」のみならず、外国軍隊の駐留する国においては民間人が性産業に従事することを通して性の蹂躙を受けるということを、朝鮮戦争と米軍駐留がもたらす避けがたい事態として告発している。そのような主題の展開の中に、このように朝鮮の民俗や文化人類学の知見を活かすことによって作品を豊かなものとしている。

二．チャンネ・リーの『降伏した者』

この小説の主たる枠組みは概略以下の通りである。主たる登場人物は韓国系アメリカ人ジューン・ハン・シンガー、アメリカ人ヘクター・ブレナン、シルヴィー・タナーである。物語の現在は一九八六年、ジューンがヘクターとともに彼らの息子ニコラスを捜しにイタリアに旅するプロットである。ジューンは末期がんを患っており、ヘクターは社会に不適応状態であり、恋人を事故で失くしている。彼らが捜しあてたニコラスは前年に亡くなっていた。シルヴィーは三三年前の火事で亡くなっていて故人である。この旅を遂行する中で一九五三年韓国ソウル郊外の孤児院での三人の生活が過去の重要な出来事として回想される。

さらにはそこに至るまでの三人の前史、すなわち一九三四年の一五年戦争中、満州国の教会において目の前で日本軍兵士らによって母が凌辱され、父が射殺されるというシルヴィーの凄惨な経験とその後、ヘクターの履歴、朝鮮戦争で親兄弟を失くしたジューンの経験などが遡って言及される。シルヴィーの経験は大日本帝国陸軍が満州で一五年戦争において中国人のみならず外国人（アメリカ人）宣教師に対してまで行った残虐な行為である。このことによりシルヴィーの人生は大きく狂わされる。ヘクターの場合は、酔っ払いの父を放置して死なせたこと、早すぎる性の目覚め、朝鮮戦争での陰惨な経験、孤児院でのシルヴィーとの不倫などである。このようにそれぞれの人物が戦争がらみで心に大きな傷を負っており、そのような三人が出会ったのが孤児院であった。

小説のひとつの大きな舞台は朝鮮戦争中の「ニュー・ホープ」という孤児院であり、ジューンの物語やヘクターの物語には朝鮮戦争の悲惨が描かれているが、力点は登場人物たちがいかに戦争によって傷ついた生を送っているかという、トラウマの描出に置かれている。孤児院・養子のモチーフにはアメリカ人の欺瞞が反映されているものの、先に見た『フォックス・ガール』におけるアメリカ軍の駐留のもたらしているものについてほどの批判の視点はない。またシルヴィーの物語においては一五年戦争における大日本帝国軍隊の残虐非道ぶりによって、『ジェスチャー・ライフ』に描かれた「慰安婦」＝「軍隊性奴隷」とは違う形での戦時性暴力（レイプ）が問題とされているが、登場人物たちはいずれも大きく傷つき、運命に翻弄されるばかりである。

ところでこの小説のタイトルとなっている“surrender”（降伏する）という語が本文中に五回使用されているのだが、それらを検討することによってより一層この作品の主題が明らかになると思われる。最初が、一九五〇年ジューンが一一歳の時、初めてヘクターと会った時のことである。

これ以上は無理と言うまで食べさせて、この際限ないお腹をいっぱいにさせて。そしたらスグに死んじゃうの。私は降伏するの。（*The Surrendered* 56）（強調筆者）

次は一九五三年孤児院にタナー夫妻がやってきた時のことである。

ヘクターは生涯にわたって宗教的な話をたくさん聞いてきた。ここ数か月は特にホンの話をよく聞いた。彼はまだ信じるところまで行かなかったが、自分でも喜んで受け入れていた。もしとても違った形での降伏が手配できるなら、自分の命を譲り渡してもいいとさえ思うようになっていた。（123）（強調筆者）

三回目は一九八六年、ジューンとヘクターがニコラスを捜しにイタリアへ行った時のこと。ヘクターは一九五三年のシルヴィーとの性交を思い出す。その時ジューンが見ていたのだ。

彼らが初めて性交した時、彼女は彼のために小屋の裏の戸を開け、まるで欄干から身を投げたように意志と降伏の重大な勢いで彼の上に覆いかぶさってきた。（312）（強調筆者）

そして四回目も一九八六年、ジューンとヘクターの旅の途中。ジューンは最期に近づいている。

一度に十歩も歩けないぐらいなのに、ジューンの気持ちは衰えておらず、いやむしろ強まっていた。注意力を保ち、考えをその時々の必要に合わせ、一つずつ繋いでいけるなら、彼女の精神の集中が彼女の肉体を譲り渡すことを許さないということを彼女は確信していた。何も降伏する必要はないのだ。（357）（強調筆者）

最後も同年、ジューンの最期が近づいている。ヘクターは一九五三年の孤児院の火事とタナー夫妻の死を思い出している。

彼女の深い献身へのエロティックな情熱を誤って期待し、読み間違いした挙句、自分が勝ったとヘクターが確信したのはその時だった。というのは、彼女がそのように振る舞っているとか偽っているというより、彼女にとっては彼自身と同様に愛しい彼の大いなる鋭い欲求に降伏し、むしろ彼の純粋で高まっていく欲望に彼女自身を提供しようとしていたのだということを知るにはあまりに若くて無知だったのだ。（455）（強調筆者）

このように“surrender”は、運命に身を任せる、降伏する、自らの身を投げ出すなどの意味で用いられている。人間存在が歴史や運命という大きなものに身を委ねるしかない卑小なものに過ぎないという厳しい現実が戦争を軸として描き出された作品とも言えるだろう。あるいはそれに対する抵抗を示そうとしているのかも知れない。これに関してアマンダ・ペイジは「天の恵みと人間の共感が本作品の主要テーマだ」（Page 87）と述べている。

このような話が展開されるのだが、決して一直線にクロノロジカルに語られるわけではない。話の展開はかなり入り組んでいる。それは『ジェスチャー・ライフ』の手法に共通するモダニズム的なものである。『ジェスチャー・ライフ』においては一九六三年ころから現在（一九九〇年代半ば）までの三〇年余りの現代の物語の進行の中で、一九四四年終戦間近のシンガポールにおける従軍慰安婦をめぐる悲惨な出来事が回想されるというモダニスティックな手法が用いられている。この手法は本作品においても同様に用いられている。

この手法に関しては、例えばウィリアム・フォークナーの『八月の光』（一九三二）では、ジョー・クリスマス、リーナ・グローヴ、ゲイル・ハイタワーという三人の主要な人物が登場し、それぞれの人物に関する物語がわずかに接点を持つばかりで殆ど独立して提示される。一方『降伏した者』においてはシルヴィー、ヘクター、ジューンの三人の人物が韓国の孤児院で遭遇し、そのことが小説の結節点になっているのだが、作品としては『八月の光』同様に、誰か特定の人物を主人公とする物語というよりは主要人物三人の物語である。なおその登場人物は、ヘクターとシルヴィーがアメリカ白人、もう一人の中心人物ジューンのみが韓国（系アメリカ）人である。

なお、技法の点でいえば、『アブサロム、アブサロム！』（一九三六）の方がもっとこの小説に近いかもしれない。『アブサロム、アブサロム！』は一九一〇年頃を現在としてクエンティン・コンプソンとシュリーヴ・マッキャノンが一八〇七年から一九〇〇年に及ぶサトペン一族の物語を再構成するという二重の枠組みから成り立っている。『降伏した者』は一九八六年を現在とするヘクターとジューンの物語と、一九五三年韓国の孤児院を舞台とする彼らのシルヴィーとの関わり、および一九三四年のシルヴィーが経験した一五年戦争での筆舌に尽くしがたい恐ろしいできごとの三つの時間から成っている。なお、それぞれの人物の過去の物語は読者に対してしか明らかにされない。すべての主要人物が戦争によって傷つけられて犠牲者となっており、戦争というものがいかに人間の運命に重大な影響を与えずに済まないかということを描いた戦争小説である。

その点で、小説中で何度か言及される『ソルフェリーノの思い出』という本の果たしている役割を考えてみたい。この本は後に赤十字を創設するアンリ・デュナンが書いた、第二次イタリア独立戦争の激戦「ソルフェリーノの戦い」(一八五九年六月二四日)を描いた実在する書物である。この戦闘では信じられないほどの死傷者・捕虜・行方不明者が出た(フランス＝サルデーニャ連合、オーストリア帝国の双方とも数千人の死者、負傷者一万名以上、捕虜・行方不明数千人)。この戦いを目にした男から詳しい話を聞いたデュナンは、凄惨な戦いに衝撃を受け、自身が加わった負傷兵の救護での負傷者の扱いに驚いた。あまりに多い負傷者は放置され、多数の兵士が彼の目の前で死亡した。この経験を彼は『ソルフェリーノの思い出』(一八六二)という本に書き、戦争の悲惨さを告発するとともに、人道的な見地から国家に関係なく負傷者の治療にあたる機関の必要を訴え、一八六三年に国際赤十字委員会の設立を果たすことになる。つまり戦争という敵味方の殺し合いでなく、助け合いこそが人間の道であるということを訴えたのである。

そのような本が、この小説中ではシルヴィーが両親から与えられ、その本を読む機会が与えられたヘクターは、悲惨極まる記述に自分の経験した戦争を思い起し(141)、シルヴィーとの関係がもたらされる。シルヴィーの死後その本はジューンの手に渡り、ジューンはソルフェリーノの悲惨の目撃者＝作者デュナンとシルヴィーを重ねている（249）。また彼の父親がそこにいると信じた息子ニコラスは、この本に描かれた場所を訪ねて家を出て行く。このように戦争の残虐さを描くとともに戦争に抗するという主張を持った書物が、物語の進行を牽引していく象徴的な役割を果たしている。そこに作者リーの思いが込められていると考えられる。

まとめ

ケラーの場合は二作のあいだに大きな手法上の変化がある。『慰安婦』はアキコとベッカの二人による語りが交錯しており、とりわけアキコの語りは時間的にも内容的にも錯乱・錯綜している。リーの作品同様に、モダニスティックな手法が用いられている。主題、トーン、技法の点でトニ・モリスンに近似していると言えるであろう。しかし『フォックス・ガール』になると手法は一変する。一人称の語り手という点ではリーの『ネイティブ・スピーカー』同様、『白鯨』（一八五一）、『ハックルベリー・フィンの冒険』（一八八四）、『グレート・ギャツビー』（一九二五）などの一人称語りのアメリカ小説の伝統と繋がるものである。またこれは典型的なナチュラリズムの小説であり、時間も枠組み以外はほとんどクロノロジカルな流れとなっている。スティーヴン・クレインやセオドア・ドライサーの自然主義の伝統に連なるものと言ってもいいだろう。それは過剰な性的イメージとともに性そのものが戦争や暴力と結びつくことによる必然的な要請と言えるだろう。加えてケラーの作品には、シャーマニズムやキッネに関する朝鮮の民俗がふんだんに取り込まれることによって、独自の世界が展開される。ニュー・ナチュラリズムと言ってもいいかも知れない。

リーの場合は『ジェスチャー・ライフ』と『降伏した者』のあいだに技法上の大きな違いはない。むしろ同様なモダニスティックな手法が用いられている。これはアメリカ文学におけるモダニズムの伝統、とりわけフォークナーを彷彿させるものである。その手法を用いることによって現在の物語に影響を与えている過去の物語を交錯させて提示することが可能になったり、ある個人の物語が他の人物の物語と巧妙に絡んでいることをも示すことになる。その結果、作品は広いパースペクティヴとある種の「歴史性」を獲得することとなる。

このように両作家の二作品では、主題は戦争と性暴力という同じものであるものの、描き出されているもの、あるいは焦点の当て方に大きな相違が見受けられる。また用いられている技法が対照的であるが、その根本のところにあるのが、冒頭において述べた『慰安婦』と『ジェスチャー・ライフ』におけるのと同様なジェンダーの問題、当事者性の違いである。そのような違いがあるものの、二人のコリア系作家が「戦争」と「性暴力」という主題に果敢に取り組んだことは大いに評価すべきである。

＊ *Fox Girl* と *The Surrendered* からの引用は末尾に頁数をかっこ内に記す。

＊本稿は二〇一三年九月二一日に開催された第一九回ＡＡＬＡフォーラム「アジア系アメリカ文学再読――アメリ

カ文学研究のパースペクティヴから」での発表原稿に加筆修正したものである。

注

(1) A *Gesture Life* の訳書は、高橋茅香子訳で、『最後の場所で』(新潮社、二〇〇二年)となっているが、このタイトルでは原題のニュアンスが摑めないと思われるので、『ジェスチャー・ライフ』とした。これと『慰安婦』の二作品を論じたものには以下の論文がある。

Gayle K Sato, "Nora Okja Keller's *Comfort Woman* and Chang-rae Lee's *A Gesture Life*: Gendered Narratives of the Home Front" *AALA Journal* No.7, 2001, 22-33.

So-Hee Lee, "A Comparison of *Comfort Woman* and *A Gesture Life*: The Use of Gendered First-Person Narrative Strategy" *AALA Joumal* No. 9, 2003, 1-25.

小林富久子「トラウマ文学としてのコリア系『慰安婦小説』――『コンフォート・ウーマン』と『最後の場所で』」、小林富久子監修『憑依する過去――アジア系アメリカ文学におけるトラウマ・記憶・再生』金星堂、二〇一四年、第七章。

なお次の研究書は広い視野から戦争記憶について縦横に論じており、必読である。

中村理香『アジア系アメリカと戦争記憶――原爆・「慰安婦」・強制収容』青弓社、二〇一七年、第四章「「二つの帝国」と「脱出・救済物語」の領有/攪乱――ノラ・オッジャ・ケラーの『慰安婦』」、第五章「加害者の物語――チャンネ・リーの『最後の場所で』が示す「慰安婦」像と「正しくない被害者」の心的損傷」、第七章「祖国の惨苦を聞くと言うこと――ノラ・オッジャ・ケラーの『慰安婦』が描く母の戦争と追悼という語り」。

(2) 拙論「フォークナーとモリスンの奴隷制表象と愛の曙光――『行け、モーセ』と『ビラヴィド』を中心に――」

入子文子監修『水と光――アメリカの文学の原点を探る』開文社、二〇一三年、二四六―六六頁、参照。

（3）『ネイティヴ・スピーカー』についてはよく論じられている。以下の論評を参照されたい。

David Cowart, *Trailing Clouds: Immigrant Fiction in Contemporary America.* Cornell UP, 2006. Cp. 5 Korean Connection: Chang-rae Lee and Company, 101-25.

ヤング・オーク・リー著、山下昇訳「韓国系アメリカ文学とアメリカ主流文学――『ネイティヴ・スピーカー』と『アブサロム、アブサロム！』」『フォークナー』第九号、松柏社、二〇〇七年、八八―一〇二頁。

村山瑞穂「アジア系アメリカ文学における異人種間関係――「ポストエスニック」時代の異人種間結婚のテーマを中心に」植木照代監修『アジア系アメリカ文学を学ぶ人のために』世界思想社、二〇一一年、三五二―五五頁。

伊藤章『エトノスとトポスで読むアメリカ文学』英宝社、二〇一二年、第四章「チャンネ・リーの『ネイティヴ・スピーカー』（その一）――『ネイティヴ・スピーカー』における英語イデオロギー」、第十一章「チャンネ・リーの『ネイティヴ・スピーカー』（その二）――ジョン・クワンの栄光と挫折」。など。

（4）『慰安婦』に関してもかなりよく論じられている。以下の諸論を参照されたい。

甲幸月「韓国系作家の描く従軍『慰安婦』という主題」アジア系アメリカ文学研究会編『アジア系アメリカ文学――記憶と創造』大阪教育図書、二〇〇一年、一一三―二三頁。

小林富久子「コリア系アメリカ文学の流れ――断片化された記憶から紡がれる亡命者たちの語り」、『アジア系アメリカ文学を学ぶ人のために』、八五―一〇三頁。

中村理香「女・家族・国家／ディアスポラ――ノーラ・オッジャ・ケラーの『従軍慰安婦』にみる「二つの帝国」と脱出記（エスケープ・ナラティヴ）の攪乱」松本昇他編『越境・周縁・ディアスポラ――三つのアメリカ文学』南雲堂フェニックス、二〇〇五年、三一六―三一頁。

――「アジア系アメリカ文学および研究にみる他世界との交渉――「アジア系ポストコロニアル批評」の可能性」『アジア系アメリカ文学を学ぶ人のために』、三一八―三九頁。など。

（5）ハワイという場所の意味について、中村理香は右記の論文（二〇〇五）において、「アジア」と「アメリカ」

の中間・間隙的地点であり、アメリカ植民地主義の記憶を色濃く留める場であるとしてその重要性を指摘している。

引用参照文献

Faulkner , William. *Light in August*. Vintage International, 1985 (c1932).

——. *Absalom, Absalom!* Vintage International, 1990 (c1936).

Keller, Nora Okja. *Comfort Woman*. Penguin Books, 1997.

——. *Fox Girl*. Penguin Books, 2002.

Kim, Daniel Y. and Viet Thanh Nguyen, "The Literature of the Korean War and Vietnam War," in *The Cambridge Companion to Asian American Literature*. ed. Crystal Parikh and Daniel Y. Kim, Cambridge UP, 2015, 59-72.

Lee, Chang-rae. *Native Speaker*. Riverhead Books, 1995.

——. *A Gesture Life*, Granta Books, 1999.

——. *Aloft*. Bloomsbury Publishing, 2004.

——. *The Surrendered*, Riverhead Books, 2010.

Morrison, Toni. *Beloved*. A Plume Book, 1987.

Page, Amanda M. *Understanding Chang-Rae Lee*. U of South Carolina P, 2017.

植木照代監修『アジア系アメリカ文学を学ぶ人のために』世界思想社、二〇一一年。

小林富久子「コリア系アメリカ文学の流れ」『アジア系アメリカ文学を学ぶ人のために』世界思想社、二〇一一年。

小林富久子監修『憑依する過去——アジア系アメリカ文学におけるトラウマ・記憶・再生』金星堂、二〇一四年。

アンリ・デュナン著『ソルフェリーノの思い出』、木内利三郎訳、株式会社日赤サービス、一九七六年。

中村理香「女・家族・国家／ディアスポラ」松本昇他編『越境・周縁・ディアスポラ』南雲堂フェニックス、二〇〇五年。

――『アジア系アメリカと戦争記憶――原爆・「慰安婦」・強制収容』青弓社、二〇一七年。

吹浦忠正『赤十字とアンリ・デュナン――戦争とヒューマニティの相克』中公新書、一九九一年。

終章　フォークナーと三人の日本作家
――芥川龍之介、太宰治、村上春樹

はじめに

二〇一九年に諏訪部浩一＋日本ウィリアム・フォークナー協会編『フォークナーと日本文学』が出版された。同書に収録された一六篇の論考の大半はフォークナー協会機関誌『フォークナー』に連載されたものを基にしている。全体は四部構成となっており、第一部はフォークナーより年長の作家、第二部は活躍した時期が重なる作家、第三部はフォークナー作品が日本に本格的に紹介された頃から活躍を開始した作家、第四部が没後に生まれた作家である。ウィリアム・フォークナー（一八九七―一九六二）と日本文学と言えばこれまでは、第三部の作家、たとえば大江健三郎や中上健次などへの影響を考察するのが常であったが、同書は幅広い視野からフォークナーと日本文学との関係を考察している。私がここで試みるのは、同書の範に倣うもので、後世への影響のみならず、フォークナーと同世代の日本のモダニズム作家芥川龍之介（一八九二―一九二七）、日本の戦中・敗戦後作家太宰治（一九〇九―四八）との手法上あるいは主題の共通性などである。そして更に現在活躍中で日本を代表する小説家と言われる村上春樹（一九四九―）の中期の代表作を取り上げ、この作家へのフォークナーの影響と思われるものを考察する。一連の作業を通して明らかにされるのは、フォークナー文学と二〇世紀日本文学の親近性であり、なぜフォークナーが日本においてこれほど注目をあび、高い評価を受けるのかということである。

一．フォークナーと芥川龍之介——技法の共通性

ウィリアム・フォークナーと芥川龍之介には直接的な関係はない。おそらくフォークナーは、一九二七年に早逝した日本の短編小説家のことはまったく知らなかっただろう。芥川の方は、一九一三年に東京帝国大学英文科に入学したものの、このころのフォークナーはまだ創作を始めてもいなかったのだから、その名を聞くことさえあり得なかった（芥川がアメリカ作家アンブローズ・ビアス［一八四二―一九一四?］の影響を公言していることは良く知られた事実である）。しかし二〇世紀初頭においては世界の文学潮流はモダニズムであり、日米のこの二人のモダニスト作家の作品の中に期せずして共通の主題と技法が見出されるのは不思議なことではない。

フォークナーの小説技法がいわゆるリアリズムではなく、バフチンの言うところのポリフォニー小説であることは論を俟たない。これは根底において、「真実は一面的にとらえ得るものではない」とい

う世界観に由来するものである。ヴァージニア大学におけるクラス・セッションにおいて『アブサロム、アブサロム！』（一九三六）の方法について問われた際に、ウォレス・スティーヴンズ（一八七九―一九五五）の「クロツグミを見る一三通りの見方」を引きながら、フォークナーが語った以下の真実観に見られるように、作家は多角的な視点を援用して多面的な描写をおこなうことによって真実に接近しようとしている。

「それは言わば一羽のクロツグミを見る一三通りの方法のようなものです。私は、真実というものは、読者がその鳥を見る異なった一三通りの読み方をすべて終え、自分自身の一四番目の鳥のイメージをもった時に初めて明らかになるものだと考えたいのです。」(*Faulkner in the University* 274)

その例を『死の床に横たわりて』（一九三〇）の語りと、『八月の光』（一九三二）におけるジョー・クリスマスの「黒い血」をめぐる議論を取り上げて検証してみる。

『死の床に横たわりて』

アディ・バンドレンを埋葬するために旅するバンドレン一家の一〇日間にわたる物語。五九セクションを一五人が語る。主要な語り手は次男ダール（一九回、約三分の一）、四男ヴァーダマン一〇回、隣人ヴァーノン・タル六回、長男キャッシュ五回、デューイ・デル四回、父親アンス三回、タルの妻コーラ三回、医師ピーボディ二回、他の七人は各一回。

物語はほとんどクロノロジカルに展開する。

一五人の語り手は**三つのグループの語り手**に分けられる。

一、ダール・バンドレン――プロットの大筋　バンドレンの一人一人について　特にジュエルについて（一〇セクション）

二、ダール以外のバンドレン――プロットの概要　それぞれの意見や個性

三、バンドレン以外の人々――プロットを外側から観察　補足・対照

この三グループの語り手が語る物語は次の**六つの構図**に分けて考えることができる。

一、アンス対アディ　バンドレン家の再生の物語

二、アディ対ダール　行為対言葉

三、バンドレン対共同体　悲劇対喜劇　悲喜劇

四、三つ巴　一、二、三を組み合わせたもの　総合的

五、男と女　男の語りは抑圧されない、女の語りは抑圧される

六、直線的な物語と円環的物語　アディの物語と外側の物語

このように多数の語り手が語る内容は偏見に満ちたものや齟齬をきたす場合もあるし、いくつかの語りを突き合わせてみると真実と思われるものが見えてくる場合もある。それゆえこの小説は「万華鏡的」

(Rossky 186)、「多元的表示」(Brooks 159)、「多声的小説」(Lockyer 73-74) などと呼ばれたりする。

『八月の光』

この作品におけるジョー・クリスマスの「黒い血」に言及する人々は、バイロン、ハイタワー、ブラウン（バーチ）、栄養士、ハインズ夫妻、子どもたち、黒人、シェリフ、ギャヴィンなどである。その中で顕著なケースを次に示す。

（バイロン）「この町の連中はお利口さんだ。三年間もだまされたんだからな。三年間も、あいつを外国人だなんて言ってたんだ。ところが、おれ［ブラウン］は三日見てたらわかったぜ、あいつが外国人ならおれだって外国人ってことになるって――あいつは外国人なんかじゃねえってよ。あいつが自分で話す前に、おれにはわかってたんだ。」(*LA* 98)

（マックスの手下）**ほんとうに黒ん坊なのか？　そうは見えねえが** (219)（強調原文）

（モッツタウンの住人）「おれと変わらない感じで、黒ん坊には見えませんでしたね」(346)

「見た目はおれと変わらなくて、ぜんぜん黒ん坊には見えねえんだ」(349)

（警察署長）「黒ん坊か」「あいつはどこかおかしいと、おれもずっと思ってたんだ」(99)

（マックスの手下）「**こういう田舎の野郎どもは、何であってもおかしくねえよ**」（219）（強調原文）

（ジョー）　羊皮紙色をした自分の指（120）

「おれの肌とか髪の毛のことに気づいたかい」（196）

このように証言がまっこうから対立しており、クリスマス自身が自分に黒人の血が流れているのかどうかに確信がもてない。ナンシー・ティシュラーが「ジョー・クリスマスの血管に黒人の血が流れていなかったなら、［ギャヴィン・スティーヴンズによる］黒い血と白い血の争いという最終的推察全体が南部の神話学に対する皮肉なコメントになる」（Tischler 90）と指摘するように、「ジョーの黒い血」というのがフィクションだったとすればこれは茶番ともいえるし、悲劇ともいえる。また、それ以外にハインズ夫妻についての「町は夫婦ともに――孤独で、灰色で［grey in color］、普通の男女より少し背が低く、まるで違う人種か種族に属しているかのようで――少々気がふれていると思っていたが（略）」（341）（強調筆者）、という描写は意味深長である。孫のジョーを黒人であるとして排斥しようとする急先鋒であるハインズ自身が、場合によると黒人の血をもっているのではないかということを臭わせているこの描写は、もし真実だとすれば天地がひっくり返るような出来事である。しかし真実はこれに近かったのではないだろうか。

一方、芥川は一九二二年に発表した短編「藪の中」において、多人数の語り手による一つのできごとの真実把握の困難さ（不可能性）を追求している。なお、黒澤明が監督した映画『羅生門』（一九五〇）は、芥川の同名の短編をタイトルに用いているが、内容はほとんど「藪の中」の映画化である。


「藪の中」

物語は旅の途中の若夫婦が盗賊に襲われ、妻は凌辱され、夫が殺される。犯人は逮捕され、取り調べの前で一部始終を白状する。また証人（関係者）も発言する。凌辱された後にその場を逃れた女は清水寺に現れ、懺悔する。殺された夫は巫女の口を借りて出来事を語る。

「藪の中」は七人の語り手によって語られている。木樵り（Woodcutter）、旅法師（Traveling Priest）、放免（Police）、媼（真砂の母）（Old Woman）、多襄丸（盗人）（Tajomaru）、女（真砂）（a Woman）、死霊（真砂の夫、金沢の武弘）（Dead Man's Spirit）である。

ところが、この七人の話には出来事の真偽、人物像などをめぐって一致しないことがあり、何が真実なのか見極めがたい。それぞれの人物の語りには、偏見、保身や思惑などがあり、公平な語りなのかどうかは容易に判断しがたい。主たる不一致点は次の通りである。

一、夫を殺したのはだれか
多襄丸は女に頼まれて、決闘の末に自分が殺したと白状するが、女は夫の同意の下に自分の小刀で殺したと言う。夫は妻が盗賊に夫を殺すように懇願したが盗人は殺さず去っていき、その後に妻の小刀で自害したと述べる。木樵りの証言では現場には縄と櫛しかなかったとのことなので、凶器は特定できない。誰が殺したのかは分からない。

二、妻は本当に夫を殺すように懇願したのか

盗人は「どちらか一人死んでくれ、生き残った男とつれ添いたい」と女にいわれて決闘して殺したと述べている。女は凌辱された自分を蔑んだ目で見る夫に耐えられず、夫とともに死のうとしたが、夫が殺せというので殺したと述べる。夫は妻が盗賊に夫を殺せと懇願したが、盗人は殺そうとしなかったと述べる。盗賊は殺すつもりがなかったことを強調しており、妻は自分も死ぬつもりだったと述べ、夫は妻の本心に失望したと説明している。それぞれに自己正当化と保身が垣間見られ、どれが真実なのか分からない。

その他にも、なぜ盗人の口車にたやすく載せられたのかということをめぐる夫の性格の実相、妻の性格の実体など不一致点があり、真実の絶対性が疑われる物語となっている。それは七人の語り手による多層の語りというモダニズムの手法がもたらすものであり、これはまさにフォークナーが諸作品に用いているものである。だがこの作品は一九二二年という早い時期に出版されたものであることを考えれば、東洋の小国のこの作家の鋭い感性に驚きを感じるであろう。

二．フォークナーと太宰治――主題の共通性

フォークナーは一九五五年に来日した折に日本の学者たちを相手におこなった長野セミナーや講演において次のような考え――アメリカ南部も日本も共に敗戦国としての共通の経験を有している――を披露している。

「私の側、南部は［南北］戦争に負けました。その戦いは遠い海洋ではなく庭や農場や家において戦われたのです。それはちょうど沖縄やガダルカナルが遠い太平洋の島々ではなく、本州や北海道の管轄区だったのと同じです。私たちの土地や家は征服者［北軍］によって侵入され、私たちの敗北後は彼らが居座りました。我々は単に負けた戦争によって打ちのめされただけではありません。征服者たちは我々の敗北と降伏の後の一〇年間、ほとんど残されていなかった権利をさえ奪ったのです。」(*Faulkner at Nagano* 185)

フォークナーにとって南北戦争での敗北が創作上の起点であったことは疑う余地がない。彼の初期作品の多くは、典型的には傑作『響きと怒り』（一九二九）において、南北戦争の敗北による南部社会の大変動＝大農園制の廃止＝地主階級の没落を描き出している。更には後期の『スノープス』三部作（一九四〇、五七、五九）に見られるように、新南部運動による南部の工業化と新興成りあがり市民の権力掌握が描き出される。これに人種問題が絡んでもたらされる白人種の中での階級変化を跡付けるのが

フォークナー文学の主要なテーマであった。

　曾祖父が州会議員として名をなしたものの、父の代にはすっかり零落していたフォークナー自身の境遇に重ね合わされるようにして書かれたコンプソン家の物語『響きと怒り』においては、当主ジェイソン・コンプソン三世は無能なアルコール依存症の父（夫）として登場する。息子のクエンティンをハーヴァード大学へ進学させるに際して所有地を売り払わなくてはならないほど経済的にも逼塞している。そのような境遇のなかで長男クエンティンは自殺してしまう。長女キャディーは男勝りで一家の窮状を理解しているものの、性的放縦により婚家から離縁され、運命に翻弄されていく。次男ジェーソン四世は未婚で、三男ベンジーは知的障害であり、去勢されており、コンプソン家には未来がない。これが南北戦争の敗北によってもたらされた南部名家の没落の典型である。

　同様なことが日本にあっては、自身の出身が東北日本の青森県の地主であり、敗戦によって急激な没落を余儀なくされた太宰治にとっても、根本的テーマとなる（太宰の父は帝国議会議員であった）。太宰治という日本の小説家にとっての太平洋戦争での敗北とそれに続く日本の民主化（とりわけ農地改革）と貴族（地主）階級の没落は、フォークナーにとっての南北戦争の影響と共通するものである。『斜陽』（一九四七）は『響きと怒り』同様に、戦争によって没落した一家の物語である。また『人間失格』（一九四八）の主人公は、クエンティン・コンプソンをほうふつさせる人物である。

　一九二七年に芥川が自殺をしたことが太宰に大変なショックを与え、二九年に彼は最初の自殺未遂をおこなっている。三〇年に東京帝国大学仏文科に入学。しかしほとんど勉強しなかったようであり、フォークナーの文学に触れることはなかったと思われる。フォークナーもこの作家の存在さえ知らなかったと思われる。
二〇〇九年は太宰の生誕一〇〇年ということで太宰に関する再評価が盛大に行われた。また『斜陽』、『人間失格』など一連の作品が映画化された。

『斜陽』

物語はある貴族の家庭での出来事。第二次世界大戦終了直後一九四五年一二月、一〇年前に一家の大黒柱たる父が死に、主人公のかず子は六年前に離婚して実家に戻り、母と暮らしている。一家は戦争による没落で収入の道を断たれ、東京の邸宅を売り払って伊豆に引っ越す。弟の直治は出征していたが、戦争が終わって戻ってくる。病気がちであった母は亡くなり、麻薬中毒者の直治は自殺する。かず子は小説家上原の子を孕み、強く生きていくことを決心する。

敗戦による環境の激変の中で、主人公の女性は強く生きていくことを選ぶが、最後の貴族であった母は亡くなり、強く生きていくことのできない弟は、身を持ち崩した揚句に自殺する。直治の遺書には無力を嘆く思いが切々と述べられている。

あなたたちは、僕の死を知ったら、きっとお泣きになるでしょうが、しかし、僕の生きている苦しみと、そうしてそのイヤな生（ヴイ）から完全に解放される僕のよろこびを思ってくださったら、あなたたちのその悲しみは、次第に打ち消されて行く事と存じます。（『斜陽』一八七）

僕は、死んだほうがいいんです。僕には、所謂、生活能力が無いのです。お金の事で、人と争う力が無いんです。（同　一八八）

姉さん。僕は、貴族です。（同　一九九）

ここに『響きと怒り』のクエンティンと直治の、キャディとかず子の性格と運命の類似性が見出される。激動の時代（社会）にあって、変化についていけない男たちと運命に翻弄されながらも生きていこうとする女たちとの対照である。

『人間失格』

この直治と小説家の上原をミックスしたような人物が主人公となるのが太宰の代表作『人間失格』である。『人間失格』は、はしがきと三つの手記とあとがきから成っている。物語は自己をさらすことを異常に恐れるあまり、道化を演じる作家が酒と女と麻薬中毒で身を持ち崩し、廃人のようになっていく様子を描いている。

自分には、禍いのかたまりが十個あって、その中の一個でも、隣人が背負ったら、その一個だけでも充分に隣人の生命取りになるのではあるまいかと、思ったことさえありました。（『人間失格』一二）

人間に対して、いつも恐怖に震いおののき、また、人間としての自分の言動に、みじんも自信を持てず、そうして自分ひとりの懊悩は胸の小箱に秘め、その憂鬱、ナアヴァスネスを、ひたかくしに隠して、ひたすら無邪気の楽天性を装い、自分はお道化たお変人として、次第に完成されて行きました。（同　一五）

この主人公葉蔵は心理学的に言えば強迫神経症であろうが、『響きと怒り』のクエンティンをはじめとして、日米を問わず戦後の激動期に急激な変化を経験した人々（とりわけ没落した名門貴族）に共通するトラウマであった。両作家は共に自身がそのような生い立ちにあったのみならず、そのような人々を描きだした。それを描くことが彼らの不可避の選択だったのだ。

日本の小説家（太宰）は、小説の主人公同様に最後に心中（自殺）してしまう。一方、アメリカ南部の小説家（フォークナー）は、戦後の没落を描いたのみならず、それをもたらした病根を徹底的に追及することによって生き延び、次のようなノーベル賞受賞演説をすることとなる。

「私は、人間は耐え忍ぶだけでなく、いつか勝利すると信じます。生きとし生けるもののなかで人間だけが尽きることのない声をもっているからではなくて、共感と犠牲と忍耐をすることができる精神と心をもっているから人間は不滅なのです。詩人の、作家の責務はそれらについて書くことです。」（*Faulkner at Nagano* 205-06）

三．フォークナーと村上春樹――彼方へ

フォークナーは村上春樹のことを知る由もない。村上は先の大江や中上のように直接フォークナーに言及することはない。彼が直接に言及するのは、フィッツジェラルド、チャンドラー、カーヴァー、ヘミングウェイなどであり、これらの作家から村上が影響を受けていることは彼自身が認めているように、明らかである。

しかし、村上の短編の中に「納屋を焼く」（一九八四）という一篇があることからも、村上がフォークナーを読んでいること、単に読んでいるだけではなくて、かなり影響を受けているだろうということが推測できる。この点を特に技法に注目することによって以下に考察してみたい。

フォークナーと村上の影響関係において一見してあきらかなのはその手法である。二つの物語を交互に語るというのは、『エルサレムよ、我もし汝を忘れなば』（一九三九）におけるフォークナーの対位法的手法としてつとに知られている。この小説は一〇章からなっている。その一〇章を「野生の棕櫚」、「オールドマン」の二つのプロットが五章ずつ分け合い、交互に組み合わさっている。「野生の棕櫚」はハリーとシャーロットの物語、「オールドマン」は背の高い囚人と妊婦の物語である。この二つのプロットは一つの小説を構成していながらも、登場人物、時間と場所の設定において何ら共有するものがない。しかし仔細に検討してみれば出血、本、水、鹿、ナイフ、ねずみ、煙草、医師、監獄などの共通の小道具がプロットを進行させ、堕胎と出産のテーマが対比的に配置されることによって対位法の効果をあげていることは一目瞭然である。両作品は回想的構成をとっており、その回想がなされる場所と時間

は近い将来に統合されることが示唆されている。小説の終りに「野生の棕櫚」のハリーは一九三八年八月に五〇年の刑を言い渡されてパーチマン刑務所送りとなる。「オールドマン」の囚人は一九二七年六月二四日にパーチマンに戻り、残りの刑期八年に一〇年が加算され、一九四五年まで服役することになるので、この小説の終りの直後、一九三八年初秋にこの二人はパーチマンで会う可能性が極めて高い。このように二つの物語は対位法的に進行し、最終的に結びあわされ昇華される可能性が大である。

村上においてもこの手法が用いられている。最初は『1973年のピンボール』(一九八〇)である。これは「僕」の物語と「鼠」の物語が交互に語られる。『エルサレムよ、我もし汝を忘れなば』の「野生の棕櫚」のシャーロットの夫が「ラット」と呼ばれているのは偶然ではない。だがこの作品は初期の習作である。この手法を本格的に用いて、さらにその彼方を目指しているのが、『世界の終りとハードボイルド・ワンダーランド』(一九八五)である。四〇章から成り、奇数章が「ハードボイルド・ワンダーランド」、偶数章が「世界の終り」である。

「ハードボイルド・ワンダーランド」の語り手「私」は三五歳の「計算士」で、物語の時間は一九八四年ころの東京、九月二八日から一〇月三日までの五日間と設定されている。人間の心は意識や無意識から成るブラックボックスのようなものだが、それをコントロールしようとする技術を開発した博士の実験の結果、主人公は第三の回路の中に恒久的にはまりこむ=「世界の終り」の中でくらすことになるそこに至るまでのプロセスに一角獣の頭骨、図書館司書の女性、組織の対立、小道具としてペーパークリップ、「ダニー・ボーイ」の唄などが登場する。

一方の「世界の終り」は、「ハードボイルド・ワンダーランド」が終ったところから始まると考えられる。主人公は年齢が特定されていないが、「ハードボイルド・ワンダーランド」の主人公とよく似た年齢と思われる。また「ハードボイルド・ワンダーランド」に登場する二九歳の司書の女性とよく似た設定の図書館司書も登場する（共に長い髪）。時間と場所は特定されないが、秋から真冬。主人公は一角獣の頭骨から古い夢（記憶）を読む人となる。この世界において人は影（心）を捨てて生きている。主人公は逡巡の後に女性司書の心を取り戻し、自分も森で生きる決心をする。分身の影は南のたまりの脱出口に飛び込み、別の世界へ戻っていく。

これが「ハードボイルド・ワンダーランド」の主人公として再生していくとも考えられるので、物語は並行して展開する一方で、終りがもう一つの物語の始まりとなる「ウロボロスの蛇」のような循環形式となっていると言える。これは「ハードボイルド・ワンダーランド」に登場するやみくろたちの神のレリーフのイメージである。

フォークナーの小説にあっては、当時最新のモダニズムの技法を用いて生と死の対照という主題を鮮烈に描き出している。一方村上の小説は類似の手法を用いながらも、人間の内面に切り込んで行く。人間を取り巻く社会状況がポストモダンの色彩を濃くしていくとともに、人間の内面世界の混沌に拍車がかかっていく様相を村上は、フォークナーが自家薬籠中のものとしていた対位法を借用して、さらにひねりを加えている。

科学技術と脳科学の知見が幅を利かす現代社会を描出する手段として、村上は彼の敬愛するチャンドラーの顰に倣い、ハードボイルド探偵小説あるいはＳＦ的設定と人物を用いることによって作品に勢いを与えている。一方で人間および社会が孤立して自閉的傾向を強める様相を、なかばファンタジーとして比喩的に描き出すことによって、不思議な不可知感を強化している。そしてその双方の要素がまぎれもなく私たちの生きるポストモダン社会のものである。フォークナーが世界の対照的な側面を対位法によって示し、それを最終的に昇華させることによってモダンな社会の実相を描き出すことに成功したのだが、村上は現代社会の要請に応えて、その先へ、即ち対位法がメビウスの輪のように結び合わされて循環していく物語へと発展させたのだ。だがそれは永遠に循環するものの閉塞した物語世界である可能性を否定できないところに我々の生きる時代の困難があるように思われる。

その後も村上は二つの世界の相互対照（パラレルワールド）の手法で、『ねじまき鳥クロニクル』（一九九四–五）、『海辺のカフカ』（二〇〇二）、『一Q八四』（二〇〇九–一〇）などの傑作を世に問うている。

まとめ

本論で取り上げた三人の日本作家は今日においても読まれ続けており、評価の高い、人気作家である。それはこれらの作家が時代との葛藤のなかで、日本の人々にとって切実な問題に正面から取り組んだ作家であり、それを優れた作品に結実させた作家だからである。このように代表的な三人の日本の小説家との比較を通して考察すると、フォークナーという作家をめぐるいくつかの必然性に行き当たる。農業を主たる経済とし、奴隷制や人種差別という封建的な制度を抱え込んだアメリカ南部が南北戦争に敗北し、社会体制の革命的な変革を経験したこと。そのような転換期の社会に、変動の影響を直接的に被る家庭に作家が生まれ育ったこと。アメリカ南部が経験した歴史的変容は、その後日本を始めとして発展途上の国々が辿るべき道だったこと。その証拠に一九六〇年代に工業的発展をとげた日本では六〇年代末から七〇年代にかけて「フォークナー・ブーム」が巻き起こる。筆者はこの時期に大学生となり、フォークナーの文学に出会った。その後の世界的な動きをみてもフォークナー文学は、発展途上の諸国において——中南米、中国、韓国などの東アジア、ロシアなど——において現在も読まれ続けている。それは激動期の社会と人間を描くという壮大なテーマと、最前衛であったモダニストとしての小説技法のさえがいまだに有効であることの所為である。

日本は一八六八年の開国・近代化の時代から、約半世紀遅れでアメリカの後を追ってきた。一九二〇年代の芥川の文学には、後にフォークナーにおいて華々しく開花するモダニズムの真実観と技法が用いられ、第二次世界大戦後の太宰の文学には激動期の社会と人間が、必然的に描き出されている。また二一世紀の今日、ノーベル文学賞に最も近い日本作家と言われる村上の世界観と問題意識を表現するのに未だに有効な技法の枠組みを提供しているのはフォークナーの文学である。フォークナーを読むことによって、我々は日本の代表的な作家たちが格闘してきた二〇世紀の歴史と人間が通りぬけてきたものの意味を改めて発見することができる。それがフォークナー文学が日本で読まれ、絶大な人気を誇った理由である。それゆえ私たちは二一世紀の今日でもフォークナーを読み続ける。

＊ *Light in August* からの引用は *LA* とし、末尾のかっこ内に頁数を示す。

＊本稿は二〇一一年九月にサウスイースト・ミズーリ大学フォークナー研究所主催公開講演会での講演原稿（英文）の日本語訳を基にして加筆修正したものである。

引用参照文献

Akutagawa, Ryunosuke. *Rashomon and Seventeen Other Stories*. Translated by Jay Rubin with an Introduction by Haruki Murakami. Penguin, 2006. 芥川龍之介『藪の中』講談社文庫、二〇〇九年。

Brooks, Cleanth. *William Faulkner: The Yoknapatawpha Country*. Yale UP, 1963.

Dazai, Osamu. *The Setting Sun*. Translated by Donald Keene. A New Direction Book, 1956. 太宰治『斜陽』新潮文庫、二〇〇三年。

———. *No Longer Human*. Translated by Donald Keene. A New Direction Book, 1958. 太宰治『人間失格』岩波文庫、一九八八年。

Faulkner, William. *As I Lay Dying*. Vintage International, 1985.

———. *Light in August*. Vintage International, 1985. 諏訪部浩一訳『八月の光』岩波文庫（上・下）二〇一六年。

———. *The Sound and the Fury*. Vintage International, 1990.

———. *If I Forget Thee, Jerusalem*. Vintage International, 1995.

Gwynne, Frederick L. and Blotner, Joseph L. eds. *Faulkner in the University*. UP of Virginia, 1959.

Jelliffe, Robert A. ed. *Faulkner at Nagano*. Kenkyusha, 1956.

Lockyer, Judith. *Ordered by Words: Language and Narration in the Novels of William Faulkner*. Southern Illinois UP, 1991.

Murakami, Haruki. *Pinball, 1973*. Translated by Alfred Birnbaum. Kodansha International, 1985. 村上春樹『1973年のピンボール』講談社文庫、一九八三年。
——. *Hard-boiled Wonderland and the End of the World*. Translated from the Japanese by Alfred Birnbaum. Vintage Books, 2003. 村上春樹『世界の終りとハードボイルド・ワンダーランド』新潮文庫（上、下）、二〇〇九年。
Rossky, William. "*As I Lay Dying*: The insane World" Ed. Dianne L. Cox, *William Faulkner's "As I Lay Dying."* Garland Publishing, Inc., 1985.
Tischler, Nancy M. *Black Masks: Negro Characters in Modern Southern Fiction*. The Pennsylvania State UP, 1969.
諏訪部浩一＋日本ウィリアム・フォークナー協会編『フォークナーと日本文学』松柏社、二〇一九年。
相田洋明編『ウィリアム・フォークナーの日本訪問——冷戦と文学のポリティクス』松籟社、二〇二二年。

初出一覧

第一章
口頭発表「アプトン・シンクレア『ジャングル』の評価をめぐって」世界文学会関西支部一一月例会、二〇二一年。

第二章
口頭発表「パンデミック・ナラティヴとしての *Look Homeward, Angel*」日本アメリカ文学会関西支部第六六回大会フォーラム「インフルエンザ・パンデミックとアメリカ的想像力」二〇二二年一二月三日。

第三章
口頭発表「シンクレア・ルイス『ここでは起こり得ない』について」現代英語文学研究会冬季例会、二〇二一年一二月二六日。

第四章
論文「『スノープス三部作』の意味と意義」『関西アメリカ文学』第五七号、日本アメリカ文学会関西支部、二〇二〇年、三五-四八頁。

第五章
論文「ラルフ・エリスンのモダニズムと大衆文学・文化」藤野功一編『アメリカン・モダニズムと大衆文学――時代の欲望／表象をとらえた作家たち』金星堂、二〇一九年、二五一-七五頁。

第六章
講演「ホーソーンの継承者としてのフォークナー――『七破風の屋敷』と『行け、モーセ』における人種とジェンダー表象を中心として」日本ナサニエル・ホーソーン協会第四〇回大会、二〇二二年五月二〇日。

第七章
論文「モリスンの『ビラヴィド』再考――ストウの『アンクル・トムの小屋』を書き直す」、『関西英文学研究』第八号、二〇一五年、三五-四二頁（『英文学研究』支部統合号、第七号、一九三-二〇〇頁。）

第八章
論文「もう一人のマーガレットによる別の『風と共に去りぬ』――マーガレット・ウォーカーの『ジュビリー』について」『世界文学』第一三二号、二〇二〇年、二四-三二頁。

第九章
論文「『ノーノー・ボーイ』ズ――フォークナー、ジョン・オカダ、エドワード・ミヤカワ」、『フォークナー』第二〇号、松柏社、二〇一八年、一五-二八頁。

第一〇章
論文「戦争／ナショナリズムとジェンダー／セクシュアリティ――チャンネ・リーとノーラ・オッジャ・ケラーの戦争物語をアメリカ文学のコンテキストで読む」*AALA Journal*, 第一九号、二〇一三年、一-一九頁。

最終章
論文 "William Faulkner and Three Japanese Novelists: Affinities and Parallels," *Teaching Faulkner* 30, Fall 2012, The Center for Faulkner Studies of Southeast Missouri State University.

あとがき

四〇余年になる大学勤務を、二〇一九年前期末をもって終了した。いわゆる定年後の人生を迎えたのだが、ほどなく新型コロナの流行が始まり、対面で人に接する機会が大幅に減少した。研究会・学会もズームを使用してというものがほとんどとなったが、幸い研究活動は継続することができた。退職後は毎日が研究日のような恵まれた条件なので、気の向くままに研究と読書に専念している。研究を継続していると、研究会・学会での司会や研究発表等の声を掛けてくださる方があり、それなりに忙しくしている。

コロナ禍が沈静化し始めた頃から、同世代の研究者たちが次々と著作を出版している。文学研究が「役立たない」ものと決めつけられ凋落傾向であるものの、諸氏の労作を拝読するといずれも円熟味を増した立派なものである。諸氏の仕事には及びも就かないかもしれないが、この一〇年ほどに発表した拙論にもそれなりの問題意識が一貫しているのではないかと思い、出版を計画した。

今回の書物は、主にさまざまな研究会・学会での発表や講演が元になっているので、取り上げた作家と作品は多岐にわたっている。転載許可を頂いた諸学会・出版社に感謝申し上げたい。アメリカ文学の世界は宝の山であり、まだまだ読まれるべき作品、論じられるべき作品は多い。本書での試みが多少なりと読者に刺激を与えられれば、それに勝る喜びはない。

私の研究は多くの研究会・学会の活動に依拠している。日本アメリカ文学会、日本英文学会、アメリカ文学会関西支部、日本ウィリアム・フォークナー協会、日本ナサニエル・ホーソーン協会、世界文学会、新英米文学会、アジア系アメリカ文学会、黒人研究学会、現代英語文学研究会等の友人たちに感謝を表したい。

またこうして私が元気で研究活動が行えるのは、家族のめいめいが元気で過ごしているおかげである。パートナーにはとりわけ感謝している。

最後に出版社である松籟社と編集担当の木村浩之さんには特にお礼を申し上げたい。この本がいくらかなりと読むに堪えるものになっているとすれば、それは木村さんのアドヴァイスときめ細かな編集作業のおかげである。深謝。

二〇二三年秋冷の候、世界の戦争が一日も早く止むことを念じながら

著者識

〈や行〉

〈ら行〉

〈た行〉

◉ 索 引 ◉

・本文および注で言及した人名、作品名、媒体名等を配列した。
・作品名は原則として作者名の下位に配列している。

〈あ行〉

［著者］

山下　昇（やました・のぼる）

相愛大学名誉教授。

専攻はアメリカ文学。

著書に、『ハイブリッド・フィクション――人種と性のアメリカ文学』（開文社、二〇一三年）、『冷戦とアメリカ文学』（編著、世界思想社、二〇〇一年）、『一九三〇年代のフォークナー――時代の認識と小説の構造――』（大阪教育図書、一九九七年）などがある。

響き合うアメリカ文学
——テクスト、コンテクスト、コンテクストの共有

2024 年 2 月 28 日　初版第 1 刷発行　　定価はカバーに表示しています

著　者　　山下　昇

発行者　　相坂　一

発行所　松籟社（しょうらいしゃ）
〒 612-0801　京都市伏見区深草正覚町 1-34
電話　075-531-2878　振替　01040-3-13030
url　http://www.shoraisha.com/

印刷・製本　モリモト印刷株式会社
装幀　西田優子

Printed in Japan

 ISBN978-4-87984-450-7　C0098

松籟社　アメリカ文学関連既刊

フォークナーの晩年様式《レイト・スタイル》――その展開と変容

山本裕子 著

四六判上製・二四〇頁・三〇〇〇円＋税　［978-4-87984-448-4 C0098］

フォークナーに〈レイト・スタイル〉はあるのか？　あるとしたら、それはいかなるものか。フォークナーの後期作品に見られる、老いのペルソナと自伝的様式を考察し、その〈レイト・スタイル〉の内実に迫る。

フォークナーのインターテクスチュアリティ――地方、国家、世界

田中敬子 著

四六判上製・二二四頁・二二〇〇円＋税　［978-4-87984-434-7 C0098］

ウィリアム・フォークナーの中・後期作品を中心に精読しつつ、それらのインターテクスチュアリティを改めて検討することで、フォークナー作品が到達した地平を検証する。

ウィリアム・フォークナーの日本訪問

相田洋明 編著 ／ 梅垣昌子、山本裕子、山根亮一、森有礼、越智博美、松原陽子、金澤哲 著

四六判上製・二四〇頁・三〇〇〇円＋税 〔978-4-87984-430-9 C0098〕

敗戦後十年となる一九五五年、ノーベル賞作家ウィリアム・フォークナーが来日し、作家・文化人や英米文学研究者、一般市民と交流した。戦後日本の文化史において重要な位置を占めるこのイベントは、冷戦期アメリカの文化外交の一環に他ならなかった。文化と政治が交錯する焦点となったフォークナー訪日、その意味と影響を改めて検討する。

ウィリアム・フォークナーと老いの表象

金澤哲 編著 ／ 相田洋明、森有礼、塚田幸光、田中敬子、梅垣昌子、松原陽子、山本裕子、山下昇 著

四六判上製・二八八頁・二五〇〇円＋税 〔978-4-87984-345-6 C0098〕

その作品中で数多くの老人を描いたウィリアム・フォークナー。それら「老い」の表象に注目し、作家自身の「老い」とも関連づけながら、フォークナー研究の新たな可能性を探る。

フォークナー、エステル、人種

相田洋明 著

四六判上製・二四八頁・二〇〇〇円＋税　［978-4-87984-355-5 C0098］

フォークナーを人種テーマへと向かわせたものは何か。後に妻となるエステルとの共作、及び彼女の作品の分析を通じてこの問いに応えるエステル論はじめ、フォークナー読解に新視点を導入する論考群。

アメリカ文学における「老い」の政治学

金澤哲 編著　／　里内克巳、石塚則子、Mark Richardson、山本裕子、塚田幸光、丸山美知代、柏原和子、松原陽子、白川恵子 著

四六判上製・三二〇頁・二四〇〇円＋税　［978-4-87984-305-0 C0098］

「老い」は肉体的・本質的なものでなく、文化的・歴史的な概念である。――近年提示された新たな「老い」概念を援用しながら、「若さの国」アメリカで、作家たちがどのように「老い」を描いてきたのかを探る。

ヘミングウェイと老い

高野泰志 編著 ／ 島村法夫、勝井慧、堀内香織、千葉義也、上西哲雄、塚田幸光、真鍋晶子、今村楯夫、前田一平 著

四六判上製・三三六頁・三四〇〇円＋税 ［978-4-87984-320-3 C0098］

いわば支配的パラダイムとなっている「老人ヘミングウェイ」神話を批判的に再検討する。ヘミングウェイの「老い」に正当な関心を払うことで見えてくるのは、従来とは異なる新たなヘミングウェイ像である。

テクストと戯れる――アメリカ文学をどう読むか

高野泰志・竹井智子 編著 ／ 中西佳世子、柳楽有里、森本光、玉井潤野、吉田恭子、島貫香代子、杉森雅美、水野尚之、四方朱子、山内玲 著

四六判上製・三四四頁・二五〇〇円＋税 ［978-4-87984-401-9 C0098］

様々な時代／作家のアメリカ文学作品を対象として、各筆者がそれぞれの方法でテクストに対峙する。テクストの内外を往還しながらなされる多彩なテクストとの戯れ合いから、浮かび上がってくるものとは。

精読という迷宮——アメリカ文学のメタリーディング

吉田恭子・竹井智子 編著／高野泰志、中西佳世子、島貫香代子、舌津智之、杉森雅美、森慎一郎、伊藤聡子 著

四六判上製・三四四頁・二五〇〇円＋税 ［978-4-87984-381-4 C0098］

文学研究の基本と見なされている「精読」。しかしそれがどんな営みなのか、共通理解は存在しない。「精読」の名の下になされる多様な実践のありようを確認しつつ、迷宮にあえて足を踏み入れ、その魅力を追求する。

物語るちから——新しいアメリカの古典を読む

新・アメリカ文学の古典を読む会 編／亀井俊介、中垣恒太郎、水口陽子、森有礼、森岡隆、山口善成、渡邊真由美 著

A5判上製・二八八頁・二八〇〇円＋税 ［978-4-87984-410-1 C0098］

二〇世紀初頭から現代までを十年単位で区切り、それぞれの十年間を反映しているアメリカ文学作品を一冊選出。現代の視点からそれらを読み直し、一九〇〇年から今日までのアメリカとアメリカ文学を展望する。

下半身から読むアメリカ小説

高野泰志 著

四六判上製・四〇八頁・二八〇〇円＋税　[978-4-87984-362-3 C0098]

視線と欲望、女性のセクシャリティ、身体性といった観点から数々のアメリカ小説を読み直し、男性作家たちが（そして同時代の読者も）内面化していた、男性性に基づいた価値観を、そしてその変遷をあとづける。

アーネスト・ヘミングウェイ、神との対話

高野泰志 著

四六判上製・二六四頁・二四〇〇円＋税　[978-4-87984-334-0 C0098]

ヘミングウェイの生涯続いた信仰をめぐる葛藤を、いわば神との挑戦的な対話をたどり、ヘミングウェイ作品を読み直す試み。